BLANC COMME NEIGE

TARA LAIN

BLANC COMME NEIGE

TARA LAIN

Publié par
DREAMSPINNER PRESS

5032 Capital Circle SW, Suite 2, PMB# 279, Tallahassee, FL 32305-7886 USA
www.dreamspinnerpress.com

Blanc comme neige
Copyright de l'édition française © 2017 Dreamspinner Press.
Titre original : Driven Snow
© 2015 Tara Lain.
Première édition : novembre 2015
Traduit de l'anglais par Julie Bénazet.

Illustration de la couverture :
© 2015 Reese Dante.
http://www.reesedante.com
Les éléments de la couverture ne sont utilisés qu'à des fins d'illustration et toute personne qui y est représentée est un modèle

Édition e-book en français : 978-1-64080-472-2
Édition imprimée en français : 978-1-64080-473-9
Première édition française : décembre 2017
v 1.0

Édité aux États-Unis d'Amérique.

À la fantastique Dream Team qui m'a accompagnée dans cette aventure.
Merci pour votre soutien sans faille, votre aide,
votre enthousiasme et votre amitié.
Et merci de m'encourager à écrire des romances de contes de fées.

I

Snow grimaça et se tourna vers le professeur Kingsley alors que le groupe d'étudiants lui jetait des coups d'œil et gloussait.

— … le visage d'une fille !

— Il n'a pas l'air redoutable.

Snow se détourna. Oui, il était différent. Eh bien, dans la mesure où il était un garçon. Oui, il détestait cela.

Le professeur Jacobs, qui guidait le petit groupe d'étudiants, se contenta d'une grimace désapprobatrice, mais ne les reprit pas. Il les laissa se moquer et le montrer du doigt comme une bête de foire.

— Fais-moi le plaisir de mettre une raclée à ce trou du cul arrogant, chuchota le professeur Kingsley en se penchant discrètement vers lui, avant de s'adresser à la foule : Merci à tous d'être venu. Le match amical qui se disputera aujourd'hui opposera le grand maître Professeur Herman Jacobs au grand maître Snowden Reynaldi.

La centaine de personnes présentes dans la salle se rapprocha de la petite table installée sur une estrade. Une horloge et un échiquier étaient posés dessus. Le professeur Kingsley se pencha de nouveau sur Snow.

— Amuse-toi, mais ne fais pas trop durer le plaisir, il faut que nous nous entraînions pour le tournoi Anderson et également que tu te reposes.

Snow hocha la tête et s'installa à la table. Jacobs avait déjà pris place sur ce qu'on appelait la chaise du vainqueur, généralement celle avec le meilleur angle de vue et le meilleur éclairage. Un jeune homme élancé d'une vingtaine d'années s'approcha de Jacobs, lança un regard amusé à Snow, et dit :

— On compte sur vous pour remporter la victoire rapidement, prof, on vous attend pour aller boire un verre et fêter ça.

— Je vais faire de mon mieux, répondit Jacobs en riant avant de saluer Snow d'un simple signe de tête.

L'arbitre grimpa sur l'estrade et tendit devant eux ses deux poings fermés. Jacobs tapota son poing gauche, l'arbitre ouvrit la main. C'était une pièce noire, ce qui signifiait que Snow commençait.

Un léger murmure de protestation s'éleva depuis le coin des supporters de Jacobs.

Snow scruta le plateau de jeu, vaguement conscient du tic-tac qui égrenait les secondes. Dans son esprit, il visualisait déjà tous les déplacements possibles de ses pions. Il laissa planer sa main au-dessus du jeu, puis déplaça son roi en e4 et tapa sur l'horloge.

Jacobs se trémoussa sur son siège et leva les yeux vers lui, un pli soucieux au coin de la bouche. Il fit glisser son fou en f5.

Snow conserva une expression impassible. *Il essaie de me provoquer, quel amateur.* Il captura son fou sans hésiter une seconde et tapa de nouveau sur l'horloge.

Jacobs fronça les sourcils. Snow redressa la tête et s'immobilisa, le souffle coupé, le regard vrillé sur l'homme debout derrière Jacobs.

Une main sous son menton de dieu grec, l'autre sous son coude, il fixait le plateau de jeu de ses étranges yeux dorés. Un sourire mystérieux flottait sur ses lèvres fines, comme s'il pouvait déjà deviner le prochain coup de Snow. Comme s'il pouvait lire dans son âme. Riley. Riley Prince. Sa silhouette athlétique, à la fois solide et élégante, respectait toutes les promesses de son nom.

Il est là. Je n'arrive pas à croire qu'il soit là.

Mais ce n'est sans doute pas pour te voir toi qu'il est venu, ajouta la petite voix grinçante dans sa tête.

La main de Snow se tendit, mue par une volonté propre, comme si elle cherchait à toucher le prince, et quelqu'un dans la foule poussa une exclamation de surprise. Snow se secoua en clignant des yeux et croisa brièvement le regard inquiet de Riley.

Il prit une grande inspiration pour tenter de se reconcentrer et observa le dernier coup de son adversaire. Jacobs lui lança un petit sourire méprisant. Il avait déplacé un pion en g5. Snow jeta un regard mauvais à sa main, toujours suspendue au-dessus du plateau. Et dire qu'il avait failli toucher une pièce avant son tour. À leur niveau, ce genre d'erreur pouvait lui coûter la victoire. Les fans de Jacobs en auraient jubilé, ils se seraient tous délectés de raconter la fois où Snowden Reynaldi avait perdu en faisant une erreur de débutant. Ce n'était pas tant la défaite qui importait, c'était surtout sa réputation.

Dépêche-toi d'en finir avec cette satanée partie, s'ordonna-t-il.

Mais, il peinait à se concentrer sur le jeu. Ses yeux cherchaient obstinément à se poser sur Riley, et lorsqu'il croisa à nouveau son regard, il y lut de nouveau de l'inquiétude.

Ne t'inquiète pas, mon prince.

Les étudiants de Jacobs affichaient tous un sourire narquois. L'expression du professeur Kingsley était indéchiffrable, ce qui signifiait qu'il n'était pas tranquille.

Snow leva les yeux au ciel, concentra toute son attention sur le jeu, et avec un geste de main adroit, il déplaça sa reine en h5.

— Échec et mat.

Il se rassit confortablement dans son siège, enfin apaisé. Tout ce qu'il voulait, c'était pouvoir contempler ce visage de rêve sans être interrompu.

Jacobs écarquilla les yeux.

— Non, s'exclama-t-il en fixant le jeu comme s'il ne comprenait pas ce qui venait de se passer.

Riley sourit et se joignit au reste du public qui applaudissait à tout rompre. Le rythme cardiaque de Snow s'emballa.

Et si je me levais ? Si j'allais le voir et que je me présentais ? Son estomac se tordit d'angoisse à cette seule pensée.

Ne sois pas bête, pourquoi t'adresserait-il la parole ? demanda l'horrible petite voix en lui qui avait toujours aimé piétiner son peu de confiance.

Snow observa distraitement Jacobs, toujours penché au-dessus du jeu avec un air hébété, mais très vite, ses yeux cherchèrent de nouveau le visage de Riley Prince. Une magnifique jeune femme fendit la foule, se glissa aux côtés de Riley et glissa une main à la pliure de son coude. Elle se dressa sur la pointe des pieds pour lui murmurer quelque chose à l'oreille, et Riley se mit à rire. Snow poussa un long soupir. Courtney Taylor, l'enfant chérie du campus. La princesse idéale pour un prince tel que Riley.

Snow baissa les yeux sur le plateau. Il ne tenait pas particulièrement à voir ça.

Qu'est-ce que tu t'imaginais ? C'est pour elle qu'il est venu aujourd'hui.

— Espèce de petit… grommela Jacobs avant de se reprendre. Une victoire en trois coups, tu m'as bien eu Reynaldi.

— J'ai eu de la chance.

3

— Oh, je t'en prie, protesta Jacobs. Ce n'est plus une question de chance depuis que tu as trois ans. Ne joue pas au plus modeste, ça ne te va pas.

Snow avait la tête qui tournait. Il se refusa à lever les yeux. Jacobs lui tendit la main.

— Désolé de ne pas avoir été un défi plus dur à relever.

— Merci pour la partie, répondit Snow en se forçant à sourire. C'était amusant.

— Facile à dire. Mais merci à toi aussi.

Jacobs s'éloigna et quelqu'un tapota l'épaule de Snow.

— Bon travail, Snow, tu lui as montré de quoi NorCal était capable.

Snow baissa la tête et offrit un petit sourire sincère à l'étudiant qui était venu le féliciter. Sa timidité excessive et ses manières étranges ne dérangeaient pas les gens, ils étaient bien trop fiers de le voir représenter leur université avec autant de succès.

Les étudiants de Jacobs le dévisageaient désormais avec mépris. Valait-il mieux être craint ou moqué ? Snow n'était partisan ni de l'un ni de l'autre, mais il savait que ce genre d'attitude faisait partie du monde des échecs.

Le professeur Kingsley monta sur l'estrade pour reprendre la parole.

— Un grand merci au grand maître Herman Jacobs d'avoir fait le déplacement pour participer à cette rencontre amicale. Pour tous ceux qui voudraient rejoindre le club d'échecs, vous trouverez les formulaires d'inscription sur la table à côté de la sortie.

Snow scanna la foule du regard, mais le dieu grec aux cheveux d'ange avait disparu.

Quel rêveur tu fais, songea-t-il.

Quel crétin, le corrigea la petite voix.

Un autre étudiant s'approcha pour le féliciter. Snow le reconnut vaguement, mais il ne se souvenait pas de son nom.

— Comment as-tu fait pour préparer une victoire en trois coups ? demanda-t-il, admiratif.

— Je… Je ne sais pas.

— Mais tu dois bien suivre une certaine logique ?

— Non, répondit Snow en secouant la tête. Il n'y a pas de logique, tous les coups sont possibles, il suffit de savoir quand les jouer.

— Je ne comprends pas comment tu fais.

4

— C'est normal Barry, le rassura le professeur Kingsley en se rapprochant d'eux. Snow est physicien, sa stratégie aux échecs s'appuie sur des principes de mécanique quantique.

Snow continua d'observer discrètement la foule. Où avait bien pu passer Riley ?

— Mais je ne comprends pas, insista Barry en fronçant les sourcils. Dans le match de Fisher contre…

— Je suis désolé Barry, l'interrompit le professeur en glissant un bras autour des épaules du grand maître, mais je vais avoir besoin de Snow. Nous parlerons de tout cela lors de la prochaine réunion du club.

— Oh. Oui, bien sûr.

Il entraîna Snow avec lui dans la salle adjacente où un petit buffet était installé.

— Tu vas bien ?

— Oui, ne vous inquiétez pas, répondit Snow en souriant.

— C'était impressionnant pour un match amical.

— Il faut dire qu'il est tombé droit dans le panneau.

Le professeur lui offrit un sourire en coin qui donnait à son visage séduisant un petit air espiègle.

— Je t'avoue que c'était très satisfaisant de le voir se faire battre à plates coutures. Il était tellement sûr de lui quand il est arrivé, il croyait que c'était gagné d'avance. Quel abruti.

Snow hocha la tête en souriant. Rendre le professeur heureux était sans conteste dans le top cinq de ses activités préférées.

— Mais c'est fini les matchs amicaux, il est temps de passer aux choses sérieuses. À partir de la semaine prochaine, nous allons commencer ton entraînement pour le tournoi Anderson.

— Bien, chef.

— Il faut aussi que nous travaillions sur ta confiance en toi devant le public. L'Anderson est un gros événement, il y aura beaucoup de gens : la presse, les fans, je veux être certain que tu sois prêt.

Rien que d'y penser, Snow se sentait fiévreux.

— Harold ! salua le coach McMasters en posant une main sur l'épaule du professeur Kingsley.

Si le coach là, est-ce que Riley est encore dans les parages ? se demanda Snow.

— Kurt, je suis content de te voir. Qu'est-ce que tu fais là ? demanda-t-il en lui serrant la main.

— Je te cherchais, figure-toi. J'ai un petit problème, et je pense que tu devrais pouvoir m'aider.

— Je vais vous laisser, murmura Snow en s'éloignant maladroitement.

— Non, non, restez, ça ne prendra qu'une minute, c'est votre victoire que nous célébrons après tout. Je vais aller droit au but, j'ai besoin d'un tuteur en physique. L'un de mes joueurs a de très mauvaises notes et il faut qu'il valide cette matière s'il veut décrocher son diplôme. S'il descend sous la moyenne au cours de l'année, il n'aura plus le droit de jouer sur le terrain. Je me disais que tu connaissais peut-être quelqu'un qui pourrait l'aider, Harold.

— Oui, bien sûr. Duquel de tes joueurs s'agit-il ?

— Riley. Riley Prince.

Snow sentit sa mâchoire s'ouvrir de stupeur et se força à la refermer aussitôt.

— Vraiment ? demanda le professeur Kingsley en riant. Le prince du terrain de football a un talon d'Achille ?

— Il est loin d'être bête, répondit le coach en haussant les épaules, mais il a du mal avec la physique.

— Il comprend la logique des échecs, il ne devrait pas peiner avec la physique. Il doit s'y prendre de la mauvaise manière.

Les mots sortirent de la bouche de Snow sans qu'il les contrôle.

— Comment tu sais qu'il comprend les échecs ? demanda curieusement Kingsley.

— Je ne sais pas, c'est une simple supposition. Mais je l'ai vu observer la partie tout à l'heure, et j'aurais pu jurer qu'il anticipait mes coups.

— Il a regardé la partie ? demanda le coach en fronçant les sourcils.

— C'est ça qui t'a déconcentré ? demanda Kingsley avec un drôle de petit sourire.

— Non, je… Je… bafouilla Snow.

— Déconcentré ? Qui a été déconcentré ? demanda une voix.

Winston, qui venait d'apparaître, glissa un bras autour de la taille de Snow en s'insérant dans leur petit groupe. Snow fit un pas sur le côté pour fuir son étreinte, mais il se cogna mollement au professeur Kingsley et Winston parvint à lui embrasser la joue.

— Qu'est-ce que j'ai manqué ? demanda Winston.

— La pulvérisation de Jacobs par Snowden en seulement trois coups, sourit fièrement le professeur.

6

— Ce qui n'est pas étonnant. Snow est le meilleur. Comment a-t-il pu trouver le temps d'être déconcentré en l'espace de trois coups ?

— Ça n'a pas d'importance, il a gagné quand même.

— Tu es prêt à aller fêter ta victoire ? demanda Winston en le serrant dans ses bras.

— N'exagérons rien, répondit Snow en secouant la tête, il n'y a pas vraiment de quoi faire la fête.

— Il n'y a pas toujours besoin d'une raison pour faire la fête, rétorqua Winston en riant, et le professeur Kingsley hocha la tête avec enthousiasme.

Snow et Winston étaient les deux seuls hommes gay de leur promo, et le professeur les avait fortement encouragés à se serrer les coudes et à apprendre à se connaître. Depuis la mort de sa femme, la solitude l'angoissait beaucoup, et il supportait mal de voir qui que ce soit en souffrir. Snow ne lui en voulait pas, il appréciait Winston, mais son cœur appartenait à quelqu'un d'autre.

Soudain, la double porte battante de la salle s'ouvrit à la volée, et une femme d'une beauté renversante apparut sur le seuil. Elle était si belle qu'un murmure d'admiration parcourut la foule et même Winston, qui n'avait jamais regardé les femmes de toute sa vie, émit un petit bruit admiratif.

Elle était tout ce que Snow n'était pas. Elle portait de très longs cheveux d'un rouge vibrant, là où ceux de Snow étaient d'un noir de jais, une peau soyeuse couleur de bronze, au complet opposé de la carnation lunaire de Snow. Le professeur Kingsley murmura :

— Anitra…

Puis il se dirigea vers la femme, les deux mains tendues dans sa direction.

— Je suis tellement content que tu sois là, ma chérie.

— Bonjour Harold, dit-elle d'une voix suffisamment forte pour être entendue par tous les gens autour d'eux.

Elle lui offrit un sourire parfait, découvrant le bref éclat de ses dents droites et blanches. Le professeur se pencha pour l'embrasser sur la joue, puis se tourna vers les membres du club.

— Votre attention s'il vous plaît, j'ai une petite surprise pour tout le monde. Je vous présente Anitra Popescu. Elle vient d'intégrer l'université en tant que doyenne adjointe, et c'est une très grande joueuse d'échecs. J'ai réussi à la convaincre d'être mon bras droit à la direction du club. Cette année, notre nombre d'adhérents a battu des records, et comme je vais essentiellement me consacrer à l'entraînement de Snowden, c'est elle qui gérera tout le reste. Il ne fait aucun doute qu'avec cette nouvelle, nous allons recevoir encore beaucoup d'autres inscriptions, plaisanta-t-il.

Anitra sourit et parcourut la foule du regard. Elle s'arrêta une seconde supplémentaire sur Snow, et le jeune homme sentit un frisson lui remonter l'échine.

Le professeur Kingsley entrelaça ses doigts avec ceux d'Anitra.

— Je voudrais aussi profiter de cette occasion pour vous annoncer qu'Anitra et moi sommes fiancés, ajouta-t-il avec un immense sourire.

Tout le monde les applaudit, et le sang de Snow se glaça dans ses veines.

— C'est super pour le professeur, commenta Winston en se penchant vers lui. Il était tellement seul ces deux dernières années. Et regarde-moi un peu la fiancée qu'il s'est dégotée.

— C'est super, confirma mécaniquement Snow. Vraiment super.

Tout autour de lui se mit à tourner trop vite. Le professeur était en train d'accepter les félicitations des membres du club, mais il cherchait Snow du regard, sa main toujours serrée autour de celle d'Anitra.

— Allons-nous-en, demanda Snow en tirant sur la manche de Winston.

— Quoi ? Mais le professeur vient vers nous, répondit le jeune homme confus.

— Je veux m'en aller Winston.

Il releva la tête et aperçut le coach qui félicitait les fiancés. Le désir à peine dissimulé dans son regard était évident : il parcourait du regard la silhouette sculpturale d'Anitra comme si le mannequin de son magazine Playboy préféré venait d'apparaître. À cet instant, Snow prit une décision fatidique. Il inspira profondément et s'avança vers le coach.

— Je veux bien aider, coach.

Le regard de l'homme s'agrandit.

— Mais…

— Aider pour quoi ? demanda Winston.

— Le tutorat, je veux bien m'en occuper. Je vous appellerai pour régler les détails. Allez viens, Win, allons-y maintenant.

Il se dirigea vers la sortie sans plus attendre en traînant Winston derrière lui, ce qui devait sans doute avoir l'air terriblement comique, car Winston mesurait presque deux mètres et Snow à peine un mètre soixante-dix.

— Tu veux bien m'expliquer ce qui vient de se passer ? demanda Winston en essayant de le suivre sans trébucher.

— Rien. Le coach a besoin de quelqu'un pour donner des cours de physique à l'un de ses joueurs, c'est tout.

— Pourquoi ce n'est pas moi qui m'en occupe ? Où vas-tu trouver le temps de donner des cours avec ton entraînement pour le tournoi ?

— Ça ne me prendra pas tant de temps que ça, répliqua-t-il en traversant le couloir à grandes enjambées.

— Si je ne te connaissais pas mieux, je te soupçonnerais de faire ça simplement pour pouvoir mater du sportif musclé.

— Ne sois pas ridicule.

— Pourquoi marchons-nous aussi vite, au fait ? Tu n'es pas curieux de rencontrer la fiancée du professeur Kingsley ?

Snow secoua la tête.

— Ah bon ? Pourquoi ?

— Je ne sais pas.

— Il ne t'avait encore jamais parlé d'elle ?

Snow secoua de nouveau la tête. Pourquoi le professeur ne lui avait-il jamais parlé d'Anitra ? Pourquoi avait-il fallu qu'il découvre son existence en même temps que tout le monde ?

— Ils sont fiancés, Snow, tu risques de la croiser très souvent. Si j'étais toi, je ferais un effort. Dans peu de temps, elle deviendra sans doute sa femme.

— Je fais des efforts. Je suis très heureux pour eux.

Sa femme.

Snow frissonna.

II

— ALLEZ VIENS, on va s'amuser, dit Wilson sur un ton déterminé en attrapant le bras de Snow.

— S'amuser ? Où ?

Wilson et lui n'avaient pas vraiment la même définition de l'amusement.

— Nous allons à une fête.

— Tu sais que ce n'est pas mon truc, rétorqua Snow en libérant son bras de l'emprise de Wilson.

— Fais un effort, il faut que tu apprennes à te détendre un peu. Les Zetas sont pile le remède dont tu as besoin.

— Les Zetas ?

— La fraternité. Un de leurs membres est dans mon cours d'histoire et il m'a invité.

— Crois-moi, les Zetas n'ont aucune envie de me voir débarquer à l'une de leurs fêtes.

Il n'avait pas le cœur à expliquer à Winston qu'ils n'avaient probablement pas spécialement envie de le voir non plus, et que son camarade avait dû proposer par politesse. Zeta était la plus grande fraternité du campus, tous les sportifs machos de l'université en faisaient partie, ils n'adressaient même pas la parole aux geeks comme eux. Encore moins aux geeks homos.

— Bien sûr que si, ils ont envie de te voir. Tu es une vedette. Allez, viens avec moi.

Toute la motivation du monde ne suffirait pas à lui faire franchir le seuil de cette satanée fraternité. À moins que… Et s'il avait une chance d'y croiser Riley ? Snow déglutit péniblement.

— Très bien, capitula-t-il en suivant Winston.

Ses pieds lui obéirent jusqu'à ce qu'ils arrivent dans la rue de la résidence des Zetas. En apercevant les colosses musclés, avec leurs sweatshirts aux couleurs de la fraternité, qui buvaient de la bière sur la pelouse devant la maison, il se figea.

— Win, c'est ridicule, nous ne pouvons pas débarquer comme ça.

— Bien sûr que si, je t'ai dit qu'on m'avait invité.

— À tous les coups, le type qui t'a invité ne s'en souvient plus. Tu ne sais même pas s'il était sérieux ou s'il se moquait de toi quand il t'a proposé de venir.

— Arrête de t'inquiéter, tu as vu le monde qu'il y a ? Nous allons nous fondre dans la masse sans que personne ne nous prête attention.

— Mais bien sûr, soupira Snow, exaspéré.

Au même instant, il aperçut une tignasse de cheveux blonds familière à la porte d'entrée. Winston profita de cette seconde d'inattention pour l'attraper par le bras et le tirer avec lui dans la foule.

La plupart des Zetas étaient déjà dans un tel état d'ébriété qu'ils n'auraient sans doute pas remarqué deux hippopotames sur la pelouse de leur maison, alors deux gringalets du département de physique devaient pouvoir passer inaperçus. Pourtant, ils n'avaient pas parcouru plus de trois mètres qu'une jeune femme cramponnée à un footballeur de la taille d'une montagne pointa Snow du doigt et s'exclama d'une voix inarticulée :

— Mais qui c'est, ça ?

Le footballeur secoua la tête comme un gros félin confus.

— J'en sais rien. Jolie fille en tout cas. Je croyais pourtant que je connaissais toutes les pom-pom girls.

— Junior ! le réprimanda-t-elle en essayant de lui mettre une tape sur le biceps, et en manquant sa cible d'au moins dix centimètres. C'est pas une fiiille, c'est un gars de la clique des geeks.

— Hein ? Mais comment il a atterri ici ?

Et ce fut le début d'une inévitable réaction en chaîne.

« Junior le géant » se tourna vers son camarade le plus proche pour lui demander s'il savait qui ils étaient. Le camarade en question se tourna vers son groupe pour leur poser la question, et en un rien de temps, un bataillon de colosses aux sourcils froncés se forma devant eux.

Snow tira violemment sur le bras de Winston qui s'était arrêté pour observer avec horreur une fille qui venait de retirer son soutien-gorge pour en faire un lance-pierre.

— Il faut que nous partions d'ici, et vite.

— Hors de question.

— Je ne plaisante pas, Win.

Une énorme main s'abattit avec force sur l'épaule de Snow.

— Qu'est-ce que tu fais à une fête des Zetas, la tapette ?

Snow ferma les yeux et secoua la tête. Il détestait se donner en spectacle.

— C'est une erreur. Désolé. Nous partons tout de suite.

La main se resserra sur son épaule et le força à se retourner brusquement. Snow se retrouva le nez collé au torse massif d'un receveur de l'équipe de football. Il n'était pas particulièrement grand, et ce n'était pas le plus musclé, mais l'expression sur son visage était très claire. Il irradiait de haine.

— Pour qui vous vous prenez à venir vous incruster comme ça ?

Le colosse qui l'avait pris pour une pom-pom girl intervint :

— Laisse-le tranquille, Rog, il est plus mignon que toutes les filles de cette fête.

— Raison de plus pour réarranger sa tête de petite tapette, répondit Rog en lui broyant l'épaule.

— On m'a invité, se défendit Winston en faisant un pas dans sa direction.

Rog ne lui accorda même pas un regard. De son autre main, il se contenta de le pousser violemment et l'envoya valser contre un arbre.

Snow se dégagea de son emprise d'un geste sec et accourut vers le corps inanimé de son meilleur ami.

— Win ! Est-ce que ça va ?

Rog fondit sur lui, l'attrapa par le col de sa chemise et le souleva dans les airs. Le cœur battant la chamade, Snow ferma les yeux en attendant le choc et la douleur. *Détends-toi, tu auras moins mal à l'atterrissage.* Mais au lieu de s'écraser au sol, il fut intercepté avec douceur par une paire de bras musclés, aussi facilement et aussi proprement que s'il s'agissait d'un numéro de cirque.

— Je te tiens, dit une voix rassurante.

Snow releva la tête et rencontra un regard doré et rieur, un regard qu'il ne connaissait que trop bien.

— À quoi tu joues, Prince ? cria Rog en se précipitant vers eux d'un pas énervé.

Riley reposa délicatement Snow sur ses deux pieds et le cacha derrière sa grande silhouette athlétique. Il tendit une main en direction de Rog pour tenter de l'apaiser.

— Ça suffit Rog, ressaisis-toi, c'est le champion d'échecs de l'université. Si tu lui fais le moindre mal, tu vas perdre ta bourse d'études et te faire renvoyer sans même que le doyen ne se donne la peine de notifier tes parents par courrier. À quoi pensais-tu ? Il rapporte deux fois plus d'argent à l'université que l'équipe de football.

— Cet espèce de pédé ? s'indigna Rog en lançant à Snow un regard dégoûté par-dessus l'épaule de Riley. Tu n'es pas sérieux !

Riley croisa les bras sur son torse et le regarda droit dans les yeux, sans bouger d'un centimètre.

— D'accord, très bien ! capitula Rog. Mais ôte-le de ma vue, grogna-t-il avant de se diriger vers les fûts de bière alignés devant la maison.

Winston avait fini par reprendre connaissance et il essayait péniblement de se relever, sans que personne autour ne vienne à son aide.

Courtney apparut aux côtés de Riley, passa un bras autour de sa taille, et le jeune homme se pencha vers elle pour embrasser ses cheveux.

Snow sentit un morceau de son cœur se briser et s'écraser en mille morceaux sur le sol. Il contourna le couple en marmonnant des remerciements, et se dirigea vers Winston pour l'aider à se redresser et le traîner loin de cette bande de Néandertaliens. Le sang lui battait aux tempes et il se sentait comme une boule de nerfs prête à exploser. Il entendit des éclats de rire dans leur sillage, mais se força à ne pas leur prêter attention.

Deux rues plus loin, Winston se laissa tomber sur un carré d'herbe et posa doucement sa tête sur ses genoux.

— Je suis désolé de t'avoir entraîné là dedans.

— Il faut que tu comprennes que les gens comme eux se fichent complètement des gens comme nous, sauf lorsqu'il s'agit de nous casser la figure, répondit Snow avec une expression austère.

— Heureusement que le grand costaud est intervenu, il avait l'air de connaître les bonnes manières, lui, au moins.

— Les bonnes manières ? Ne te fais pas d'illusions. Tout ce qui lui importe, c'est de protéger la réputation de son équipe de foot chérie, riposta Snow en s'appuyant contre un tronc d'arbre, le cœur lourd.

— Il avait l'air gentil, insista Winston en secouant doucement la tête entre ses genoux.

Snow laissa échapper un long soupir.

— Il faut que je dise au coach que je refuse de lui donner des cours de soutien.

— Pourquoi ? demanda Winston en redressa brusquement la tête. Je ne vois pas en quoi ce qui vient de se passer devrait t'influencer dans ce sens. C'est ridicule, il y a à peine deux heures, tu étais plus motivé que jamais. Il vient presque de nous sauver la vie ! Et puis, peut-être que si tu l'aides à remonter ses notes, l'équipe de football se montrera un peu plus clémente avec nous.

— Nous ne devrions pas avoir besoin qu'on nous sauve la vie !

— Je sais bien, mais c'est comme ça.

— C'était une idée débile, gronda Snow en croisant les bras.

— C'est vrai, mais quelque chose me dit que tu réagis comme un enfant capricieux et pas comme un grand joueur d'échecs intelligent.

— Tu n'as qu'à le faire toi, puisque tu es si reconnaissant.

— Très bien, je vais le faire.

— Pardon ?

— Je vais le faire. Tu peux dire au coach que j'accepte de donner des cours à son athlète vedette.

— Tu ne le fais que parce que tu veux une invitation officielle à l'une des fêtes des Zetas.

— Et alors ? Je veux simplement m'intégrer, et je n'ai pas trop de fierté pour l'admettre.

— Mais…

— Snow, veux-tu être le tuteur de l'équipe de football, oui ou non ?

C'était une excellente question.

ANITRA ROMPIT le baiser et, tout contre les lèvres d'Harold, elle murmura :

— Tout le monde avait l'air très heureux pour nous.

Harold sourit, révélant les petites rides malicieuses au coin de ses yeux.

— Évidemment, ils savent tous que je vais épouser la plus belle femme du royaume.

— Charmeur.

Il se pencha pour un autre baiser, mais Anitra recula contre la porte d'entrée.

— As-tu réfléchi à ce que je t'ai demandé au sujet du tournoi ?

— Je suis désolé, dit-il en fronçant les sourcils, mais tu sais que je me suis déjà engagé à entraîner Snowden pour le tournoi Anderson. Si tu veux, je peux demander autour de moi si un autre coach est disponible.

— Mais c'est toi le meilleur, rétorqua-t-elle avec une petite moue boudeuse. Le tournoi Anderson est le plus important tournoi d'échecs de tout le pays. Je veux y participer.

— Je connais d'excellents joueurs qui seraient ravis de t'entraîner.

— Mais que penseront les gens ? Je suis ta fiancée et tu ne veux pas m'entraîner ? Tout le monde va croire que c'est parce que Reynaldi est meilleur que moi.

— Non, personne ne croira rien de la sorte, tout le monde sait pertinemment que je suis le coach officiel de Snow depuis qu'il est entré à l'université.

Elle lui offrit un sourire pincé.

— Oui, mais si tu m'entraînes à sa place, les gens se diront que c'est parce que je suis d'un niveau supérieur, et j'aurais de meilleures chances de gagner.

Harold soupira.

— Tout ce que diront les gens, c'est que je suis un coach opportuniste qui quitte son champion pour un autre dès qu'il en a l'occasion.

— Mais…

Harold leva une main pour l'interrompre. Elle détestait ce geste condescendant plus que tout. Pour qui se prenait-il ?

— Anitra, tu es une joueuse d'échecs exceptionnelle, mais il ne s'agit pas de faire croire aux gens que tu es meilleure que Snowden. Je ne connais personne de meilleur que Snowden. Cependant, avec de l'entraînement et de la détermination, tu pourras peut-être devenir son égale.

— Et comment suis-je censée m'améliorer si tu refuses de m'aider ? demanda-t-elle en serrant les poings, ses ongles manucurés mordant la chair de ses paumes.

— Je promets de t'aider, mon cœur, mais après ce tournoi, offrit-il avec un sourire bienveillant. Je suis certain que Snowden sera ravi de t'aider, lui aussi, une fois qu'il aura remporté l'Anderson et qu'il aura un peu plus de temps devant lui. Après tout, c'est toi qui m'as avoué que sa présence, et la mienne bien sûr, ajouta-t-il avec un petit sourire charmeur, sont les principales raisons qui t'ont poussée à accepter ce poste. Sois patiente. Je suis certain que tu obtiendras ce que tu désires.

Que savait-il de ses désirs ? Elle fit glisser ses mains le long des pans de sa veste de costume.

— C'est difficile d'être patiente, Harold, alors que tu te tiens juste devant moi et que je sais que tu pourrais réaliser tous mes rêves.

— Tu sais que ton bonheur est ma priorité, dit-il en l'embrassant sur le front. Et nous réaliserons nos rêves ensemble.

— Je ferais mieux de rentrer, dit-elle en frissonnant. Je ne me suis pas encore habitué aux fluctuations de température de la météo californienne.

— Je serais ravie de te tenir chaud, proposa-t-il en la serrant contre lui.

Elle secoua fermement la tête et se dégagea de l'emprise de ses bras.

— Je sais que mes convictions religieuses peuvent paraître arriérées, mais c'est important pour moi, Harold. Pas de sexe avant le mariage. C'est aussi pour ça que tu es tombé amoureux de moi, pour ma force de caractère.

— C'est vrai, mais nous sommes fiancés à présent.

— Raison de plus pour nous marier sans tarder, dit-elle en souriant.

— Dès la fin du tournoi, notre cérémonie de mariage sera ma priorité.

— Je déteste jouer les seconds rôles, dit-elle en fronçant les sourcils.

— Tu ne joues pas les seconds rôles, mon amour, voyons. J'ai pris un engagement envers Snow, et je tiens à l'honorer. C'est aussi pour ça que tu es tombée amoureuse de moi, ajouta-t-il malicieusement.

— C'est vrai, dit-elle sans grande conviction.

— À demain, alors ?

— J'ai déjà hâte d'y être.

Elle lui ouvrit la porte, Harold franchit le seuil, lui fit un petit signe de main, et s'éloigna en direction de sa voiture. Probablement pour aller retrouver ce satané Reynaldi. Anitra claqua rageusement la porte.

— Mais quel mauvais caractère, fit remarquer Hunter avec un petit bruit de langue désapprobateur.

Anitra se retourna et le découvrit, assis sur le fauteuil en face de la cheminée, en train de lire le journal.

— Qu'est-ce que tu fais là ? Est-ce que tu m'espionnais ?

— Bien sûr que non. Ce que tu fais, ou ne fais pas, avec ce joueur d'échecs ringard m'est bien égal.

Anitra traversa le salon de sa petite maison de ville et se laissa lourdement tomber sur le canapé.

— Toute cette entreprise est tellement pénible. Et frustrante !

Hunter replia son journal et pencha son corps massif vers l'avant.

— Qui ne tente rien n'a rien.

— Épargne-moi les proverbes niaiseux.

— Concentre-toi sur le but final de ta mission.

— Je sais. Une fois que j'aurais gagné ce fichu tournoi, je serais dans la position idéale pour m'attirer les faveurs des sponsors et des médias. On tournera peut-être un film sur ma vie, qui sait ? Tout sera possible après cette victoire. Aucune femme n'a jamais remporté l'Anderson, et certainement pas une femme de ma beauté – mon succès est garanti.

16

Elle plongea son regard dans l'âtre flamboyant en imaginant déjà sa gloire future.

— Une chose est sûre, tu vas surprendre l'opinion publique, parce qu'à l'heure actuelle, tout le monde semble persuadé que le gamin est déjà vainqueur.

— Où as-tu entendu ça ? demanda-t-elle en haussant un sourcil dédaigneux.

Hunter lui tendit son exemplaire du *Daily Mirror*. Le journal publiait beaucoup plus d'articles sur les échecs qu'aucun autre. En première page, le gros titre annonçait « Reynaldi : la victoire assurée ». L'article expliquait en long, en large et en travers toutes les raisons pour lesquelles les experts s'accordaient à dire qu'aucun adversaire n'était à la hauteur du jeune homme. D'après eux, seul le candidat qui représentait la Russie pouvait espérer lui donner du fil à retordre.

— Ramassis de bêtises, dit-elle en jetant le journal.

— C'est le champion numéro un, la crème de la crème, la nargua Hunter.

— Ce qui ne rendra sa chute que plus amusante.

— Voilà qui est mieux ! s'exclama-t-il en riant.

— Tu n'as pas l'air de prendre tout cela très au sérieux. Je te rappelle que tu as tout autant que moi à gagner avec cette victoire.

— Au contraire, je te prends très au sérieux, bébé, dit-il avec un clin d'œil avant de s'étirer.

— Je te rappelle que tu n'es pas irremplaçable.

— Et par qui vas-tu me remplacer ? Le joueur d'échecs bigleux ? Ça m'étonnerait fortement. Il n'est pas de taille, ajouta-t-il avec un regard lourd de sens vers son entrejambe.

Anitra fronça brièvement les sourcils, avant d'éclater de rire.

— Prétentieux, mais vrai.

LE BALLON traversa le ciel dans un arc parfait et atterrit précisément dans les mains de Rog, comme si Riley lui avait simplement fait une passe de moins d'un mètre, alors qu'il venait de le lui lancer depuis l'autre bout du terrain. Dans les gradins, le public explosa de joie en applaudissant et en tapant des pieds. Vingt-quatre heures plus tôt, Snow aurait fait partie de ces gens, mais aujourd'hui, en scrutant le visage concentré de Rog, il ne pouvait y lire que la violence et la méchanceté dont il était capable. À la fin du match, la foule se pressa vers les sorties et Snow tira Wilson avec lui à travers les gradins. Ils devaient trouver le coach au plus vite.

— Pourquoi es-tu aussi pressé ? demanda Winston en essayant de suivre à grandes enjambées. Nous pouvons très bien attendre dehors.

— Je veux en finir au plus vite avec toute cette histoire.

— Qu'allons-nous dire au coach ?

— La vérité : je n'ai pas le temps, toi si.

— Tu es certain que tout va bien ? demanda Winston en dévisageant son meilleur ami.

— Très bien.

— Tu te comportes bizarrement.

— Je n'ai pas particulièrement apprécié de me faire tabasser par une bande d'hommes des cavernes. Je ne pensais pas qu'ils puissent être aussi méchants.

— C'est pourtant toi qui m'avais mis en garde.

— Oui, mais je n'imaginais pas qu'ils pourraient aller si loin.

Une erreur qu'il n'était pas près de refaire.

Observer Riley dans son environnement naturel était une véritable torture. Une mort lente par désir à sens unique. Snow déglutit péniblement. Il était peut-être un peu dramatique. Après tout, que savait-il du désir ? Il n'avait jamais eu de petit ami. Winston ne comptait pas. Il en pinçait pour Snow, mais ce n'était pas réciproque. De toute manière, Winston en pinçait pour la moitié de la population mâle du campus. C'était peut-être là la punition de Snow : il ne retournait pas les sentiments de Winston, alors le destin le faisait tomber amoureux d'un prince inaccessible qui n'avait même pas conscience de son existence, et qui s'avérait être aussi bête et brutal que les autres.

Super comme conte de fées, songea Snow.

Le coach lui avait donné rendez-vous après le match. Dans les couloirs, Snow ralentit le pas pour lui laisser le temps de quitter les vestiaires et de rejoindre son bureau. Il poussa la porte à double battant du gigantesque complexe sportif qui abritait le gymnase, les vestiaires, les salles d'entraînement et les quelques bureaux et salles de classe. Un homme bâti comme une armoire à glace se posta en travers de leur chemin.

— Je suis désolée, mais l'accès au bâtiment est interdit aux visiteurs.

— Je… Le coach McMasters m'attend. Je veux dire, *nous* attend.

L'homme baissa les yeux en direction du bloc-notes qu'il tenait entre ses mains.

18

— Votre nom ?

— Snowden Reynaldi.

Il le dévisagea comme s'il venait de donner une mauvaise réponse, et pointa Winston du menton.

— Et lui ?

Snow avait l'impression d'être un criminel interrogé par la police.

— Un autre tuteur du département de physique. C'est la raison pour laquelle nous sommes venus voir le coach.

Le grand homme fronça les sourcils avec une grimace suspicieuse, avant de finalement hocher la tête à contrecœur.

— Très bien. C'est la deuxième porte sur la droite, tout au fond de ce couloir.

Snow le remercia, et ils contournèrent Monsieur Muscles pour s'engager dans le couloir indiqué. Même dans la partie administrative du bâtiment, une vague odeur de transpiration flottait dans l'air. Arrivé devant la porte du coach, Snow rassembla tout son courage. *C'est parti.*

Un séduisant jeune homme en jogging était affalé dans un fauteuil, derrière le comptoir de l'accueil. Il lisait un magazine de sport. En les entendant entrer, il leva distraitement les yeux.

— Tu es le gars du département de physique ? demanda-t-il à Snow.

— J'imagine, oui, répondit Snow.

— Et l'autre gus avec toi, c'est qui ? demanda-t-il en désignant Wilson.

— Un autre gars du département de physique, répondit Snow, incertain.

Le jeune homme lui décocha un sourire enjôleur.

— On devrait vraiment t'intégrer à la troupe des pom-pom-girls, tu es plus mignon que la plupart des filles qui y sont inscrites. Désolé, ajouta-t-il aussitôt en portant une main à sa bouche. Le coach dit souvent qu'il n'y a pas de filtre entre mon cerveau et mes paroles. Je m'appelle Danny, offrit-il.

— Salut, Danny.

— J'espère que je ne t'ai pas vexé, je suis vraiment désolé.

— Non, ça va, j'ai l'habitude, répondit Snow en se forçant à décoller ses yeux de ses chaussures pour regarder son interlocuteur dans les yeux.

— Le coach vous attend dans son bureau, dit-il en indiquant la porte derrière l'accueil.

— Merci.

19

Snow parvint à franchir les derniers pas qui le séparaient de son but sans s'évanouir. Pile ce qu'il lui fallait pour ajouter à son anxiété sociale : une personne lui rappelant qu'il avait une dégaine anormale. Il jeta un coup d'œil par-dessus son épaule pour s'assurer que Winston le suivait toujours, puis il tourna la poignée de la porte du bureau et entra.

III

— AH, REYNALDI, pile à l'heure. Merci d'être venu.

Snow entendit vaguement la voix du coach à son entrée, mais il ne le vit pas, aveuglé par la présence solaire de Riley Prince qui était assis sur le fauteuil en face du bureau, vêtu d'un simple pantalon de coton, torse nu, une serviette autour du cou. Ses cheveux d'or étaient plaqués contre son front par la sueur, et les deux marques de cire noire sur ses pommettes rehaussaient la couleur de ses joues, rosies par l'effort. Comment un être humain pouvait-il être aussi parfait ? Les muscles de son torse semblaient taillés dans le marbre. Riley se pencha pour les regarder, mais pas le moindre pli de graisse ne marqua sa taille dans le mouvement.

— Snowden, appela le coach.

— Snow, répéta Winston.

Snow releva lentement la tête vers eux en battant des paupières.

— Oui ?

— Je disais, je vous présente Riley Prince. C'est l'étudiant pour lequel vous avez accepté de faire du tutorat, ajouta le coach en hochant la tête en direction de Snow.

— Oh, oui. Oui, en effet, articula-t-il péniblement. Je veux dire, non ! Je veux dire…

Winston laissa échapper un reniflement amusé et fit un pas en avant.

— Je me présente, Winston Erhlinger. Snow n'aura malheureusement pas le temps de faire du tutorat avec son emploi du temps actuel. Il m'a demandé de le remplacer. Je suis l'un des meilleurs étudiants du département de physique.

Le coach McMasters se leva pour lui serrer la main.

— Je m'en doutais un peu. Avec l'approche du tournoi d'échecs, je me demandais comment il aurait pu trouver le temps. J'apprécie votre aide, Erhlinger.

Le regard baissé sur ses mains, Riley fronça brièvement les sourcils. Puis, il se leva à son tour. Il déplia la longueur impressionnante de son corps de dieu grec, et Snow suivit attentivement le mouvement jusqu'à observer son visage. Il souriait. Pas le sourire hypocrite, poli et arrogant de la star de football, mais un sourire sincère, avec d'adorables petites fossettes. Il tendit l'une de ses grandes mains puissantes à Winston.

— C'est vraiment sympa d'avoir accepté de faire ça, merci.

À sa grande horreur, Snow réalisa qu'il était jaloux que ce sourire soit dirigé vers Winston, et non vers lui. Winston lui rendit son sourire avec un enthousiasme non dissimulé.

— Pas de souci. Je n'avais pas compris qu'il s'agirait de cours particuliers, je croyais que c'était pour l'ensemble de l'équipe de football.

— Ça ne pose pas de problème, j'espère ? demanda le coach.

— Non, pas du tout. Aucun problème. Je suis un grand fan, dit-il à Riley.

Les jambes de Snow se dérobèrent sous lui, et il s'assit rapidement sur la chaise la plus proche pour ne pas se tourner en ridicule. Fan ? Winston n'aurait même pas su différencier une pastèque d'un ballon de football américain. Il était surtout fan des beaux joueurs musclés.

Gêné et en colère, Snow sentit le rouge lui monter aux joues. Il releva la tête et trouva le regard mordoré de Riley posé sur lui. Le footballeur tendit gentiment une main dans sa direction.

— Ravi de te revoir aussi, Snow, dit-il.

Snow examina son énorme main, et, dans un état second, tendit la sienne qui disparut aussitôt, engouffrée dans l'étreinte brûlante de la paume de Riley. La chaleur remonta tout le long de son bras, se répandit dans son ventre et explosa dans sa tête. C'était comme regarder le soleil en face en se forçant à garder les yeux grands ouverts. Il secoua machinalement sa main, une fois, puis deux. La poignée de main se termina, mais Riley ne le lâcha pas. Puis il secoua imperceptiblement la tête, comme s'il sortait de ses pensées, et laissa brusquement tomber la main de Snow. Le rose de ses joues s'intensifia légèrement.

— Je suis désolé que tu n'aies pas le temps de me donner des cours. J'aurais adoré travailler avec toi. Je crains que ce soit moi le grand fan, cette fois.

— Tu… Tu aimes les échecs ? demanda Snow dans un souffle.

— Depuis quand tu t'intéresses aux échecs ? renchérit le coach.

Riley haussa les épaules.

— J'ai fait quelques recherches quand je mettais au point des stratégies de jeu pour les matchs. Je ne comprends pas toujours tout, mais j'aime beaucoup te regarder jouer.

— Il y a des gens qui regardent les échecs pour le plaisir ? demanda le coach, confus.

— C'est différent d'un match de sport, c'est difficile à expliquer, se défendit Riley en rougissant de plus belle.

Snow, d'ordinaire incapable de s'exprimer de façon cohérente en public, se surprit à dire :

— Tu aimes regarder parce que tu anticipes chacun de mes coups, pas vrai ?

Riley hocha la tête.

— Qu'est-ce que c'est que cette histoire ? demanda le coach en faisant aller et venir son regard entre Snow et Riley.

— Riley possède une compréhension innée de la réalité quantique.

— Vraiment ? s'étonna Riley.

— Vraiment ? répéta le coach, toujours aussi perplexe.

— C'est pour ça qu'il est aussi doué sur le terrain, confirma Snow en hochant la tête. C'est aussi pour ça que je suis persuadé qu'avec la bonne approche, il est parfaitement capable de comprendre la physique.

Snow se releva. Il fallait qu'il sorte d'ici.

— Il sera entre d'excellentes mains avec Winston. Bonne chance pour tes examens, ajouta-t-il en direction de Riley, avant de se précipiter vers la porte.

— Merci encore, Reynaldi ! cria le coach dans son dos.

Snow traversa l'accueil à grandes enjambées, fit un petit signe de main à Danny sur le chemin, et une fois seul dans le couloir, il prit une grande inspiration. Le souffle tremblant, il se força à retrouver son calme. Riley Prince était peut-être le plus bel homme sur la surface de la planète, mais il n'avait pas mentionné l'agression de Rog. Il était évident que sa réputation lui importait plus que des excuses.

ROULÉ EN boule sur son tapis, Snow leva les yeux vers le plafond, au lieu de se concentrer sur l'échiquier. Il poussa un profond soupir. Il n'y avait rien à faire. Il n'avait pas la tête à s'entraîner. Sa stupide imagination ne cessait de lui envoyer des images érotiques de Riley et Winston dans diverses étreintes passionnées. *C'est ridicule. Complètement ridicule.* En toute probabilité, Riley était sans doute en train de coucher avec sa petite amie Courtney, plutôt qu'avec Winston. Mais le cerveau de Snow était têtu. *Tu es jaloux, voilà tout.* Il avait beau se répéter encore et encore que Riley n'était rien d'autre qu'un homophobe décérébré, il voulait être son tuteur. Il voulait lui apprendre la physique. Il voulait que Riley lui sourie à lui, pas à Winston.

Il se tourna sur le ventre, le menton perché sur l'une de ses mains. Son portable se mit à sonner dans sa poche et, surpris par le bruit, il manqua de se donner un coup dans la mâchoire. Il roula sur le dos à toute vitesse et extirpa le téléphone de son jean. Il lui fallut appuyer sur le téléphone vert à plusieurs reprises avant de réussir enfin à décrocher.

— Euh… Allô ?

— Salut, c'est moi, dit Winston d'une voix étrange.

— Qu'est-ce qui ne va pas ?

Mon Dieu, et s'il venait de coucher avec Riley ?

— C'est une catastrophe. Un véritable fiasco, soupira Winston.

— De quoi parles-tu ?

— Il ne réussira jamais à comprendre la physique.

— C'est absurde.

— Je viens de passer les trois heures les plus frustrantes de toute ma vie, grogna Winston. Sans doute aussi les mieux accompagnées, mon Dieu que ce type est sexy. Mais il confirme vraiment le cliché sur les blonds. Il est bête comme ses pieds.

— Non, Riley Prince n'est pas bête.

— On voit que tu ne viens pas de passer l'après-midi à essayer de faire rentrer de la physique dans sa cervelle de moineau.

— C'est toi qui n'as pas su lui apprendre correctement.

— Eh bien, merci.

— Excuse-moi, soupira Snow. Ce que je veux dire, c'est qu'on ne peut pas lui enseigner la physique en passant par la méthode traditionnelle. Il est évident que son professeur de physique a déjà essayé, c'est pour ça qu'il a besoin de cours de soutien. Il lui faut une approche différente.

— Mais j'ai tout essayé !

— Je sais, je ne doute pas de toi, le rassura Snow en s'asseyant en tailleur. Merci de t'occuper de ça à ma place.

— Oh, au fait, il s'est excusé pour l'incident à la maison des Zetas l'autre soir. Selon lui, Rog se traîne un gros bagage émotionnel, il a des problèmes familiaux. Riley essaie de le convaincre de suivre une thérapie.

— C'est toujours ça, j'imagine. Sur le coup, il m'a quand même donné l'impression que l'équipe de football comptait plus que nos vies.

— En tout cas, je regrette de ne pas avoir réussi à le faire progresser. J'aurais bien voulu être officiellement invité à l'une de leurs fêtes. Quand je pense à toute cette bière gratuite, dit-il en riant.

— Arrête de râler, je vais t'acheter ton propre fût de bière.

Win rit de plus belle.

— Pour de vrai ?

— Pourquoi pas, répondit Snow en souriant. Si ça te fait vraiment plaisir.

— Non, quand même pas. Tu veux que je vienne te border ?

— Je vais sans doute passer la nuit à travailler mes échecs.

— Je peux venir échec-et-matter ton roi, si tu veux ?

— Bonne nuit, Winston, répondit simplement Snow avec un petit soupir.

— D'accord, d'accord. Quel briseur de cœur. On se voit demain.

Snow raccrocha et fixa longuement l'écran noir de son téléphone. Est-ce qu'il menait Winston par le bout du nez ? Est-ce qu'il lui donnait de faux espoirs ?

Je ne lui ai jamais dit que je voulais être son petit ami.

Mais tu ne lui as jamais dit le contraire non plus.

Il rangea le téléphone dans sa poche. *Tout ce que je veux, c'est quelqu'un qui tienne à moi.*

Tu es une catastrophe sentimentale.

Tragique vérité.

Et qu'était-il censé faire au sujet de Riley Prince ?

Rien du tout, ce n'est plus ton problème.

Mais j'ai la sensation que ça devrait être mon problème.

Comme si tu n'en avais pas déjà assez.

Snow soupira de nouveau et se tourna vers son échiquier. Il ferait mieux de se concentrer sur sa partie espagnole, plutôt que sur le moyen de laisser entrer le prince dans son château.

LE MATIN ? Déjà ? Comment est-ce possible ?

Fixe un échiquier pendant assez longtemps et le soleil finit par se lever.

Snow se traîna depuis son appartement jusqu'au café du campus. Millie le salua aussitôt.

— Bonjour, mon petit rayon de soleil ! Regarde ce que j'ai pour toi.

Snow lui sourit en attrapant le thé latte posé sur le comptoir.

— Tu es ma sauveuse.

— À ce point-là ? demanda-t-elle en riant. Le maître d'échecs de NorCal aurait-il passé une mauvaise nuit ? Ou une trop bonne nuit, peut-être ? ajouta-t-elle en haussant les sourcils de manière suggestive.

Snow regarda nerveusement autour de lui et se sentit rougir.

— Je n'ai pas très bien dormi.

— Je plaisantais, le rassura-t-elle aussitôt en voyant son embarras. Va savourer ton petit déjeuner, dit-elle en désignant de la tête la pâtisserie posée sur une serviette en papier qui l'attendait.

Elle fronça les sourcils, pencha son impressionnante chevelure frisée sur le côté, et prit le croissant entre deux doigts gantés pour l'examiner de plus près. Après inspection, elle le jeta tout droit dans la poubelle.

— Désolé, mon chou, j'ai oublié de préciser à Carol que tu étais allergique aux fruits à coque. Il y a des amandes dans celui-ci. Ne bouge pas, je vais t'en chercher un nature.

— Pas la peine, dit-il en levant une main. Pour être honnête, je n'ai pas très faim. Le thé suffira, mais merci d'être toujours aussi attentive.

— Je ne voudrais pas que notre grand maître d'échecs rende l'âme sur le sol de mon café.

— Ce n'est pas la pire des façons de mourir, rétorqua-t-il avec un petit sourire.

— Tu risquerais vraiment de mourir si tu en mangeais par accident ?

— J'ai toujours un Epipen sur moi en principe, mais si je l'oubliais ou si la réaction était trop violente, alors oui, je pourrais en mourir, expliqua-t-il en tapotant la poche dans laquelle se trouvait son auto-injecteur d'adrénaline.

— Dieu merci, nous n'aurons pas à tester cette théorie ce matin.

— Merci encore pour le thé, Millie. C'est pile ce dont j'avais besoin.

— Prend soin de toi, mon chou, dit-elle avant de retourner servir la file interminable d'étudiants en manque de caféine.

Snow glissa un billet de dix dollars dans le bocal à pourboire et sortit du café en se cramponnant à son thé. La vie était courte, et il avait beaucoup de choses à faire. Il ne comprenait pas pourquoi il n'arrivait pas à se détacher de cette conviction obsédante qu'il devait être le tuteur de Riley Prince. Il se sentait personnellement responsable de sa réussite. Ça devenait ridicule.

Le cours sur la physique des particules était l'un de ses préférés, pourtant il fut incapable de se concentrer. À la fin de l'heure, lorsque le professeur leur dicta le sujet de la prochaine dissertation, Snow le nota distraitement. Lorsqu'il quitta la salle, son professeur l'arrêta.

— Est-ce que tout va bien, Reynaldi ?

— Tout va bien. Je suis désolé, j'ai eu une nuit difficile.

Le professeur lui donna une petite tape affectueuse sur l'épaule.

— Je sais que la pression des tournois d'échecs doit vous peser, mais vous serez un grand physicien, un jour. Ne perdez pas ça de vue.

— Merci, monsieur. Je n'oublierai pas, je vous le promets.

La vérité, c'est que parfois, il oubliait. Snow quitta le bâtiment de physique. Dehors, le soleil d'automne baignait le campus d'une splendide lumière dorée. Il adorait les échecs, et il adorait la physique, mais les deux disciplines remplissaient chaque recoin de sa vie et la solitude qui en résultait était parfois pesante. Il y avait si longtemps que personne ne l'avait simplement pris dans ses bras en lui disant de ne pas s'inquiéter, que tout irait bien. Depuis la mort de sa grand-mère.

La faute à qui ?

La mienne.

Winston serait ravi de te prendre dans ses bras.

Ce n'est pas des bras de Winston dont je rêve.

Alors, continue à rêver.

— Reynaldi ?

Surpris, Snow releva la tête. Le coach McMasters était assis sur l'un des bancs devant le département de physique.

— Bonjour, coach.

— Je suis désolé de vous tendre un guet-apens comme ça, mais je ne peux pas rester sans rien faire. Vous savez déjà que Winston a échoué avec Riley. Il a l'impression de ne pas avoir avancé du tout.

— Ils n'ont pas vraiment fait d'efforts non plus, marmonna Snow en regardant ses pieds.

— Je sais bien, mais Riley était tellement découragé, il a baissé les bras. Il me dit que les cours d'Erhlinger le laissent aussi confus que ceux de son professeur de physique.

— La physique n'est pas une discipline facile.

— Mais vous avez pourtant dit qu'il avait ce qu'il fallait pour apprendre, implora le coach.

Snow lui jeta un coup d'œil. C'était presque comique de voir ce grand macho lui faire des yeux de merlan de frit.

— Oui, c'est ce que j'ai dit.

— Alors pourquoi ça ne fonctionne pas ? Serait-il possible que vous vous soyez trompé ?

Snow aurait pu se contenter de hocher la tête, de dire que oui, il s'était trompé, et que Riley était plus bête qu'il l'avait cru. Il n'entendrait plus parler de cette histoire, et il serait enfin tranquille.

Je ne peux pas faire ça.

Snow poussa un long soupir résigné.

— La plupart des gens partent du postulat que la physique doit s'apprendre comme une discipline rigide et logique, mais ce n'est pas aussi simple. Riley a un instinct pour la physique, il faut simplement la lui expliquer avec des choses qui lui sont familières.

— Vous croyez que vous en seriez capable ? demanda le coach, plein d'espoir.

— Je ne sais pas. Peut-être.

— Si vous réussissez, je vous promets d'envoyer toute la troupe de pom-pom-girls pour vous encourager à votre prochain tournoi.

— Ça ne sera pas nécessaire, répondit Snow en regardant le sol.

— Je devrais peut-être d'abord vous poser la bonne question : voulez-vous bien essayer ?

Snow hocha lentement la tête.

— Quand voulez-vous commencer ?

— Le professeur de Riley lui a donné quinze jours pour remonter sa moyenne. Passé ce délai, il ne validera pas cette matière. S'il ne la valide pas, il ne pourra pas participer au match de mi-saison au cours duquel ont lieu les qualifications pour le championnat. Sans Riley, notre équipe n'a aucune chance. Si ça ne tenait qu'à moi, vous commenceriez sur-le-champ.

Snow regarda autour de lui en écarquillant les yeux, comme s'il s'attendait à ce que Riley bondisse de derrière un buisson.

— Où est-il ?

— Il est encore en cours, et il a entraînement juste après. Accepteriez-vous de le retrouver à son appartement en fin d'après-midi ?

— Très bien, acquiesça Snow en déglutissant.

— Je ne sais pas comment vous remercier. Tiens, voilà son adresse, indiqua le coach en lui tendant un morceau de papier. Il vous attendra pour dix-huit heures, ça vous va ?

— Il ne vit pas avec le reste de la fraternité ? demanda Snow, soulagé.

— Non, il a préféré s'installer en dehors du campus. Je suis tellement soulagé, s'il y a bien une personne capable de le tirer d'affaire, c'est vous.

— Il faut que vous compreniez que je ne peux rien garantir, coach. J'ai très peu de temps, et si ça ne fonctionne pas, j'arrête tout. Le professeur Kingsley va me tuer.

— Ne vous inquiétez pas pour ça, je vais lui parler.

— Gardez en tête que Riley n'a peut-être simplement pas ce qu'il faut pour réussir en physique.

— Je refuse de le croire. C'est un gamin très intelligent. Faites-moi confiance.

Snow hocha pensivement la tête en regardant le carré de papier entre ses mains. Peut-être que Riley était intelligent, mais Snow était un crétin fini.

IV

— SNOWDEN, QU'EST-CE qui t'est passé par la tête ? Tu as besoin de tout ton temps pour t'entraîner et pour étudier. Quand j'ai proposé au coach McMasters de l'aider, ce n'est pas ce que j'avais en tête.

— Je pense sincèrement pouvoir l'aider, répondit Snow en rangeant un livre dans son sac à dos. Tout le monde a baissé les bras, même Winston.

— Je t'en prie, c'est de la physique, pas le secret de l'univers. S'il n'y arrive pas maintenant, il n'y arrivera sans doute jamais.

Snow haussa les épaules en continuant de préparer son sac.

— Ne me dis pas que tu as le béguin pour ce joueur de football ?

Snow redressa brusquement la tête et trouva le regard indulgent de son professeur qui lui souriait gentiment.

— C'est pour l'université que je fais ça, dit-il en secouant la tête.

— Bien sûr, mais…

— Qui a le béguin pour qui ? demanda Anitra de sa voix suave en entrant dans la pièce.

Snow sentit un frisson d'effroi lui parcourir l'échine. Cette femme le mettait terriblement mal à l'aise.

— Personne, répondit le professeur Kingsley en riant doucement. J'étais simplement en train de taquiner ce pauvre Snow. Comment vas-tu, ma chérie ?

Snow garda les yeux résolument baissés sur son sac à dos.

— Très bien. Je suis ravie d'être rentrée à temps pour pouvoir enfin rencontrer Snowden.

— J'oubliais, je ne vous ai pas encore présentés. Viens par là, Snow, dit-il en prenant le jeune homme par l'épaule pour le forcer à se redresser et à le suivre.

Snow releva brièvement les yeux, avant de les baisser aussitôt sur ses chaussures.

De quoi tu as peur ? Qu'elle te change en pierre ?
Peut-être bien.

Il se posta devant elle, incapable de la regarder dans les yeux.

Elle tendit vers lui une longue main fine et élégante, et attrapa son menton entre ses ongles roses parfaitement manucurés.

— Regardez-moi ce grand timide, c'est adorable, dit-elle en levant son visage vers elle, mais Snow gardait les yeux obstinément baissés.

— Un maître d'échecs timide, qui l'eût cru ? Vous n'avez aucune raison d'être timide avec moi, mon garçon, le rassura-t-elle en serrant son visage entre ses doigts pour le forcer à la regarder.

Lorsqu'enfin leurs regards se croisèrent, Snow sentit ses mains se mettre à trembler légèrement. Elle sourit, dévoilant une rangée de dents anormalement blanches et alignées.

— Après tout, je suis de votre côté, ajouta-t-elle avec ce sourire sibyllin.

Snow ne pensait qu'à une chose : dégager son visage de son emprise et s'enfuir en courant, mais tout son corps était comme transi d'effroi et il était incapable de faire le moindre mouvement.

— Mon Dieu, Harold, tu aurais dû me dire que ton jeune protégé était aussi beau.

— Voyons, tu as déjà vu des photos de lui, répondit le professeur en souriant.

— Elles ne lui rendent pas justice. Cette peau de porcelaine, ces longs cils charbonneux… Nombre de femmes tueraient pour vous ressembler, mon garçon.

Elle le tenait toujours par le menton, comme un acheteur qui examine une bête de foire. Snow ne voulait pas paraître impoli, mais elle était insupportable.

— Excusez-moi, dit-il enfin à voix basse en tournant la tête sur le côté pour se dégager.

— Toutes mes excuses, dit-elle en haussant un sourcil. Je me suis laissée emporter par tant de beauté.

Mais bien sûr.

— J'ose espérer que vous me laisserez participer à votre entraînement, ne serait-ce qu'un peu. Parfois il est important d'avoir le point de vue d'une personne extérieure. Je ne me laisse jamais aveugler par ma propre stratégie.

Incrédule, Snow écarquilla les yeux, mais le professeur Kingsley posa une main sur son bras avant qu'il puisse répondre.

— C'est très gentil de ta part, mon cœur, mais Snow a une approche unique des échecs, et les méthodes d'entraînement traditionnelles ne se prêtent pas à ses stratégies.

Un éclair d'agacement traversa son visage parfait, mais elle se reprit immédiatement et leur offrit un sourire mièvre.

— Il n'y a jamais rien eu de traditionnel dans mon jeu, protesta-t-elle.

— Je connais bien vos deux styles respectifs, il n'y en a pas un meilleur que l'autre, ils sont simplement très différents.

— Cette différence pourrait vous offrir une meilleure perspective, insista-t-elle.

Le professeur se tourna vers Snow, songeur.

Non, n'accepte pas. N'accepte pas.

— Non, je pense que nous allons nous en tenir à notre programme. Mais merci beaucoup de ta proposition, répondit finalement le professeur Kingsley.

— Je préfère aussi, merci, ajouta Snow.

Il était tellement soulagé qu'il en avait presque la tête qui tournait.

Le sourire d'Anitra s'élargit, mais il n'atteignit pas vraiment ses yeux.

— Mon Dieu, mais il a même une voix de fille.

Le professeur fronça légèrement les sourcils.

— Non, Anitra. Il a une voix certes mélodieuse, mais parfaitement masculine.

Elle posa une main sur son épaule.

— Bien sûr, mélodieuse. C'est ce que je voulais dire.

Il faut à tout prix que je sorte d'ici.

— Je ferais mieux d'y aller, annonça Snow en attrapant son sac à dos. Ravi de vous avoir rencontrée, ajouta-t-il en se dirigeant vers la porte.

— Ne passe pas trop de temps sur ce projet de tutorat, lui rappela le professeur Kingsley. Nous avons beaucoup de travail devant nous.

— Promis, répondit Snow.

— Projet ? Quel projet ? demanda Anitra d'une voix curieuse.

Snow ralentit.

Ne lui dis rien. Ne lui dis rien.

— Il donne des cours de soutien à un autre étudiant.

— Comme c'est charitable de sa part, risquer son titre de champion pour aider quelqu'un d'autre.

Snow se tourna brièvement et aperçut Anitra, pendue au bras du professeur. Était-elle sincère dans ses sentiments ? Tenait-elle vraiment au professeur Kingsley ? Qu'aurait-elle à gagner à faire semblant ? Snow en conclut qu'elle devait vraiment être amoureuse.

— Je ne rentrerai pas trop tard, dit-il en attrapant la poignée. Nous pourrons nous entraîner à mon retour.

— Très bien, à tout à l'heure alors, le salua le professeur.

Snow s'engouffra dans le couloir comme s'il avait des chiens enragés aux trousses. Il s'adossa à la porte en se forçant à reprendre son souffle. Pourquoi régissait-il ainsi ? Il devrait être flatté qu'elle propose de l'aider à s'entraîner, pas terrorisé. Pourquoi l'angoisse nouait-elle son ventre de cette façon ?

Il sortit son téléphone de sa poche pour regarder l'heure. *Dépêche-toi, Riley t'attend.* Encore une autre raison d'avoir mal au ventre, mais totalement différente cette fois.

Il traversa le campus en courant. Il avait oublié de préciser au coach McMasters qu'il ne conduisait pas, et il ne trouverait pas de taxi dans les parages. Il ne lui restait plus qu'à courir jusqu'à destination.

Une demi-heure plus tard, il arriva enfin dans la rue de Riley. Il ralentit la cadence et inspira profondément. Il espérait qu'il n'était pas couvert de sueur. Non pas que ce soit un détail important. Mais dernièrement, son cerveau semblait obnubilé par les choses les plus incongrues.

C'était un quartier résidentiel paisible, un peu vieillot, bordé de petites maisons identiques. Il trouva rapidement le numéro que lui avait donné le coach, le 557. Le petit jardin de devant se démarquait à des kilomètres : il débordait de fleurs dans tous les sens. Une vieille dame était assise dans une balancelle sur le porche. Snow vérifia le numéro une dernière fois, pour être certain, mais c'était bien la bonne adresse. Il resta debout, planté devant le petit portail en bois blanc. Il n'osait pas la déranger.

— Ne restez pas planté là, mon mignon. Entrez donc.

S'adressait-elle à lui ? Il jeta un coup d'œil par-dessus son épaule.

— Oui, c'est à vous que je parle, jeune homme, ajouta-t-elle amusée. Vous êtes sans doute là pour voir Riley ?

Il ne fallut pas plus que ces quelques secondes à Snow pour décider qu'il allait aimer cette femme.

— Oui madame, confirma-t-il en franchissant le portail et en remontant la petite allée pavée jusqu'au porche.

Elle pencha la tête sur le côté et se leva pour l'attendre en haut des marches.

— C'est bien. Ce garçon a besoin de plus d'amis. Et quelque chose me dit que vous êtes un ami intelligent.

Snow ne savait pas quoi répondre à ça.

— Je m'appelle Eudora Wishus, dit-elle en tendant une main vers lui.

Snow la saisit sans hésiter. Sa peau était aussi fine que du papier de soie, mais sa poigne ferme et chaleureuse témoignait de la vigueur que cette petite dame âgée gardait encore.

— Riley vit au premier étage. Vous n'avez qu'à prendre l'escalier, juste en face de la porte d'entrée. Si vous avez besoin de quoi que ce soit, je vis dans l'appartement tout de suite à gauche, n'hésitez pas à venir me voir.

— Merci, madame, dit-il avec un sourire sincère.

— Appellez-moi Eudora.

— Je suis Snow. Snowden Reynaldi.

— Je sais qui vous êtes.

Snow ne savait pas non plus quoi répondre à ça. Eudora était décidément bien mystérieuse. Il se contenta de lui sourire et entra dans la maison. Comme indiqué, il trouva la porte d'Eudora tout de suite sur la gauche. Une porte d'un bleu flamboyant, sur laquelle étaient accroché un tableau représentant un chat avec une patte avant tendue, avec l'inscription « parle à la patte », et un heurtoir en forme d'oiseau. Snow gravit l'escalier, étrangement rassuré par sa conversation avec madame Wishus. Si Riley vivait dans une petite maison de banlieue avec une vieille dame comme ça, il ne pouvait pas être si méchant. Peut-être que Snow aurait dû prendre le temps de s'asseoir un peu avec elle et de lui demander si elle savait pourquoi il se sentait obligé d'aider un type qui ne pensait qu'à sa carrière de footballeur. Il trottina jusqu'en haut des marches et, arrivé à la porte au sommet, il prit une grande inspiration. Mais avant même qu'il puisse attraper la poignée, la porte s'ouvrit à la volée.

Snow fit un pas en arrière et son pied glissa dans le vide. *Oh, non.* Il battit des bras, paniqué, mais une grande main le rattrapa à temps et le tira vers l'avant. Ses pieds quittèrent le sol et il se retrouva propulsé contre le corps de Riley, qui referma ses bras autour de lui pour l'empêcher de tomber. Snow repensa immédiatement à la confrontation avec Rog quelques jours plus tôt et sentit la colère le gagner.

Le souffle court, il releva la tête et plongea dans le regard doré de Riley. Le jeune homme affichait un petit sourire amusé.

— Content que tu m'aies trouvé.

Il rit, et le son de son rire fit vibrer sa cage thoracique, tout contre Snow. C'était une sensation étrange et agréable, qui pouvait potentiellement très vite devenir embarrassante. Il se tortilla entre les bras de Riley pour éloigner son entrejambe des cuisses musclées du jeune homme.

— Peux-tu me reposer par terre, s'il te plaît ?

— Oh, désolé, s'excusa Riley en le relâchant doucement.

Snow retira hâtivement son sac à dos et le positionna devant lui, en priant pour que Riley ne remarque rien.

— Salut, dit-il d'un ton ferme. Nous devrions nous y mettre tout de suite.

Il entra d'un pas décidé dans la grande pièce lumineuse, remplie de vieux meubles dépareillés, mais qui créaient une ambiance charmante et confortable.

— Oui, je t'en prie, bien sûr.

Snow s'arrêta au beau milieu de la pièce.

— Cet endroit est fantastique.

— Merci.

— Pourquoi ne vis-tu pas avec le reste de la fraternité ? Je croyais que tu étais le roi des Zetas ? demanda Snow en fronçant les sourcils.

Le regard de Riley se voila.

— Je préfère vivre tout seul.

— Oh. Je peux te demander pourquoi ?

— Je ne me sens pas vraiment à ma place dans la maison de la fraternité.

— Pourtant, la dernière fois, tu m'as semblé parfaitement à ta place, rétorqua Snow avant de pouvoir s'en empêcher. Je suis désolé, ajouta-t-il aussitôt. Je ne voulais pas dire ça. Je ne vaux pas mieux qu'un membre de la fraternité si je m'abaisse à la méchanceté gratuite.

— Ne t'excuse pas, c'est mérité. J'aurais dû dire quelque chose l'autre soir. La pression du groupe ne me rend pas très intelligent.

— Au moins, tu l'as empêché de nous tuer, j'imagine que je devrais m'estimer heureux.

— Tu sais, la plupart des gars de la fraternité sont vraiment très gentils. Roget n'est pas très bien dans sa peau. Il a une belle gueule, et quand il était gamin, il se faisait traiter de pédé à longueur de journée. C'est difficile d'être gay dans cette région, je crois qu'il s'en prend aux autres pour régler ses problèmes. Je suis sincèrement désolé. Je suis prêt à le dénoncer au doyen, si tu veux.

— C'est toujours difficile d'être gay, corrigea Snow en pinçant les lèvres.

— J'imagine.

— Tu n'imagines rien du tout.

— Non, sans doute. Mais tu as quand même accepté de m'aider, et je t'en suis infiniment reconnaissant, dit-il avec un petit sourire. Je te présente toutes mes excuses pour mon attitude, et pour celle de toute la fraternité ce soir-là.

Snow croisa ses bras autour de lui, comme pour se protéger de quelque chose. Ce n'était qu'un petit réconfort, mais il en avait besoin.

— Pour une raison étrange, j'ai l'impression que si je ne t'aide pas, je vais décevoir le campus tout entier.

— Quelle que soit cette raison, merci.

Snow étudia les traits de son séduisant visage. Comment pouvait-on refuser quoi que ce soit à Riley Prince ?

— Très bien, mettons-nous au travail, dit-il d'une voix plus douce.

Il s'était montré un peu sévère. Après tout, Riley les avait vraiment sauvés ce soir-là.

— C'est vraiment un très bel endroit, dit-il en regardant autour de lui et en posant son sac à dos.

— Ma propriétaire vit au rez-de-chaussée, c'est elle qui a tout installé, répondit fièrement Riley avec un sourire, accentué par ses charmantes fossettes.

— Madame Wishus, acquiesça Snow.

— Tu l'as rencontrée ? Sacré numéro, hein ?

— Elle est extraordinaire, tu as de la chance. Mon immeuble appartient à une société, c'est beaucoup moins cosy.

Riley le dévisagea longuement.

— Tu l'as tout de suite perçu.

— Quoi donc.

— Que madame Wishus est une personne extraordinaire.

— N'importe qui l'aurait remarqué. Cette femme est un enchantement.

— Non, pas n'importe qui.

— Elle m'a invité à passer la voir si j'ai besoin de quoi que ce soit.

— Incroyable, répondit Riley en haussant les sourcils. Je ne l'ai jamais vue se montrer aussi ouverte avec qui que ce soit. Elle est plutôt du genre méfiant. Elle a dû sentir quelque chose de spécial chez toi aussi.

L'espace d'une seconde, Snow sentit son cœur s'arrêter, prisonnier entre les fossettes de ce sourire magique et irrésistible.

Puis, Riley tapa dans ses mains et Snow se secoua.

— J'ai hâte de commencer. Qui aurait cru qu'un jour, je serais pressé d'apprendre la physique ? Installons-nous à la table juste sous la fenêtre, j'adore la luminosité à cet endroit.

Il avait le chic pour dire les choses les plus surprenantes, et certainement pas celles que l'on attendait de la bouche d'un joueur de football. Snow hocha la tête et sortit un cahier de son sac. Riley s'installa à la table en face de lui, dans la lumière du soleil couchant. Les rayons dorés éclairaient les reliefs parfaits de son visage. Snow inspira profondément. *Comment suis-je censé travailler dans ces conditions ?*

— Plan d'attaque. Que connais-tu déjà, et qu'as-tu besoin d'apprendre ?

Riley soupira.

— Je connais les démonstrations. J'ai appris par cœur les lois et les théorèmes, mais dès qu'il s'agit de les appliquer à des formules concrètes, je ne comprends plus rien. C'est comme si je regardais des hiéroglyphes.

— Tu ne dois pas avoir le bon angle de vue.

— Pour être honnête, je sais bien que je ne suis pas très intelligent.

— Qui t'a dit une ânerie pareille ? demanda Snow en fronçant si fort les sourcils qu'il en attrapa presque une crampe au front.

— Personne, répondit Riley en haussant les épaules. Tout le monde, je ne sais pas. Mon professeur de physique, ça, c'est sûr. Et je suis persuadé que Winston le pense aussi.

— C'est ridicule. Qui est ton professeur de physique ?

— Jenkins.

— Pourquoi tu n'as pas pris le cours de Kingsley ?

— Par stupidité. Je pensais que le cours de Kingsley serait trop difficile pour moi, alors j'ai pris celui de Jenkins.

— Jenkins est un snob prétentieux. Tout ce qu'il connaît et ce qu'il comprend de la physique, il l'a appris par cœur dans des livres. Cet homme n'a aucune affinité naturelle avec notre discipline, s'emporta Snow. Excuse-moi, ça sonnait terriblement critique.

— Où étiez-vous, toi et ton discours passionné, le jour où j'ai fait l'horrible choix de prendre le cours de Jenkins ? plaisanta Riley.

— Ce que tu dois savoir, c'est que le professeur Jenkins n'aime pas les sportifs par principe. Il est vaniteux, et il est insupportable avec les étudiants plus beaux que lui. Il a dû te jeter un simple coup d'œil et décider sur-le-champ qu'il allait faire de ta vie un enfer. Je te parie que tu ne te débrouilles ni mieux ni moins bien que la majorité des étudiants qui ont validé cette matière, mais qu'il s'auto-congratule à l'idée de mettre des bâtons dans les roues d'un joueur de l'équipe de football.

— Mais comment puis-je lutter contre ça ? demanda Riley en secouant la tête. Le semestre est trop avancé pour changer de matière, il faut que je réussisse son examen si je veux mon diplôme.

— Et c'est pour ça que je suis là, répondit Snow en tapotant le cahier du bout de son stylo. Nous allons travailler comme des bêtes et tu vas lui rabattre le caquet. Il n'aura pas d'autre choix que de te faire valider sa matière. Sa perception de ton intelligence est subjective, ne le laisse pas te décourager. Tu es très intelligent.

— Comment tu peux savoir ça ? demanda Riley en tordant la bouche sur le côté pour ne pas sourire.

— Parce qu'une personne capable d'anticiper mes mouvements aux échecs est forcément une personne brillante, répondit Snow en souriant malgré lui.

— Je ne sais même pas comment je réussis à faire ça.

— Comment sais-tu où lancer le ballon pour être certain que ton receveur l'attrape ?

— Parce que nous préparons des stratégies, et que nous répétons des milliers de fois avant un match.

— Il ne t'arrive jamais de devoir improviser ?

— Tout le temps, rien n'est parfaitement prévisible.

— Comment ?

— Je regarde ce qui se passe sur le terrain, j'anticipe les prochains mouvements possibles, et je fais ce qui me semble le mieux.

— Tu viens de me donner une définition de la physique.

— Quoi ?

— La physique ne sert qu'à expliquer le monde naturel. Enfin, peut-être pas à l'expliquer, mais disons qu'elle embrasse les réalités du monde naturel. Les particules, les ondes, la probabilité absolue, la délinéation des systèmes de mesure.

— Je ne comprends rien à ce que tu racontes.

— Quand tu lances le ballon, est-ce que tu le lances en spirale ou en tir droit ?

— En spirale.

— Pourquoi ?

— Parce qu'il va plus loin.

— Pourquoi ?

Riley haussa les épaules.

— Tu connais la réponse.

— La prise au vent ?

— Exactement. Maintenant, qu'est-ce qui détermine la vitesse d'un coup de pied de dégagement ?

— La puissance avec laquelle on frappe dedans ?

— De quel principe s'agit-il ?

— La loi du mouvement ?

— Qui, elle, détermine à son tour ?

— Euh… L'accélération ?

— Très bien. Prenons l'exemple de la vélocité horizontale et verticale d'un ballon de football.

Snow ouvrit son cahier et commença à griffonner sous le regard émerveillé de Riley.

— Le trajet parabolique du ballon est déterminé par les deux équations suivantes, inscrit-il :

« $y = V_y t - 0.5gt2$

$y = V_y t - 0.5gt2$

$x = V_x$

$x = V_x t$ »

— Y représente la hauteur à n'importe quel moment. Vy est la valeur verticale de la vélocité initiale de ton ballon. G est l'accélération en fonction de la gravité terrestre, soit 9,8 m/s2, et x la distance horizontale du ballon à n'importe quel moment. Est-ce que ça te semble clair ?

Riley hocha la tête, sans jamais décoller les yeux du cahier.

— Pour calculer la durée de suspension dans les airs, la hauteur de pic et la distance maximale d'un coup de pied de dégagement, il faut connaître la vélocité initiale du ballon après qu'il a été frappé, et l'angle de frappe. Tu dois donc déconstruire la vélocité en deux composants, vertical et horizontal, continua Snow en écrivant les valeurs.

Riley ouvrit la bouche, puis la referma, et la rouvrit à nouveau.

— C'est complètement dingue ! Je pourrais utiliser ça pour déterminer des mouvements importants.

— Exactement, tu pourrais connaître la distance que parcourra un lancer en fonction de la force de frappe. Tu sais déjà tout ça instinctivement, la physique est l'application mathématique de cet instinct. Une application mathématique qui pourrait t'aider à avoir ton diplôme, ajouta Snow en souriant.

Riley rapprocha sa chaise de celle de Snow, et le jeune homme réprima un frisson.

— Montre-moi un autre exercice.

Snow sourit à nouveau. Il savait qu'il y arriverait.

— Très bien, calculons l'amplitude maximale d'un lancer. J'imagine que c'est le genre d'info dont tu pourrais avoir besoin au cours d'un match.

— Et comment, répondit Riley avec enthousiasme en attrapant un crayon de papier pour commencer à griffonner des chiffres à côté des formules de Snow.

Moins d'une demi-heure plus tard, il résolvait les problèmes posés par Snow tout seul, son grand front strié par des rides de concentration.

— Si on change l'angle de frappe à 60 degrés, ça nous fait un temps de suspension dans les airs de 4,84 secondes et une amplitude maximum de 65,8 mètres, pour une hauteur de pic de 54,5 mètres, c'est ça ? demanda-t-il en levant la tête pour chercher l'approbation de Snow.

— Exactement, acquiesça Snow. Pour l'instant, ce ne sont que des problèmes basiques, mais nous allons voir ensemble que ça peut se compliquer.

Il nota une nouvelle ligne de calcul et Riley l'observa, fasciné.

— C'est tellement cool, s'émerveilla-t-il.

— Je suis content que tu te réconcilies avec la physique.

— Ça aurait été tellement plus simple si Jenkins était aussi intéressant.

— Comme pour beaucoup de matières, c'est à toi de créer l'intérêt, de déterminer comment tu es susceptible d'apprivoiser la discipline par le prisme de ce que tu connais déjà et de ce que tu aimes.

— Mais tu rends ça tellement passionnant, Snow, insista-t-il en relevant la tête vers lui. Tout devient passionnant avec toi.

— Je… Moi ? demanda Snow, hébété.

— Oui, toi, répondit Riley en souriant. Pourquoi crois-tu que je vienne regarder tes parties d'échecs ? Quand je te regarde jouer, j'ai l'impression d'être connecté au système solaire et de pouvoir toucher les étoiles.

— On… On ne peut pas toucher les étoiles, elles sont faites de plasma, rétorqua bêtement Snow.

— Les planètes, alors, corrigea Riley, amusé. Il y a longtemps que j'attendais l'occasion de te dire ça, Snow. Je trouve que tu es…

Le bruit d'une clef dans la serrure les interrompit, et ils tournèrent la tête vers la porte à l'unisson.

Non, non, non, pas maintenant !

Et là, ironie du sort, la porte s'ouvrit pour révéler la splendide et parfaite Courtney Taylor.

— Oh, salut tous les deux ! dit-elle de sa voix enjouée en entrant dans la pièce. Vous êtes encore en train de travailler ? Mon Dieu, Snow, tu dois être un véritable magicien, personne n'a jamais réussi à lui faire aimer la physique auparavant. Pourtant, je lui dis tout le temps « il faut faire un effort, bébé, l'équipe a besoin de toi, bosse tes trucs de physique ».

Elle avança jusqu'à eux, passa une main dans les cheveux de Riley pour tirer sa tête en arrière, et l'embrassa sur les lèvres avant de se planter sur ses genoux.

— Tu as appris beaucoup de trucs aujourd'hui, bébé ?

Son genou nu cogna contre la cuisse de Snow et il se leva brusquement, comme s'il venait de recevoir un choc électrique.

— Je n'avais pas vu l'heure, je ferais mieux de rentrer moi ! Il faut que j'aille m'entraîner pour mon tournoi.

Il avait tellement hâte de fuir cette situation, de quitter cet endroit.

Riley força gentiment Courtney à quitter ses genoux et se leva pour retenir Snow.

— Quand pourras-tu revenir ? Il ne nous reste que deux semaines, mais j'ai déjà l'impression d'avoir tellement progressé ce soir. Je sais que tu es très occupé, je ne veux pas te déranger, mais crois-tu que tu pourrais…

— Oui, oui, bien sûr. Envoie-moi un texto, nous fixerons un nouveau rendez-vous, dit-il précipitamment en arrachant les pages du cahier sur lesquelles ils avaient travaillé pour les lui laisser.

Il fourra à la hâte tout le reste de ses affaires dans son sac et se précipita vers la porte. Il avait l'impression de passer sa vie à fuir, ces derniers temps.

— Au revoir, Courtney, lança-t-il par-dessus son épaule.

Une fois franchie la porte d'entrée, il s'arrêta en haut des marches du porche pour calmer sa respiration.

Mais à quoi est-ce que tu pensais, espèce d'abruti ? Tu croyais peut-être que sa petite amie n'existait plus ? Qu'elle s'était magiquement transformée en théière ?

Il s'apprêtait à m'avouer quelque chose d'important. Il a dit qu'il attendait cette occasion depuis longtemps.

Qu'est-ce que tu t'imagines, qu'il va subitement devenir gay et tomber sous le charme d'un cas social avec une dégaine comme la tienne ? Arrête de rêver.

Derrière lui, la porte d'entrée s'ouvrit et Eudora apparut, un verre d'eau à la main.

— Tenez mon chou, buvez ça, ça ira mieux.

Sans poser de question, Snow accepta le verre et le but d'une seule traite. Après ça, il se sentit infiniment mieux. Eudora récupéra le verre vide et lui sourit.

— Leçon de la journée : ayez confiance en vous, et ne croyez pas tout ce que vous voyez, compris ?

— Je... Oui, je crois.

— Très bien, dit-elle satisfaite, en lui tapotant tendrement la joue.

Puis, elle fit demi-tour et rentra dans la maison en refermant la porte derrière elle. Si une chenille bleue était apparue pour lui demandant en fumant « Qui es-tu ? », Snow n'aurait même pas été étonné.

V

Snow examina le tableau devant lui en fronçant les sourcils.

Le professeur sortit de la réserve avec un échiquier et l'installa devant lui.

— Aujourd'hui nous n'allons pas travailler le match Kasparov contre Topalov des Pays-Bas, tu le connais par cœur. Je vais recréer une autre de leurs confrontations ; je veux voir si tu es en mesure de deviner la stratégie de Kasparov, en fonction de ce que tu connais déjà de son jeu.

— Vous voulez que je joue comme Kasparov ?

— Pour renforcer ta capacité à anticiper le jeu de ton adversaire, oui.

— D'accord.

— Pour lancer la partie, c'est moi qui vais décider de ton premier coup, après ça, tu as carte blanche, annonça le professeur Kingsley en positionnant le premier pion de Snow en d4.

— Dans la mesure où c'est le coup préféré de Kasparov pour ouvrir une partie, ça ne me donne pas beaucoup d'indices pour la suite, remarqua Snow en souriant.

— C'est vrai, admit le professeur en avançant son cavalier noir en f6.

Snow expira longuement et calmement. *Je suis Kasparov*, se rappela-t-il. Il fit glisser son pion en c4, le mouvement le plus plausible pour Kasparov.

— Voyons un peu ce que vous me réservez.

Le professeur avança le pion en e6 aux côtés de son cavalier.

Cavalier blanc en f3. *Voilà qui paraît inoffensif.*

— Excellent, approuva Kingsley. Comment s'est passé ton cours de physique ? demanda-t-il en bougeant en b6.

Pris de cours par cette question inattendue, Snow inspira brutalement. *Oh, non, j'espère qu'il n'a pas entendu.*

— Très bien. J'ai commencé par des formules dont il pourrait se servir au quotidien, et à la fin de l'heure, il résolvait les problèmes sans même avoir besoin de mon aide, répondit Snow en se déplaçant en a3, variation de Petrossian.

— C'est une bonne nouvelle, je suis certain que le coach t'en sera éternellement reconnaissant, dit-il en posant son fou en b7.

Snow avait l'impression de marcher sur des œufs ; fallait-il qu'il ose poser la question qui lui brûlait les lèvres ?

— Dites, professeur… commença-t-il en bougeant le cavalier en c3.

— Choix judicieux. Tu voulais me demander quelque chose ?

— Pourquoi ne m'avez-vous jamais parlé de vos fiançailles ?

Le professeur Kingsley suspendit son prochain geste au-dessus de l'échiquier pendant un quart de seconde, presque imperceptible, puis avança son cavalier en e4.

— Je dois avouer que tout est allé très vite.

— Mais, comment est-ce arrivé ? insista poliment Snow, en essayant de ne pas faire la grimace et en prenant le cavalier du professeur.

Kingsley se racla la gorge.

— Tu te souviens de la conférence des éducateurs à laquelle je me suis rendu ? J'ai rencontré Anitra là bas. Elle s'est présentée et m'a dit qu'elle avait postulé pour la place de doyenne adjointe, en m'expliquant que c'était en grande partie parce qu'elle admirait mon travail et qu'elle serait honorée de travailler sur le même campus que moi. Tu vas peut-être trouver ça ridicule, mais ça m'a flatté, avoua-t-il en prenant le cavalier de Snow avec son fou.

— Je ne trouve pas ça ridicule.

— Une chose en amenant une autre, continua Kingsley avec un sourire énamouré, nous avons beaucoup discuté, et nous nous sommes découverts énormément de points communs. Je n'avais pas ressenti ça depuis tellement longtemps… À la fin de la semaine de conférences, je crois que nous étions tous les deux sous le charme.

Sous le charme. C'était un choix de mots intéressant.

— C'est du rapide, remarqua Snow en déplaçant son autre cavalier en d2.

Le professeur lui lança un regard surpris.

— Oui, je… C'est sans doute l'impression que ça donne, mais sur l'instant, ça m'a semblé naturel, dit-il en plaçant son fou en g6.

Snow déglutit nerveusement. Visiblement, le professeur n'avait rien remarqué d'anormal dans l'attitude de sa dulcinée. Il repoussa sa chaise et s'éloigna de la table.

— Je connais ce jeu.

— Le match de Kasparov qui lui a valu son titre de grand maître, confirma le professeur. Je pensais te surprendre, mais une fois encore, tu es bien trop en avance sur moi.

Snow se demanda brièvement si son animosité envers Anitra n'était que de la jalousie.

— Est-ce que vous avez le projet d'entraîner mademoiselle Popescu aussi ?

— Oui, mais seulement après le tournoi. Je me disais d'ailleurs que tu aurais peut-être envie de participer. Elle pourrait beaucoup apprendre de tes intuitions. C'est une joueuse beaucoup trop logique.

— Vous voulez dire qu'elle ne s'inscrira pas à l'Anderson ?

— Elle a les scores nécessaires, mais je lui ai dit qu'elle n'était pas prête, répondit Kingsley en secouant la tête.

— Comment peut-elle avoir les scores nécessaires ? Je n'avais jamais entendu parler d'elle.

— Assez étrangement, elle n'a participé qu'à de petits tournois très méconnus et de faible niveau. C'est sans doute pour ça qu'elle n'a jamais attiré les projecteurs de la communauté des échecs. C'est assez malin quand on y pense, mais c'est une stratégie à double tranchant, et dans le cas de l'Anderson, elle n'est pas assez préparée pour une compétition de cette envergure.

— Et elle est d'accord avec vous sur ce point ? Elle admet ne pas être prête ?

— Non, reconnut-il avec un sourire pincé. Mais elle finira par entendre raison.

Snow dissimula ses mains tremblantes sous la table. Il ne savait pas pourquoi la fiancée du professeur le mettait dans cet état, alors qu'il était évident qu'ils étaient amoureux.

— Je suis heureux pour vous, dit-il à voix basse.

Kingsley posa une main sur son avant-bras et le pressa légèrement.

— Ne t'inquiète pas, ça ne changera rien entre nous. Anitra apprendra à te connaître et à t'apprécier autant que moi, j'en suis certain. Elle deviendra comme un deuxième mentor pour toi.

Snow se força à sourire et le professeur resserra brièvement la prise de sa main.

— À ton tour de te confesser, jeune homme. Dis-moi la vérité, es-tu certain que tu n'as pas un tout petit peu le béguin pour le beau joueur de football ?

45

— Ce ne serait pas très intelligent, répondit Snow en poussant un énorme soupir. Il est hétéro.

— Hélas, on ne contrôle pas ses sentiments.

Snow haussa tristement les épaules.

— Winston est-il au courant ?

— Professeur, commença Snow en fronçant les sourcils, je sais bien que vous avez toujours espéré que Winston et moi nous mettrions ensemble, mais ça n'arrivera jamais. Malheureusement, je n'ai pas de sentiments romantiques à son égard. J'aurais pourtant préféré, cela m'aurait simplifié la vie.

— Je comprends, ne m'en veux pas. Je ne veux pas que tu sois seul, c'est tout. Je connais trop bien les ravages de la solitude, et ne pas avoir de famille sur laquelle compter quand on a ton âge, c'est très difficile.

— Je ne me sens pas seul, et vous avez toujours été comme une famille pour moi.

— Je sais bien, mais je te connais. Tu es un grand romantique et tu rêves de prince charmant et de conte de fées. J'ai peur que ces illusions t'isolent. Il faut te trouver un compagnon réel, après tout, tu vas bientôt avoir vingt et un ans. Je ne veux pas que ta vie se résume aux échecs et à une poignée de rêves irréalisables. Je veux que tu trouves le vrai bonheur, comme moi, dit-il avec un sourire éblouissant.

Snow sentit son estomac se serrer.

— Allez, une dernière partie et on rentre à la maison, lança le professeur Kingsley en rassemblant ses pions. Je dois retrouver Anitra pour une petite soirée cocktail en amoureux

Trois quarts d'heure plus tard, Snow longeait la rue bordée de platanes qui menait jusqu'à son immeuble. Il avait hérité son appartement de ses parents. Il aurait préféré ne pas avoir de toit sur la tête et avoir encore une famille. Il soupira. Au moins, il avait un endroit pour s'entraîner aux échecs et préparer son futur. Une fois dans le hall d'entrée, il vérifia sa boîte aux lettres : de la publicité pour des magazines d'échecs, quelques lettres de fans qui n'avaient pas été envoyées sur sa boîte postale, et deux invitations à des tournois, d'ordinaire directement envoyées au professeur Kingsley.

Il monta les escaliers jusqu'au dernier étage et repensa à l'appartement de Riley. Leurs lieux de vie étaient si différents. Son immeuble était froid et moderne, tout de verre et d'acier. Il n'y avait pas de vieux tapis confortable ni de gentille propriétaire au rez-de-chaussée. L'immeuble appartenait à sa famille en fidéicommis, ce qui signifiait que le jour de ses vingt et un ans, il en deviendrait le seul et unique propriétaire.

Il entra dans son appartement, jeta le courrier sur la console dans l'entrée, et se laissa lourdement tomber dans le fauteuil à bascule devant l'immense baie vitrée. Il n'aimait pas particulièrement la décoration de son appartement, mais il adorait cette vue. Ce soir-là, de larges nuages noirs se rassemblaient à la cime des arbres, bloquant l'horizon et le superbe panorama qu'il aimait tant. Au loin, un coup de tonnerre retentit et fit vibrer le verre de la fenêtre. Au moins, la météo était en accord avec ses états d'âme. Il était terrorisé, mais il ne comprenait pas pourquoi. Il avait toujours fait confiance au jugement du professeur Kingsley, alors pourquoi se sentait-il subitement si méfiant ?

Il enfouit son visage dans ses mains et aperçut le flash d'un éclair qui zébrait le ciel entre ses doigts. Dans sa poche, son portable se mit à vibrer.

Il le leva jusqu'à son visage, écarquilla les yeux et décrocha, paniqué.

— Euh… Allô ?

— Salut, Snow, répondit Riley, un sourire dans la voix.

— Salut, répondit-il hésitant.

— Tu m'as demandé de t'appeler, tu te souviens ? clarifia Riley en riant doucement.

— Oh. Oui.

Techniquement, il lui avait dit de lui envoyer un texto, mais c'était encore mieux.

— Je suis désolé que Courtney nous ait interrompus comme ça, est-ce que tu veux bien qu'on remette ça ?

Dis-lui non. Refuse.

— Tu es libre demain ?

— Demain, c'est parfait. J'ai fait quelques exercices supplémentaires, j'ai hâte de te montrer ça.

— D'autres exercices ? C'est super. Je… J'ai hâte aussi.

— Ça te va si nous faisons ça chez toi, cette fois ?

— Chez moi ? répéta-t-il en avalant sa salive.

— Tu as mentionné que tu avais un appartement, ça t'évitera de faire tout le chemin jusque chez moi.

— Je ne sais pas trop…

— Je suis désolé, je ne veux pas m'imposer, mais je me suis dit qu'au moins, comme ça, nous serions certains de ne pas être interrompus, cette fois.

— Oui ce… ce serait bien, acquiesça Snow en laissant échapper une respiration tremblante.

— Génial, tu m'enverras ton adresse par texto ?

— D'accord.

— Je te propose d'apporter à manger. Je sais bien que je te prends beaucoup de ton temps, comme ça nous ne mangerons pas trop tard.

— Oui c'est… Merci, c'est très gentil.

— Impec. À demain alors ?

— À demain.

Snow raccrocha et lui envoya son adresse exacte, les mains tremblantes. Il releva la tête et parcourut du regard son immense appartement vide.

Où était-il censé trouver des meubles et de la vaisselle d'ici le lendemain ?

ANITRA POSA le verre de martini-pomme juste à côté du fauteuil préféré d'Harold. Le vieux siège était aussi ancien et usé que son propriétaire.

— Voilà pour toi, mon chéri.

Harold prit le verre, en but une gorgée, et sourit.

— Tu es tellement attentionnée. J'ai pensé à notre petite soirée toute la journée.

— Nous aurions pu avoir plus de temps, dit-elle en se perchant sur ses genoux.

Il but une autre gorgée et reposa son verre avant d'enrouler un bras autour de sa taille.

— Nous avons tous les deux beaucoup de responsabilités professionnelles, ne nous disputons pas à ce sujet.

— Comme tu voudras, mon amour, le cajola-t-elle avec un baiser sur la joue et en ondulant sensuellement sur ses genoux.

Bingo. Elle sentit son érection entre ses cuisses et réprima un frisson. Il resserra son étreinte autour d'elle et pressa son sexe tendu contre ses cuisses. Elle ondula de nouveau pour le taquiner, puis descendit de ses genoux.

Il soupira de déception et elle sourit. *Souffre*, songea-t-elle en lui tendant de nouveau son verre.

— Tu ne bois rien, toi ? s'enquit-il en prenant une nouvelle gorgée de sa boisson.

— Si, mon verre est resté dans la cuisine.

— Nous pouvons partager, si tu veux, dit-il en lui tendant le sien.

— Oh, non, mon chéri, tu as eu une rude journée, tu as mérité chaque gorgée de ce verre.

Elle alla chercher le sien dans la cuisine et revint en le sirotant.

— Je ne vais pas tarder, je commence tôt demain matin.

— Je sais bien. Je suis complètement épuisé, moi aussi.

— Ce n'est pas étonnant, dit-elle en battant des cils par-dessus son verre. Entre tes cours, tes responsabilités administratives et le reste, je ne sais pas comment tu fais.

Les paupières du professeur commençaient à se fermer toutes seules. Anitra sourit.

— Je vais y aller, mon chéri. On se voit demain.

Elle sortit de chez lui, et rentra chez elle en dépassant toutes les limitations de vitesse du campus. Elle gara la voiture dans son garage, rentra par la porte de la cuisine, et trottina jusqu'au salon depuis lequel elle pouvait entendre le son de la télévision.

Hunter était assis dans un fauteuil, son gigantesque sexe en érection clairement visible. Il était en train de regarder un film porno. Il aperçut Anitra, caressa son sexe en la regardant, et lui souhaita la bienvenue comme il savait le faire :

— Bon retour à la maison bébé, regarde ce que je gardais au chaud, juste pour toi.

SNOW POINTA du doigt le grand mur vide au fond de la chambre.

— Mettez ça là, s'il vous plaît.

Les deux grands costauds du service de livraison soulevèrent la tête de lit, la placèrent à l'endroit indiqué, et redescendirent chercher le sommier.

Mais qu'est-ce que tu fais ? Tu crois sincèrement que tu vas avoir besoin d'un lit ?

Non, mais c'est bizarre pour un jeune adulte de dormir par terre dans un appartement de cette taille.

Tu dors par terre depuis des années.

Peut-être qu'il est temps de changer.

Peut-être que tu prends tes rêves pour des réalités.

La ferme.

— Est-ce que ça vous va, comme ça, monsieur ?

— Pardon ? Oh, oui c'est parfait, merci. Mettez simplement les deux tables de nuit de chaque côté et ce sera tout pour aujourd'hui.

Il lui restait tout juste le temps de mettre des draps sur le lit et de passer la vaisselle neuve à l'eau avant l'arrivée de Riley.

Il signa les papiers de livraison et donna un pourboire généreux aux livreurs.

— Merci. Dites, vous venez de vous marier ? Je n'ai jamais vu un type commander autant de meubles en même temps, et pas même une table de billard et un baby-foot, fit remarquer le livreur en souriant.

— Oh. Vous pensez que je devrais en prendre un ?

— Non, ne vous en faites pas, généralement les femmes n'aiment pas ça. Mais vous devriez vraiment songer à acheter une télévision.

— Mince, je savais que j'avais oublié quelque chose.

— Généralement, c'est pourtant la première chose à laquelle on pense, le taquina le livreur en lui tendant sa facture.

— Vous avez peut-être raison, malheureusement, je suis joueur d'échecs, je n'ai pas le temps d'allumer la télé.

— Mais oui, ça y est, ça me revient ! C'est vous le jeune champion qui fait sensation. Bonne chance pour votre compétition. Hé, Georges, tu as entendu ça ? C'est le champion d'échecs des journaux, Snow, c'est ça ?

— C'est ça, confirma poliment Snow en souriant. Merci encore pour votre aide. Et vos conseils. Je tâcherai de ne pas oublier la télé la prochaine fois.

L'homme lui tendit l'une de ses grosses mains calleuses.

— Certainement pas, oubliez ce que j'ai dit. Je ne voudrais pas devenir le gars qui vous a rendu accro au football et qui vous a fait perdre votre talent.

Snow rit malgré lui, sans oser lui dire que c'était trop tard et qu'il était déjà accro au football.

Après le départ des livreurs, il mit les nouveaux draps et s'assit sur le bord du lit, l'air dubitatif. Allait-il réussir à dormir là dessus ? Il avait demandé le matelas le plus ferme possible, mais la sensation était encore étrangement moelleuse.

Il se doucha rapidement et ouvrit son armoire. Cinq treillis identiques. Il était pire que Batman. Il leva les yeux au ciel, ce n'était pas comme si Riley remarquerait la différence. Au moins, il possédait le joli pull gris que le professeur Kingsley lui avait offert. Tout le monde disait sans cesse qu'il faisait ressortir ses yeux.

Il nettoya sa table toute neuve, avec un chiffon tout neuf, et mit le couvert. Le seul élément du salon qui ne soit pas neuf était le grand tapis sous ses pieds. Ça, son fauteuil à bascule, et la console dans l'entrée. C'était tout le mobilier qu'il possédait quelques heures plus tôt. Même ses échiquiers n'étaient rangés nulle part et traînaient toujours par terre.

Lorsqu'il avait appelé son avocat pour lui demander cinq mille dollars, autant dire que l'homme avait été surpris. En l'espace de trois ans, Snow n'avait jamais rien demandé d'autre que la somme qui lui était allouée chaque mois pour se nourrir.

Il s'assit en tailleur sur le sol et contempla l'échiquier installé sous ses yeux. C'était l'une des nombreuses parties qu'il avait en cours. *Essaie de trouver un coup qui sort de l'ordinaire.*

Mais rien ne lui vint.

Forcément, ton esprit est pollué par le Cro-Magnon du football. Il ne t'apportera rien de bon.

Va te faire mettre.

Bonne idée, parce que ce n'est pas ce qui risque de t'arriver ce soir.

VI

LORSQUE RILEY frappa enfin à la porte, Snow regarda une dernière fois autour de lui avant d'ouvrir.

Tout ce remue-ménage pour rien. Donne-lui son cours de physique et laisse-le tranquille.

Il alla ouvrir la porte et salua Riley avec un petit signe de tête. Le jeune homme lui offrit un immense sourire parfait, et Snow s'effaça pour le laisser entrer.

— Je t'en prie, entre.

Riley fit quelques pas dans l'entrée. Il portait un sachet dans chaque main.

— Ça sent le neuf chez toi.

Ça sent la stupidité surtout.

— Je viens d'acheter un nouveau canapé.

— Il est cool.

— Merci.

— J'ai pris du chinois, j'espère que tu aimes ça. Je me disais que nous pourrions d'abord travailler un peu, et puis réchauffer tout ça au micro-ondes en s'autorisant un break tout à l'heure, qu'en penses-tu ?

Un micro-ondes ? Avait-il un four à micro-ondes ?

— Euh… Oui, bonne idée.

La plupart des cuisines équipées en avaient un, non ?

— Je peux poser tout ça là bas ? demanda Riley en désignant la cuisine.

— Oui, bien sûr, vas-y.

En regardant Riley s'éloigner, il songea que le spectacle de sa silhouette parfaite était au moins aussi satisfaisant qu'un brillant match d'échecs ou une symphonie de Bach. Riley se mouvait avec aisance et fluidité. Il possédait un charisme qui faisait de lui la star de l'équipe, et il s'il le voulait, il aurait sans doute rendu gay n'importe quel homme adulte qui croisait son chemin. Non pas que Snow ait besoin de ça pour succomber.

Ne le regarde pas droit dans les fesses, qui sait, tu risques peut-être de te changer en licorne.

Snow détourna le regard.

— Où veux-tu que nous nous installions pour travailler ? demanda Riley en sortant de la cuisine et en se tenant devant lui, son cahier dans les bras.

Snow désigna la table du salon d'un geste de tête. Après tout, il l'avait achetée exprès pour l'occasion. Riley s'installa sur une chaise, ouvrit studieusement son cahier, et sortit les feuilles d'exercices que Snow avait arrachées à la hâte et lui avait laissées la veille. Il pencha la tête sur le côté et attrapa l'étiquette avec le prix encore attachée à l'une des chaises.

— J'ai l'impression qu'il n'y a pas que le canapé qui est neuf. Tu as bon goût.

— Merci.

— Quelque chose me dit que tu n'es pas un étudiant fauché du commun des mortels, remarqua Riley en riant.

— Mes parents m'ont légué un peu d'argent.

— Légué ?

— Ils sont morts lorsque j'étais jeune. C'est ma grand-mère qui m'a élevé, expliqua Snow en déplaçant délicatement la vaisselle qu'il avait installée, pour la poser sur la chaise à l'autre bout de la table.

— Je suis sincèrement désolé.

— Je ne me souviens presque pas d'eux, répondit Snow en haussant les épaules. Ma grand-mère me manque beaucoup. Elle était très excentrique, mais je l'aimais plus que tout au monde.

— Mince, Snow, je ne savais pas. Il ne te reste plus aucune famille ?

— Non. Enfin si, le professeur Kingsley a beaucoup veillé sur moi.

Il n'allait pas lui parler de la voix de sa tête. Même si elle lui tenait compagnie, il passerait pour un déséquilibré mental.

— Il a l'air d'être un homme bien.

Snow hocha la tête.

— Je suis vraiment désolé, Snow, répéta Riley en posant doucement sa main sur le bras du jeune homme.

C'était un geste léger et innocent, pourtant, Snow eut l'impression que toutes les cellules de son corps se concentraient sur ce point de contact et que son bras allait prendre feu. Son corps tout entier brûlait de se glisser entre les doigts de Riley.

— Merci, répondit-il d'une voix sourde en observant avec fascination la main de Riley contre la peau nue de son avant-bras.

53

Il aurait voulu que cet instant dure pour toujours, mais Riley finit par retirer sa main.

— Je veux te montrer ce que j'ai fait.

— D'accord.

— J'étais tellement persuadé que je ne comprendrais jamais la physique, mais quand tu as commencé à m'expliquer les formules en prenant l'exemple du football, tout est devenu limpide !

— C'est super, Riley.

Oserait-il à son tour poser une main sur le bras du vaillant footballeur ? Bien sûr que non. Au lieu de ça, il feuilleta le cahier de Riley pour regarder ce qu'il avait fait.

— C'est du très bon travail. Tu vois, je t'avais dit que tu y arriverais.

Riley balança sa chaise en arrière sur deux pieds et leva les deux poings au ciel en poussant un cri de victoire. Une manœuvre qui aurait dû lui donner l'air ridicule et le faire tomber par terre, mais qui au lieu de ça le fit ressembler à Thor. Snow se surprit à rire malgré lui.

— Okay, champion, du calme. Je vais te donner quelques exercices pour cette fois, mais je pense que tu es prêt à surprendre Jenkins.

Riley se pencha vers lui pour regarder le cahier, et Snow en eut la chair de poule. Il se força à se concentrer sur la physique, et lorsqu'il releva la tête, une heure entière s'était déjà écoulée.

— Tu comprends pourquoi les deux forces repoussent la course dans la direction opposée ?

— J'ai compris, confirma Riley avec un petit sourire satisfait.

— Est-ce que tu veux continuer ?

— Et si nous faisions une pause ? Pour manger et discuter un peu ?

— Tu es sûr ?

— Certain. Fais-moi plaisir, va t'asseoir à ton endroit préféré, j'ai comme l'intuition que ce n'est pas cette table flambant neuve, et laisse-moi t'apporter à manger pour te remercier.

Snow ouvrit la bouche pour protester, puis la referma. Riley se leva, dépliant son superbe mètre quatre-vingt-dix sur toute sa hauteur.

— Alors, dis-moi tout, où mangeons-nous ?

Snow se racla la gorge.

— Je m'installe habituellement dans le fauteuil près de la baie vitrée, ou par terre, tout simplement.

— Je ne pense pas que nous rentrerons à deux dans le fauteuil, je te propose donc de nous installer sur le sol. Ce soir, c'est pique-nique chinois.

Riley disparut dans la cuisine, mais Snow était bloqué sur l'image de leurs deux corps entremêlés tentant vainement de tenir ensemble sur son fauteuil. Un fantasme pour le moins agréable. Il s'assit sur le sol, des étoiles plein les yeux, pendant que Riley faisait des allées et venues pour installer leur repas. Lorsqu'il revint enfin avec deux verres et une bouteille, Snow releva les yeux.

— Je me suis permis d'apporter une bouteille de vin.

— Je... Je n'ai pas encore l'âge légal.

— Je promets de ne rien dire à personne, souffla Riley. Et si je réussis mon examen de physique, je t'offrirai une bonne bouteille de champagne.

— D'accord.

Il était à court de mots, mais l'idée d'avoir quelque chose à célébrer avec Riley dans un futur proche lui plaisait beaucoup.

— J'ai essayé de deviner ce qui pourrait te plaire, dit Riley en ouvrant les boîtes de nourriture l'une après l'autre. Majesté, votre festin, ajouta-t-il en désignant la rangée de plats étendus sur le sol.

Sans trop savoir quoi répondre, Snow le regarda s'asseoir en tailleur en face de lui. Malgré sa carrure, il parvint à s'installer avec une grâce naturelle.

— Et à ton avis, qu'est-ce qui me plairait ? demanda Snow en jetant un œil dans la boîte la plus proche de lui.

Riley ouvrit un contenant cylindrique et versa le liquide qui se trouvait à l'intérieur dans deux bols. *Dieu merci, j'ai pensé à acheter des bols.*

— De la soupe chinoise aux œufs. Réconfortant, savoureux et ensoleillé, comme toi.

Le cœur de Snow cessa de battre un instant.

Riley ouvrit une autre boîte.

— Et j'ai aussi pris des rouleaux de printemps, parce que je suis certain que c'est ta saison préférée.

— Je... Oui, c'est vrai.

— J'espère que tu n'es pas végétarien, j'ai pris du poulet aux noix de cajou, c'est mon plat préféré.

— Je mange de la viande, en revanche je suis allergique aux fruits à coque, expliqua-t-il avec une petite moue contrite.

— Je tâcherai de m'en rappeler. Heureusement, j'ai pris des légumes moo shu.

Il attrapa une crêpe chinoise sur laquelle il étala de la sauce aux prunes et des légumes. Il tendit l'assiette pleine à Snow, et entreprit de s'en préparer une à son tour.

— Tiens, mange ça, ça compensera pour le poulet.

— Je n'ai pas l'habitude de manger autant, protesta Snow en secouant la tête.

— Il faut que tu te nourrisses, tu es aussi frêle qu'un oiseau.

Tu veux dire une dinde.

Riley leva son verre dans sa direction pour trinquer.

— À la physique.

Snow attrapa son verre en examinant le liquide légèrement doré, presque transparent.

— À la physique, répéta-t-il.

— Et aux lois de l'affinité et de l'attraction.

— Les lois de l'affinité ont été remplacées par les lois de la chimie quantique et de la thermodynamique chimique il y a quelques années, corrigea machinalement Snow.

— Vraiment ? demanda Riley en lui tendant un bol de soupe et une cuiller. Il faudra que tu m'expliques ça en détail un de ces jours.

Snow prit une bouchée de crêpe aux légumes moo shu en essayant de ne pas en mettre partout.

— Tu comptes continuer la physique au semestre prochain ?

— Non, répondit Riley entre deux gorgées de soupe. Je suis plutôt intéressé par la chimie, expliqua-t-il en souriant, dévoilant les charmantes petites fossettes au creux de ses joues.

Troublé, Snow prit une cuillerée de soupe. Le liquide brûlant glissa sur sa langue et il lâcha son couvert en toussant brusquement, projetant dans la manœuvre des morceaux de légumes partout devant lui, jusque sur les genoux de Riley. *Oh, non.*

Super séduisant, Casanova.

Riley l'attrapa aussitôt par le bras.

— Est-ce que tout va bien ? Tu t'es fait mal ? Je suis désolé, je l'ai réchauffé au micro-ondes, j'aurais dû te prévenir que ça allait être bouillant.

— Non, non, c'est moi qui suis désolé.

— Tu t'es brûlé la langue ? Fais-moi voir.

Il se redressa sur ses genoux et tira Snow vers lui. Le jeune homme tira la langue.

— Elle est un peu rouge, mais tu devrais survivre, constata Riley en se penchant tout près pour l'examiner. Tu veux un bisou magique ?

Snow rentra brusquement sa langue.

— Qu… Quoi ?

— Je pense vraiment qu'il te faut un bisou magique, si tu n'y vois pas d'inconvénient.

L'une des grandes mains de Riley remonta le long de son bras, jusqu'à son cou.

— Il faut que tu me la montres si tu veux que j'administre les premiers soins, murmura-t-il.

Snow contempla le regard doré de Riley qui se rapprochait de plus en plus près.

— Montre-moi cette blessure, insista-t-il gentiment.

Si seulement il connaissait le nombre de toutes celles qu'il portait… Snow tira finalement la langue. Riley la regarda un instant, Snow pouvait sentir son souffle chaud contre son nez. Puis, tout doucement, il prit le bout de sa langue entre ses lèvres et le suça légèrement.

Oh, mon Dieu, qu'est-ce qui se passe ?

Si tu as besoin d'explications, c'est que tu ne le mérites pas.

Riley entraîna la langue de Snow plus loin dans sa bouche et suça plus fort.

Toutes les fonctions du corps de Snow s'interrompirent, sauf son ouïe, et il n'y avait pas de doute, c'était bien un gémissement qui venait de s'échapper de sa gorge. Il entendit Riley gémir à son tour, puis le jeune homme l'attira dans ses bras pour le serrer contre lui. Jamais Snow n'aurait pu imaginer une chose pareille, pas même dans ses rêves les plus fous. Il venait de faire gémir Riley Prince.

Arrête de réfléchir autant, espèce de crétin. Profites-en tant que ça dure.

Snow ne s'y connaissait pas vraiment en matière de baiser, il fut donc obligé de réfléchir un peu quand même. Sa langue était à présent indiscutablement dans la bouche de Riley. Idéalement, il aurait pu rester ainsi pour toujours. Que pouvait-il faire pour s'assurer que cet instant dure le plus longtemps possible ?

Il glissa timidement sa langue contre celle de Riley. *Divin.* Et Riley sembla penser la même chose, car il ouvrit plus grand la bouche, resserra ses bras autour de Snow, et pressa une forme large et dure dans son jean contre le ventre de Snow. *J'aurais tellement voulu être un peu plus grand, là tout de suite*, songea Snow en frottant ses abdominaux contre l'érection de Riley, lui arrachant un soupir de satisfaction.

Riley les fit tomber au sol, à côté des assiettes, Snow en dessous de lui. *Mon Dieu, oui.* Tous les muscles de son corps parfait étaient délicieusement pressés contre Snow. Lorsque l'érection de Riley frotta contre la sienne, Snow crut qu'il allait perdre connaissance. Un éclair de désir brûlant naquit à son entrejambe et remonta chacune de ses terminaisons nerveuses. Il était électrifié, il planait, il…

Et aussi vite qu'elle était arrivée, cette délicieuse chaleur disparut. Riley se détacha de lui et se laissa retomber sur le dos à ses côtés.

— Je suis désolé, je ne sais pas ce qui m'a pris. Je me suis laissé emporter, je ne voulais pas…

À l'évidence, il n'avait pas eu l'intention d'embrasser Snowden Reynaldi. Snow soupira et se rassit.

— Ça ne fait rien, je comprends. Tu étais en manque, et tu m'avais sous la main…

— Quoi ? Enfin Snow, qu'est-ce que tu racontes ?

— Je ne sais pas, répondit-il en haussant les épaules. Peut-être que tu t'es disputé avec Courtney, et comme je suis un peu efféminé, tu étais confus et…

— Je t'arrête tout de suite ! l'interrompit Riley en se rasseyant lui aussi et en l'attrapant par les avant-bras pour le regarder droit dans les yeux. Je ne suis ni en manque, ni confus. J'ai sincèrement envie de toi, je n'avais simplement pas prévu d'aller aussi vite, expliqua-t-il en souriant.

— Je ne comprends pas, dit Snow en fronçant les sourcils.

— Alors, laisse-moi t'expliquer.

Il prit délicatement l'une des mains de Snow entre les siennes.

— Je me présente, je m'appelle Riley Prince, je suis gay, et j'en pince pour toi depuis le premier jour où je t'ai vu.

— Quoi ?

Riley lui sourit tendrement et sonda son regard.

— Je suis fou de toi. Ça fait plus de six mois que j'essaie de trouver le moyen de faire ta connaissance et, du jour au lendemain, c'est toi qui as proposé d'être mon professeur particulier. Tu aurais dû voir ma tête quand le coach me l'a annoncé, j'ai cru que j'allais m'évanouir. Je ne sais pas pourquoi tu as accepté d'être mon tuteur, mais au fond de moi, j'espère que c'est parce que toi aussi, tu avais envie de me connaître.

— Mais… Et Courtney ? demanda Snow, complètement perdu.

Riley porta la main de Snow à ses lèvres et lui embrassa doucement les phalanges.

— C'est une fille bien. C'est compliqué pour un athlète de faire son coming out, alors le coach a suggéré que l'on trouve une fille qui serait d'accord pour faire semblant d'être ma petite amie. Courtney a eu la gentillesse d'accepter.

— Mais…

— Oui je sais, elle s'est un peu emportée la dernière fois. Elle jouait la comédie en croyant qu'il fallait te prouver mon hétérosexualité. Je ne lui avais pas expliqué que dans ton cas, je préférais faire passer le message inverse, plaisanta-t-il.

Snow avait l'impression que sa tête allait exploser. Il la secoua pour s'assurer qu'elle était toujours attachée à ses épaules.

— Ça n'a aucun sens.

— Quoi donc ?

— Qu'un mec comme toi soit intéressé par quelqu'un comme moi.

— Qu'est-ce que tu racontes ? demanda Riley en se penchant pour l'embrasser sur la joue.

Il était difficile de répondre à cette question avec la chaleur du corps de Riley tout contre le sien.

— Ça n'a aucun sens, marmonna-t-il à nouveau.

— Ah, vraiment ? demanda Riley en l'embrassant cette fois au coin de la bouche. Ça n'a aucun sens que j'ai le béguin pour le garçon le plus intelligent, le plus gentil et le plus beau que je connaisse ?

— Je ne suis aucune de ces choses.

— Est-ce que ton miroir est cassé, beau gosse ? demanda-t-il en reculant légèrement. Tu devrais regarder dans le mien.

— Quoi ?

— Regarde là, répéta Riley en indiquant son visage.

Snow plongea les yeux dans le regard d'ambre de Riley, mais intimidé, il les baissa de nouveau aussitôt.

— Non, non, non, protesta doucement Riley en l'attrapant par le menton pour l'obliger à lui faire face.

Le sourire de Riley disparut, et céda sa place à une expression d'une intensité extraordinaire qui fit frissonner Snow. Il y avait tant de choses dans son regard : du respect, de l'affection et… du désir.

— Tu aimes ce que tu vois ? demanda Riley en souriant.

Snow hocha silencieusement la tête.

— Tant mieux, parce que je t'annonce officiellement que le capitaine de l'équipe de football de NorCal s'apprête à réussir son examen de physique et à faire son coming out. Après ça, je serais honoré que tu acceptes un premier rendez-vous avec moi, à l'issue duquel, si tu m'apprécies suffisamment, je voudrais que tu deviennes mon petit ami.

— Je… Je t'apprécie déjà suffisamment.

— Comment le sais-tu, nous ne nous connaissons que depuis quelques jours ?

— Fais-moi confiance, je suis intuitif.

— Je sais.

Une graine mystérieuse explosa dans le cœur de Snow, donnant lieu à la floraison d'une magnifique fleur grimpante qui se répandit dans tout son être.

— Je suis ton tuteur, tu ne dois pas remettre ma parole en doute, souffla-t-il en souriant.

Riley éclata de rire et se laissa retomber sur le dos.

— À vos ordres, monsieur. Dorénavant, je promets d'accepter tout conseil, avis, câlin ou bisou que vous me donnerez, sans poser de question.

— Je ne suis pas certain d'avoir grand-chose à donner, dit Snow en faisant la grimace. Je n'ai pas vraiment d'expérience.

— Tant mieux, ça me donnera l'occasion d'être ton tuteur à mon tour.

— Tu as déjà de l'expérience avec les garçons ? demanda Snow en écarquillant les yeux.

Riley hocha la tête en regardant ses chaussures.

— Je ne suis pas vraiment ce qu'on pourrait appeler un courageux. J'ai compris que j'étais gay vers l'âge de neuf ou dix ans. Je l'ai dit à mes parents peu après mes seize ans, et puis l'entraîneur de NorCal m'a repéré, et comme je n'avais jamais avoué publiquement que j'étais gay, j'ai pris peur en intégrant l'équipe de football. Je l'ai dit au coach, c'est tout. Je sais bien qu'il y a malgré tout des rumeurs qui courent, mais je suis grand et costaud, personne n'ose rien me dire en face.

— Alors pourquoi ce soudain revirement ? demanda Snow en haussant les épaules. Tu es en dernière année, plus que quelques mois et tu pourras tranquillement commencer une nouvelle vie ailleurs.

Riley recula jusqu'à pouvoir s'adosser au pied du canapé.

— Parce que c'est lâche de ne rien dire. J'ai le pouvoir de changer les choses dans un milieu majoritairement homophobe, et je n'ai rien fait. Les gens pensent me connaître, mais ils ne savent même pas la vérité à mon sujet. Alors que toi, regarde-toi. Tu es un champion d'échecs, plus célèbre que je ne le serai jamais, mais tu n'as jamais caché qui tu étais.

— C'est différent, j'ai une dégaine bizarre, les gens n'ont même pas été surpris.

— Arrête, tu n'as pas une dégaine bizarre. Tu es un modèle pour des tas de jeunes de notre âge, tu es la preuve qu'on peut être gay, brillant, et réussir dans la vie. Je veux montrer aux jeunes sportifs qu'on peut aussi être gay, athlétique, et talentueux. Nous avons un rôle important à jouer.

Il laissa échapper un petit rire nerveux.

— Et là, c'est le moment embarrassant où je t'avoue que j'ai révisé ce petit discours devant mon miroir pendant des heures.

Le cœur de Snow battait si fort qu'il ne s'entendait presque plus penser. Il n'arrivait pas à croire ce qui était en train de se passer.

— Tu… Tu as bien dit que tu avais de l'expérience et que tu voulais être mon tuteur ? demanda-t-il en gardant les yeux timidement baissés.

Riley se rapprocha à nouveau de lui avec une expression très sérieuse.

— Tout est une question de physique, monsieur Reynaldi. Selon les principes de la physique quantique, des électrons peuvent exister simultanément dans deux endroits différents, commença-t-il en attrapant Snow par la taille pour le tirer sur ses genoux. Par exemple, ma langue peut être dans ma bouche, expliqua-t-il en caressant les lèvres de Snow du bout de sa langue. Et dans la vôtre en même temps, termina-t-il avant de plonger sa langue dans la bouche du jeune homme pour initier un long baiser langoureux.

C'est tellement étrange. Je me sens à la fois dépassé et complet pour la première fois de ma vie.

Riley rompit le baiser, mais laissa ses lèvres tout près de celles de Snow.

— Et tout comme les particules peuvent être des ondes, et les ondes des particules, je peux me sentir à la fois parfaitement détendu, et plus excité que jamais.

— Je savais déjà qu'on pouvait s'amuser avec la physique, dit Snow en souriant, mais je ne savais pas jusqu'à quel point.

— Tu n'avais pas assez foi en ta discipline.

— À l'évidence, chuchota-t-il contre ses lèvres. Que va-t-il se passer à présent ?

— Avant tout, je veux être certain que tu m'apprécies vraiment, et que ce n'est pas simplement la magie d'un soir.

— Parce que tu trouves que j'ai l'air de ne pas t'apprécier assez ?

— Si, répondit Riley en riant, mais je ne veux pas mettre la charrue avant les bœufs. Je tiens trop à toi.

Snow baissa les yeux en rougissant.

— Je rêve de toi depuis la première fois que je t'ai vu sur le terrain, avoua-t-il à voix basse. Jamais je n'aurais osé imaginer que tu puisses être gay, alors c'est resté comme ça. Un simple rêve.

— Tout ce temps que nous avons perdu à rêver l'un de l'autre, murmura Riley en lui caressant tendrement les cheveux.

— En physique quantique, les particules qui entrent en contact s'entremêlent progressivement. Peut-être que nous avons simplement pris un peu plus de temps pour nous entremêler, proposa Snow en souriant doucement.

— Plus ça va, et plus je suis fan de la physique.

— Et moi, j'ai hâte que tu sois mon tuteur, dit-il en rougissant de plus belle.

Riley s'adossa de nouveau contre le canapé en entraînant Snow avec lui.

— J'aimerais te dire que la première leçon est pour ce soir, mais ce ne serait pas correct. Je veux d'abord dire la vérité. Je veux te proposer un premier rendez-vous en public, et je veux pouvoir annoncer officiellement à tout le monde que tu es mon petit ami. Plus de mensonge. Je te propose de finir ce repas et d'apprendre à se connaître un peu mieux. Ensuite, je vais passer mon examen de physique, parler au coach, et je t'emmènerai au bal de fin d'année.

— Tu ne crois pas que c'est un peu beaucoup pour un premier rendez-vous ? demanda Snow en inspirant nerveusement. Tu seras probablement élu roi du bal.

— Et j'ai hâte de m'y rendre à ton bras. Je veux vraiment t'emmener au bal, Snow.

Snow secoua la tête, abasourdi.

— Je ne comprends pas. Pourquoi moi ? Il y a tellement d'autres hommes sur cette planète, tu peux trouver tellement mieux que moi.

— Tu es unique, séduisant et intelligent.

— Mais il existe une multitude de gens qui le sont encore bien plus !

— J'aime ce que je ressens quand je suis avec toi, admit Riley en souriant tendrement.

— Comment tu te sens ?

— Intelligent, répondit Riley, le regard brillant.

— Ce n'est pas une question de ressenti, tu *es* intelligent.

— J'aime que tu le dises avec autant de conviction.

— Mais parce que je le pense vraiment !

— Très bien, très bien, capitula Riley, amusé.

Snow commençait à se dire qu'il fallait peut-être qu'il revoie sa théorie sur les rêves. Après tout, peut-être qu'ils devenaient parfois réalité.

— Demain, tu vas voir Jenkins et tu lui demandes une date pour cet examen de rattrapage. Il est temps de lui montrer de quoi tu es capable.

VII

RILEY FIXA l'écran d'ordinateur, conscient du souffle de Courtney contre son oreille. Elle se tenait juste derrière lui et regardait par-dessus son épaule.

— Mon Dieu, tu as réussi.

La bouche ouverte comme un poisson hors de l'eau, Riley écarquilla les yeux. C'était tout simplement incroyable.

— Il a réussi. Snow a trouvé un moyen de faire rentrer la physique dans mon crâne épais.

— Avec tout le respect que je dois à ton charmant tuteur, c'est toi qui as réussi, Riley. Tu étais tout seul devant cet examen de physique, et Jenkins vient de te mettre un C. Ton semestre est validé. C'est génial.

Riley sourit et recula sa chaise pour se lever, forçant Courtney à migrer vers le canapé.

— Il faut que j'appelle Snow. Je n'arrive pas à croire que je vais enfin sortir avec lui.

— Tu as déjà prévenu l'équipe de football ? demanda Courtney étonnée.

Cette question coupa son élan avec autant d'efficacité qu'une ligne de trois défenseurs sur un terrain.

— Non, pas encore.

— Quand comptes-tu le faire ? Tu es capitaine de l'équipe, tu vas difficilement pouvoir sortir avec un gars sans que personne ne le remarque. D'autant que Snow ne passe pas vraiment inaperçu non plus.

— Je ferais mieux de leur dire avant de m'afficher ouvertement avec lui.

— Il vaut mieux, je pense, acquiesça-t-elle.

— Je vais l'annoncer à l'équipe et à la fraternité en même temps, ça revient pratiquement au même de toute façon. Ensuite, j'irais trouver Snow pour lui annoncer les deux bonnes nouvelles.

— Ça me semble être un bon plan.

Riley se laissa retomber dans sa chaise.

— Ce qui veut dire qu'il ne faut pas que je traîne. Si je dois encore attendre une semaine de plus pour enfin voir Snow nu, je vais mourir de frustration.

— Okay ! On se calme ! Je n'avais absolument pas besoin de savoir ça, dit-elle en lui glissant un sourire taquin. Quand passes-tu à l'action alors ? Et soyons clairs, je parle de ta grande révélation au reste de l'équipe, pas du dépucelage de Reynaldi.

— Ce soir. La fraternité a une réunion. Toute l'équipe sera là, ce sera le moment idéal. Personne n'aura bu à cette heure-ci, j'ai moins de chance de me faire tabasser par une horde de footballeurs en colère.

— Et pour moi, que faisons-nous ?

Riley passa une main dans ses cheveux en soupirant.

— Pour être honnête, je ne m'étais pas encore projeté si loin. Tu as une idée ?

Elle se cambra en croisant les bras, soulignant la courbe parfaite de sa poitrine volumineuse sous son uniforme de pom-pom girl.

— J'ai entraînement ce soir, et si j'annonçais aux filles que je venais de rompre avec toi parce que tu ne me combles pas ?

— Aïe. C'est rude.

— Je sais bien, mais ce serait bizarre si je disais que je n'avais jamais suspecté ton orientation sexuelle.

— Tu as sans doute raison.

— Le coup de la fille qui n'est pas comblée est parfait, si tu y réfléchis. Comme ça, quand la nouvelle se sera répandue, toutes les filles reviendront vers moi pour m'annoncer que j'avais dû le sentir et que ça explique pourquoi tu n'étais pas le Bradley Cooper de ma vie.

— D'accord, accepta-t-il avec réticence. Je sais que c'est débile de vouloir m'accrocher à mon image de mâle alpha en faisant mon coming out, mais ça ne va pas être facile pour moi.

— Tu seras toujours un mâle alpha, bébé, dit-elle en se penchant vers lui. Un mâle alpha qui préfère les garçons, c'est tout.

— Oui, c'est vrai. Depuis le temps que je sais que je suis gay, je me surprends encore à tomber dans le piège des clichés.

— L'essentiel, c'est que tu t'en rendes compte et que tu rectifies le tir.

— Merci pour tout, Court. Tu es la meilleure.

Elle haussa les épaules et s'étira, exhibant le corps de rêve qui faisait fantasmer tous les étudiants de première année.

65

— Merci à toi aussi, c'était sympa d'être la reine du campus à tes côtés.

— Tu seras toujours la reine du campus.

— Je n'en suis pas si sûre, la compétition est rude avec Snowden Reynaldi, dit-elle en riant.

DEUX HEURES plus tard, Riley se tenait nerveusement devant la porte du bureau du coach. Il était tellement stressé qu'il priait le ciel de ne pas se mettre à vomir.

Il croisa Danny, affalé dans son fauteuil derrière l'accueil, un magazine entre les mains.

— Yo, Prince, ça gaze ?

— Ça va, merci. Je… J'ai prévenu le coach que je passerais, il doit m'attendre.

— Pas de problème mon pote, vas-y, entre.

— Tu travailles ici ? demanda-t-il curieusement.

— Nan, j'aime juste la compagnie du coach.

Riley n'aurait jamais cru qu'il serait capable de rire à un moment pareil, et pourtant, il éclata de rire. Danny était tellement facile à vivre, tellement détendu que c'était un miracle qu'il tienne debout. *Je me demande comment il réagirait s'il savait que je suis gay...*

Riley toqua à la porte et attendit que le coach l'invite à entrer.

— Bonjour, coach, dit-il en entrant.

— Riley, le salua McMasters avec un grand sourire. Ton professeur de physique m'a appelé pour m'annoncer la nouvelle. Félicitations, mon garçon. Je suis vraiment fier de toi.

— Merci, monsieur, mais c'est surtout grâce à Snowden Reynaldi.

— Quand Erhlinger a abandonné, j'ai refusé de croire que ça s'arrêtait là. Reynaldi était convaincu que tu pouvais apprendre la physique, et j'avais foi en lui. Comment s'y est-il pris ?

— Avec le football.

— Tu plaisantes.

— Non, coach. Je vous montrerai un de ces jours, si ça vous intéresse. Ça pourrait servir pour la préparation des matchs, c'est assez extraordinaire.

— L'essentiel, c'est que tu as réussi.

Riley baissa les yeux.

— Coach, j'ai quelque chose à vous dire…

Il prit une grande inspiration et releva la tête.

— Je veux faire mon coming out, coach, je veux dire la vérité à l'équipe.

— Mon Dieu.

— Je sais.

— Puis-je savoir pourquoi ça te prend si subitement ?

— Je… J'ai rencontré quelqu'un.

— Tu es amoureux ?

— C'est un peu tôt pour le dire, mais je tiens vraiment à lui.

Le coach soupira et s'enfonça dans son fauteuil.

— Il ne s'agirait pas de Snowden Reynaldi, par hasard ?

— Comment avez-vous deviné ? demanda Riley, surpris.

— Quand j'ai entendu que tu assistais aux matchs d'échecs, j'ai su que ça cachait quelque chose. Une chose est sûre, tu n'as pas choisi n'importe qui.

— Non, coach, confirma Riley avec un petit sourire secret.

— Ne te méprends pas, je te soutiendrai, quel que soit ton choix, mais est-ce que tu ne préfères pas attendre que le championnat de fin d'année soit fini ?

— Parce qu'annoncer que le quarterback est gay, c'est prendre le risque de créer un scandale, soupira Riley.

— J'aimerais croire que ça ne changera rien, mais ça risque d'être difficile.

— J'y ai beaucoup réfléchi. Je ne peux pas demander à Snow de cacher notre relation, ce ne serait pas juste pour lui. Je veux être avec lui au grand jour. Je veux l'emmener au bal de fin d'année, coach.

— Je suis sûr qu'il comprendrait, compte tenu de ta position.

— Je sais qu'il comprendrait, c'est un homme fantastique. Mais ce n'est pas juste pour moi non plus. Je vis dans le mensonge depuis des années. Je crois que j'aimerais découvrir qui sont mes véritables amis avant de quitter l'université.

Le coach fixa la surface de son bureau en fronçant les sourcils puis, sans crier gare, il tapa dessus du plat de la main.

— C'est un raisonnement parfaitement légitime, Riley. Fonce, mon garçon, voyons un peu quelle folie tout cela va déclencher. Je pense que nous n'allons pas nous ennuyer.

Riley se leva, et lui tendit une main.

— Merci pour tout, coach. J'imagine que la folie commencera demain à l'entraînement.

Le coach McMasters laissa échapper un rire fatigué en hochant la tête.

En quittant le bureau, Riley s'arrêta à l'accueil pour découvrir Danny, endormi sur le bureau, la joue collée à son magazine. Il hésita à le réveiller pour lui annoncer à lui le premier, puis se ravisa.

Il fit un crochet par la cafétéria pour prendre un verre de lait, et s'assit tout seul à une table afin de prendre le temps de le boire. Il n'avait pas dit toute la vérité au coach concernant son empressement de faire son coming out. La vérité, c'était qu'il avait remarqué l'intérêt insistant de Winston pour Snow. Le jour où Winston était venu lui donner un cours, il avait passé tout son temps à parler de Snow. Riley ne savait pas comment Snow réagirait si Winston lui déclarait sa flamme, et il n'avait aucune envie de le savoir. Il fallait qu'il assume son homosexualité, qu'il se révèle au grand jour, et qu'il prouve à Snow que c'était lui, l'homme de sa vie.

Il termina son verre de lait, la gorge nouée. Chaque minute qui le rapprochait de l'heure de la réunion à la fraternité lui donnait un peu plus l'impression d'avancer vers l'échafaud.

Il ne se rendit à la maison de la fraternité que quelques minutes avant le début de la réunion. Il venait de passer les dernières heures à se convaincre que c'était le moment ou jamais, qu'il ne servait à rien d'attendre la fin de l'année, et il était épuisé. Il se sentait abattu et découragé.

À l'intérieur, tout le monde était déjà là. Il y avait des gens assis sur toutes les surfaces disponibles du rez-de-chaussée.

— Prince ! Comment tu vas ?

Quelle ironie du sort que Roget soit le premier à le saluer.

Quelques-uns de ses coéquipiers lui donnèrent une claque sur les fesses en passant, comme de coutume, et Riley se percha sur un rebord de fenêtre, le cœur lourd.

Le président de la fraternité, Fred Furness, leur demanda de se taire. Fred était un mélange parfait d'intelligence, de force et d'autorité, tout le monde le respectait. Mais il avait grandi dans un état conservateur du Sud, tout comme Roget. Il était impossible de prédire comment il réagirait à l'annonce de son homosexualité. Riley essuya nerveusement ses paumes moites sur son jean.

Fred annonça l'ordre du jour et se lança dans l'organisation de la fête de fin d'année.

— Il va y avoir un tas d'anciens étudiants de la fraternité, il faut que nous fassions bonne impression, leur soutien est primordial.

Riley déglutit péniblement. Il n'avait absolument pas pensé à ça. Comment allaient réagir les anciens en apprenant qu'un membre de la fraternité était gay ? Courraient-ils le risque de perdre leur soutien ? Il prenait tellement de risque en faisant son coming out maintenant. Pourquoi diable ne l'avait-il pas fait en rentrant à l'université ? Maudite soit sa lâcheté.

Fred regarda attentivement autour de lui.

— Très bien, si personne n'a rien à ajouter, nous pouvons clore cette réunion.

L'un des gars au fond de la salle cria :

— Je vais chercher la bière !

La main de Riley se leva dans les airs sans même qu'il ne s'en rende compte.

— Tu veux dire quelque chose, Prince ?

— Je… Oui.

Bill Ruth, l'ailier de l'équipe, posa une main rassurante sur son épaule.

— Ne t'inquiète pas mon pote, nous voterons tous pour toi au bal de fin d'année.

— Oh. Merci. Mais ce n'est pas ce que je voulais dire.

— Tu veux ajouter un nouveau point à l'ordre du jour ? demanda Fred en rassemblant ses papiers.

— Et bien… Ce n'est pas exactement nouveau. Je voulais simplement vous annoncer quelque chose à tous.

Il déglutit. Bon sang, mais où était passé le courage de ses seize ans, avant de rentrer à l'université ?

La tension dans sa voix interpella certains de ses camarades, qui tournèrent curieusement la tête dans sa direction. Subitement, c'était comme si la terre entière suspendait son souffle.

— Vas-y, dis-nous, l'encouragea Fred en souriant, pressé de mettre un terme à cette réunion.

— Je ne vous l'ai jamais dit, mais… Je suis gay.

— Qu'est-ce qu'il a dit ? cria quelqu'un depuis la cuisine.

— Il dit qu'il est gay ! répondit une autre voix.

— Naaaaaaaaaaan.

Fred fronça les sourcils, une expression terrifiante sur le visage.

— Tu es sérieux ?

— Très.

Fred le fixa pendant un long moment et des murmures s'élevèrent dans la foule.

C'était encore plus difficile qu'il l'avait imaginé. Riley frissonna.

— Je voulais le dire avant que nous soyons diplômés. Vous ne pouvez pas me virer de la fraternité, à cause de la clause contre la discrimination, mais je m'en irais si c'est ce que vous voulez. De toute façon, je ne vis pas ici, ce sera très simple.

— Et pour l'équipe ? intervint une voix glaciale.

Rog fendit la foule pour se tenir devant lui.

— Nous, on doit encore supporter ta sueur de sale pédé chaque fois que tu nous feras une passe ? C'est hors de question.

LeRoy, un demi-offensif remplaçant, poussa nonchalamment Rog pour se tenir à sa place devant Riley.

— Tu peux me faire une passe quand tu veux, Riley. Tu étais mon ami ce matin, rien n'a changé en ce qui me concerne.

— Tu peux me faire une passe aussi, mon pote, intervint Bill en levant la main.

Olivier Hanson, le joueur le plus costaud de l'équipe, bouscula tout le monde pour venir devant lui.

— Tu peux me faire une passe à moi aussi, dit-il d'une voix confiante.

— Il va se mettre à tous nous draguer ! Le football, c'est pas fait pour les pédés, cria une voix que Riley ne connaissait pas depuis le fond de la salle.

— Il a raison ! cria quelqu'un d'autre.

— Tu viens de décider que tu étais gay à l'instant ? demanda Fred en croisant les bras.

— Non, je le sais depuis longtemps.

— Tu nous as menti, alors ?

— Par omission. J'ai fait le choix de ne rien vous dire.

— Tu l'as dit à Courtney ?

— Je pense qu'elle se doutait de quelque chose, elle a rompu avec moi.

— Mais tu lui as menti.

— Oui, je lui ai menti.

— C'est contre notre code d'honneur.

— Quoi ? Non, je n'ai jamais menti avec de mauvaises intentions !

— Tu as menti quand même, et les Zetas ne sont pas des menteurs.

70

La porte d'entrée s'ouvrit et Danny apparut, toujours aussi détendu. Il regarda brièvement autour de lui.

— Qu'est-ce que c'est que ce bordel ?

— Tu es encore en retard pour la réunion, dit Fred sur un ton de reproche qui n'avait strictement aucun effet sur Danny.

— Pourquoi vous faites tous une tête de six pieds de long ?

— Riley vient de nous annoncer qu'il était gay, expliqua LeRoy.

— En vrai ?

— Vrai de vrai.

Un immense sourire se dessina sur le visage séduisant de Danny.

— C'est une super nouvelle, mon pote. Je ne savais pas qu'il y avait un autre gay dans l'équipe, s'exclama-t-il en avançant vers Riley pour lui serrer la main.

Riley la secoua machinalement en le regardant avec un air ahuri.

— Attends une minute, tu es gay aussi Danny ? demanda LeRoy.

— Évidemment.

— Mais tu ne nous as jamais rien dit !

— Pourquoi je vous aurais dit quoi que ce soit ? demanda-t-il en haussant les épaules. Ce ne sont pas vos affaires. Vous m'avez officiellement annoncé votre hétérosexualité, vous ?

Riley laissa échapper un éclat de rire nerveux. Après ça, il fut incapable de s'arrêter. Quelques-uns des autres gars se mirent à rire aussi. Le reste se partageait entre des expressions confuses ou de colère contenue. Riley secoua la tête et passa un bras autour du cou de Danny.

— Merci, Danny. Tu viens de tout résumer à la perfection. Gay ou hétéro, je reste la même personne. Vous ne voulez plus jouer sur le terrain avec moi ? demanda-t-il en regardant autour de lui. Comme vous voulez. Si nous perdons au championnat de fin d'année, vous n'aurez plus qu'à vous regarder dans un miroir pour trouver le responsable. Sur ce, bonne soirée à tous.

Il quitta la maison et rejoignit sa voiture avec la sensation d'être le héros d'un film. Il ouvrit sa portière, s'installa derrière le volant et poussa un énorme soupir tremblant. Il était à deux doigts de s'évanouir. S'il avait voulu, il aurait pu éviter toute cette situation, et tous les problèmes qui allaient suivre, mais Snow méritait mieux. Il sortit son téléphone de sa poche et appuya sur l'accélérateur.

VIII

SNOW PRESSA le téléphone contre son oreille en essayant de calmer les battements de son cœur.

— Bien sûr que tu peux venir.

— Je te préviens au dernier moment, je suis désolé.

La voix de Riley était étrange. Il avait l'air à la fois nerveux et excité.

— J'ai juste un coup de fil à passer, c'est tout.

Le professeur Kingsley allait lui passer un de ces savons, mais ça en valait la peine.

— Tu avais déjà quelque chose de prévu…

— Arrête de te prendre la tête et viens ici. J'ai envie de te voir.

— Tu es sûr ?

— Oui, je suis sûr.

— Très bien, je serai là dans dix minutes. As-tu déjà mangé ? Tu veux que j'apporte quelque chose ?

— Non, mais je n'ai pas très faim de toute façon.

— Nous pourrons toujours commander une pizza si nous mourons de faim.

— Bonne idée. À tout de suite.

Snow raccrocha. Riley Prince voulait venir le voir. Ils s'étaient déjà téléphoné à deux reprises cette semaine, mais avec ses révisions pour l'examen de Jenkins, ils n'avaient pas pu se voir. Riley avait-il loupé son examen ? Était-ce la raison pour laquelle il semblait si nerveux ? Il avait pourtant fait tellement de progrès, et s'il ne validait pas son semestre, il ne pourrait pas participer au championnat de football de fin d'année.

Ce n'est peut-être pas plus mal s'il fait son coming out. Le football n'est pas vraiment ce qu'on pourrait appeler un milieu tolérant.

Comme s'il allait faire son coming out. Il a beaucoup trop à perdre.

Tant pis, je veux quand même sortir avec lui.

Mais bien sûr, il aura sans doute très envie de devenir le petit ami de la princesse des échecs. Ou pas.

Snow jeta un œil à son appartement. Rien n'avait changé depuis la dernière fois que Riley était venu. Fallait-il qu'il arrange quelque chose ? Avant tout, il devait téléphoner au professeur Kingsley.

Il ne va pas apprécier cet appel.

C'est un euphémisme.

Il appuya sur le numéro du professeur et porta le téléphone à son oreille en se mordant les lèvres.

— Allô ? Snow ? Tu ne téléphones pas à vélo, j'espère ?

— Non, monsieur, je… Je ne vais pas pouvoir venir.

— Nous avons un emploi du temps à respecter, dit le professeur d'un ton très sérieux, comme si Snow refusait d'accepter sa destinée.

— J'en suis conscient, professeur, mais j'ai un imprévu. Je resterai plus longtemps à l'entraînement de demain, c'est promis.

— Je prends sur mon temps personnel pour toi, Snow.

— Je sais, je suis désolé d'annuler à la dernière minute. Je suis très reconnaissant de tout ce que vous faites pour moi, mais je ne peux vraiment pas venir ce soir.

À l'autre bout du fil, il y eut un long silence.

Il veut que tu lui expliques pourquoi.

Je sais, merci.

— Très bien, capitula Kingsley en soupirant. Rendez-vous demain à quatorze heures pile. Pas une minute plus tard, c'est compris ?

— Promis.

Snow raccrocha et fixa l'écran noir de son téléphone.

Tu vois que tu en es capable, les flammes de l'enfer ne t'ont pas dévoré.

Pas encore.

Il bondit sur ses pieds et se mit à ranger tous les livres et les cahiers de physique qui traînaient sur le tapis, ainsi que les pièces d'échecs éparpillées, les restes de sandwichs et les tasses de thé vides. Il avait le cerveau en ébullition. Pourquoi Riley voulait-il le voir ? Était-il en colère contre Snow parce qu'il avait raté son examen ?

Bien sûr que non, il n'est pas comme ça.

Peut-être qu'il avait réussi et qu'il voulait simplement le remercier.

Snow s'interrompit brusquement et regarda par la baie vitrée. Peut-être qu'il voulait coucher avec lui.

Choqué par cette possibilité, il se laissa tomber en tailleur sur le tapis. Et si Riley voulait vraiment coucher avec lui ? Snow n'avait jamais couché avec personne. Ce qui ne l'empêchait pas de savoir ce qui lui plaisait et d'être très réactif, songea-t-il en baissant les yeux vers son entrejambe intéressé par la tournure de ses pensées.

Tu as peur ?

Snow sourit.

Pas tant que ça.

Son cerveau se remit en route. Les draps étaient propres, le lit était fait. Oh, mon Dieu, il n'avait pas de préservatifs. Mais si Riley venait pour ça, il en aurait probablement avec lui, non ? Du lubrifiant, ça, Snow en avait. Riley n'avait pas besoin de savoir que c'était simplement pour se masturber.

Il faudra bien que tu lui avoues que tu es vierge à un moment ou à un autre.

Des coups retentirent à la porte et Snow sursauta. Il se releva et prit une grande inspiration.

Essaie d'avoir l'air cool.

Il ouvrit la porte et sentit son cœur battre plus fort. La seule présence physique de Riley lui faisait perdre ses moyens chaque fois. Il était si grand, et si beau.

— Salut, dit-il d'une petite voix.

— Je suis vraiment désolé de t'avoir appelé si tard, s'excusa aussitôt Riley, l'air bouleversé.

— Entre, l'invita Snow, inquiet, avant de refermer la porte derrière lui. Est-ce que tout va bien ?

— Oui, je crois. J'ai réussi. Jenkins m'a mis un C pour le semestre.

— Riley, c'est fantastique ! s'exclama-t-il en tapant dans ses mains, puis il pencha la tête sur le côté en fronçant les sourcils. Pourquoi as-tu l'air aussi préoccupé ?

— Je… Je viens d'annoncer à la fraternité que je suis gay.

Le cœur de Snow manqua un battement.

— Mon Dieu, viens par ici, viens t'asseoir.

Riley se laissa guider jusqu'à sur le tapis et ils prirent place en tailleur, juste en face de la baie vitrée, à l'endroit préféré de Snow.

— Il faudra que tu m'expliques, un jour, comment tu fais pour te mettre en tailleur aussi gracieusement, j'ai toujours l'impression d'être un gorille qui essaie de se mettre au yoga, plaisanta faiblement Riley.

— Des années d'entraînement, répondit Snow en souriant. Raconte-moi ce qui s'est passé.

Riley poussa un grand soupir.

— Il y avait une réunion, j'y suis allé, et je l'ai annoncé devant tout le monde.

— Comment l'ont-ils pris ?

— Certains d'entre eux ont très bien réagi. D'autres, beaucoup moins.

— Laisse-moi deviner : Rog.

— C'était probablement le pire de tous. Il a dit qu'il refusait de me passer la balle sur le terrain, raconta Riley en baissant la tête. À cause de moi, la vie du coach va être un véritable enfer aux prochains entraînements.

— Rog est un crétin.

— Peut-être, mais je commence à me dire que j'aurais dû annoncer ça à un autre moment.

— Pas forcément. Ils n'ont pas d'autre choix que de te faire confiance en tant que quarterback s'ils veulent gagner. Les imbéciles comme Rog seront obligés de secouer leur petite sensibilité délicate de péquenot intolérant, sans quoi leur futur de footballeur serait compromis.

— Mais j'ai l'impression de leur forcer la main.

— Rog et les crétins dans son genre n'ont aucune idée de ce que ça fait de devoir cacher qui l'on est réellement jour après jour, juste pour pouvoir pratiquer le sport que l'on aime. Tu es gay, et alors ? Lui, c'est une ordure, et pourtant il a le droit de jouer.

Riley le dévisagea avec une expression indéchiffrable.

— Pourquoi devrais-tu être le seul à faire semblant pour accommoder les sensibilités de chacun ?

Riley se jeta sur lui et le plaqua sur le tapis, un bras tendu de chaque côté de sa tête.

— Tu es exceptionnel. Tu es encore plus génial que Danny.

— Merci, enfin je crois, répondit Snow, le souffle court. Qui est Danny ?

— Un autre membre de la fraternité qui a annoncé être gay lui aussi dans la foulée. Quand le président lui a demandé pourquoi il n'avait jamais rien dit, il a simplement répondu que ça ne les regardait pas. J'ai bien cru que j'allais l'embrasser.

Snow fronça les sourcils.

— Danny, je me souviens de lui maintenant. Je l'ai rencontré en allant voir le coach. Est-ce que tu l'as embrassé, alors ?

— Non, répondit Riley en lui offrant le charmant sourire qui découvrait ses fossettes. En revanche, j'aimerais beaucoup t'embrasser, toi.

— Moi ?

Riley hocha la tête avec enthousiasme, secouant ses cheveux blonds et soyeux.

— Ça tombe bien, tu as l'angle et la position idéale, remarqua Snow.

— La physique ne s'arrête jamais avec toi, murmura Riley en comblant les derniers centimètres qui les séparaient pour l'embrasser.

En se souvenant de leur dernier baiser, Snow eut le réflexe d'ouvrir la bouche. Riley réagit aussitôt et insinua sa langue entre ses lèvres. Snow poussa un soupir de contentement et glissa ses bras autour du cou de Riley. Le jeune homme ajusta sa position et s'allongea sur le côté, son corps pressé tout le long de celui de Snow, un bras sous sa tête pour le protéger de la dureté du sol.

J'aurais préféré qu'il s'allonge sur moi. Mais Snow ne protesta pas. Il caressa la langue de Riley avec la sienne et obtint la réaction escomptée : un long gémissement. Riley roula sur le côté et tira Snow tout contre lui afin qu'ils soient l'un en face de l'autre. L'angle droit du sexe de Snow dans son pantalon était une leçon de physique à lui tout seul. Il baissa les yeux, et vit que Riley avait l'air tout aussi à l'étroit dans son jean. La bosse à son entrejambe était énorme, il était béni des dieux jusque dans les détails.

Est-ce que j'ai le droit de le toucher ? J'en ai tellement envie...

Riley l'attira encore plus près pour l'embrasser à nouveau. Snow profita du mouvement pour glisser une main entre eux. Tandis que la langue de Riley semblait déterminée à explorer chaque recoin de sa bouche, Snow fit lentement descendre sa main le long du bas ventre de Riley, puis il s'arrêta.

Qu'est-ce que tu vas faire maintenant, monsieur l'expert ?
Aucune idée.

Riley décida pour lui. Il prit sa main dans la sienne et la pressa contre son érection. Snow écarta les doigts pour épouser la forme qui tendait le tissu sous sa paume. Une longue ligne chaude et dure.

Riley poussa un nouveau gémissement sous ses caresses, et Snow sentit son propre entrejambe pulser en réponse à la réaction de Riley. Lorsqu'il traça la braguette du jeune homme du bout du doigt, Riley lâcha sa main pour l'ouvrir.

Tu as eu ce que tu voulais, maintenant à toi de jouer.

Tout en continuant à embrasser Riley, Snow partit à la découverte de ce terrain inconnu. Il glissa ses doigts hésitants dans le pantalon ouvert de Riley, sous l'élastique de son boxer, et sentit sa respiration se bloquer dans sa gorge lorsqu'il entra en contact avec de la peau nue. Nue, douce et brûlante. Il touchait le sexe de Riley Prince. Il allait s'évanouir.

Sous le choc du premier contact, il s'était figé et il avait rompu le baiser.

— Qu'est-ce que tu veux faire ? demanda Riley contre ses lèvres.

— Je ne sais pas.

— Enroule ta main autour de moi et laisse-moi faire la même chose pour toi.

— Oh, répondit bêtement Snow.

— En as-tu envie ? demanda Riley en souriant, et son souffle chatouilla le nez de Snow.

— Très, répondit-il.

Il enfonça sa main plus loin dans le boxer de Riley, jusqu'à ce qu'il tienne son énorme sexe entre ses doigts. Il le serra brièvement, pour tester la circonférence, et Riley se cambra en poussant un nouveau gémissement. Son sexe poussa dans le poing de Snow, faisant glisser la peau fine et soyeuse sur le réseau de veines et de muscles qui sinuaient en dessous. C'était une sensation extraordinaire.

Snow recommença le mouvement, émerveillé, et Riley lui sourit.

— À mon tour, dit-il en ouvrant lentement la braguette de Snow.

Panique à bord !

— Attend, je… Je ne suis pas aussi… grand, que toi, bredouilla Snow.

— Snow, je fais plus d'un mètre quatre-vingt-dix et cent kilos. Tu fais quoi ? Un mètre soixante-quinze et une soixantaine kilos tout mouillé ?

— À peu près, répondit Snow en déglutissant.

Il baissa les yeux vers son propre sexe, puis regarda Snow dans les yeux.

— Je crois que tu aurais du mal à marcher si tu avais un truc de cette taille entre les jambes avec ton gabarit, plaisanta-t-il gentiment. Tu es la plus belle personne que j'aie rencontrée de toute ma vie, Snow, arrête de t'inquiéter.

— M… Merci, murmura-t-il, troublé par les compliments de Riley.

Ce dernier poursuivit son geste et attrapa le sexe de Snow dans sa main.

— D'accord, laisse-moi te dire que c'est impressionnant pour un gars de ta taille.

— Vraiment ?

— Tu n'as jamais comparé avec les autres dans les vestiaires de gym ?

Snow secoua la tête.

— Tu n'as jamais vu un autre homme nu ?

— Pas depuis tout petit.

— Je suis flatté. Et que penses-tu de moi ?

— Tu es toi, répondit-il simplement.

Le regard de Riley se mit à briller et il embrassa à nouveau Snow. Un baiser long et profond. Il commença à le masturber en même temps.

Snow balança la tête en arrière en ouvrant la bouche.

— Oh, mon Dieu.

— Ça fait du bien ? demanda Riley, amusé.

— C'est indescriptible.

Riley accentua l'intensité de ses va-et-vient, et Snow essaya désespérément de suivre le rythme, mais c'était tellement difficile de se concentrer.

— Attend une minute, dit Riley en se reculant légèrement.

— Non, n'arrête pas, protesta Snow.

— Je veux essayer quelque chose, expliqua Riley.

Il repoussa les mains de Snow, rapprocha leurs hanches pour aligner leur sexe côte à côte, enroula l'une de ses gigantesques mains autour, et prit leurs testicules en coupe avec l'autre.

— Nous allons voir ce que tu penses de ça, annonça-t-il malicieusement en commençant un mouvement de piston étroit avec sa main.

— Oh, mon Dieu, mon Dieu, Riley, c'est…

Les paupières de Snow se fermèrent d'elles-mêmes et il se cogna le crâne contre le tapis. Il ne contrôlait plus les mouvements de ses hanches qui ondulaient furieusement, mais il se sentait trop bien pour être embarrassé.

Sans cesser de les caresser, Riley se pencha sur lui et murmura :

— T'a-t-on déjà sucé ?

— Quoi ?

— As-tu déjà eu une fellation ?

Snow secoua la tête et sentit son cerveau court-circuiter.

— Tu veux essayer ?

— Tout ce que tu veux, je veux tout essayer avec toi, Riley.

— Tu es magnifique, si seulement tu pouvais te voir en cet instant. J'ai envie de toi depuis tellement longtemps.

— Mon Dieu, Riley, tes mains…

— Attends de voir de quoi ma bouche est capable.

Et en un mouvement souple, il lâcha leur sexe, se glissa le long du corps de Snow et prit son érection entre ses lèvres.

Snow ouvrit la bouche de surprise et laissa échapper un long cri de plaisir.

Riley suça d'abord le gland, puis il engouffra le sexe de Snow tout entier. C'était comme plonger dans une délicieuse fournaise. Snow avait l'impression que toutes les cellules de son corps étaient sur le point d'exploser. Son corps tout entier était en train de fondre. Sa vision se brouilla, puis une explosion de lumière jaillit dans sa tête, et il éjacula violemment, son dos arqué par le désir. Jamais, jamais il n'avait ressenti une chose pareille.

Il lui fallut plusieurs minutes pour cesser de trembler et revenir à lui. Le choc du plaisir céda sa place à un sentiment de contentement chaud et lumineux. Il battit des cils et rouvrit les yeux.

— Waouh.

Riley souriait comme le chat d'*Alice au Pays des Merveilles*, mais il suffit d'un coup d'œil à Snow pour constater que son sexe était toujours douloureusement tendu entre ses jambes.

— Pourquoi il n'y a que moi qui en ai profité ? demanda Snow dans un sourire paresseux.

— Parce que tu l'avais bien mérité.

— Comment ça ?

— Parce que tu es toi, répondit simplement Riley, en faisant écho aux propos de Snow quelques instants plus tôt.

— Mais ce n'est pas juste, protesta le jeune homme en se redressant sur ses coudes. Attends.

Il n'y connaissait peut-être pas grand-chose au sexe, mais il y avait au moins une chose qu'il savait faire. Il se releva, retira son pantalon d'un mouvement efficace, et alla chercher le tube de lubrifiant et une serviette dans la salle de bain. Il s'agenouilla devant Riley, fit couler du lubrifiant entre ses doigts, et attrapa fermement son sexe avec ses deux mains.

— Est-ce que c'est bon comme ça ?

— Tu plaisantes j'espère, si tu continues comme ça, tu vas très vite avoir bien plus que du lubrifiant entre les doigts, haleta Riley.

— J'espère bien.

Snow plongea son regard dans celui de Riley pour guetter la moindre de ses réactions. Le jeune homme ouvrit la bouche et ferma les yeux. Encouragé, Snow ajouta encore un peu de lubrifiant et accéléra ses caresses. La sensation du sexe de Riley sous sa main était tout simplement fascinante. Cette intrication palpable de muscles et de veines juste sous la surface brûlante de sa peau. Snow n'y avait jamais pensé lorsqu'il se masturbait tout seul dans sa chambre, c'était un geste mécanique, une habitude, mais avec Riley, tout prenait une intensité nouvelle. Il repensa à la sensation de sa bouche sur son sexe. Aurait-il le courage de le sucer à son tour ?

Chaque chose en son temps, monsieur le téméraire. Concentre-toi sur ce que tu fais.

Il resserra ses mains autour de Riley, qui se mit à gémir de plus en plus fort.

— Mon Dieu, Snow, comment peux-tu être aussi doué…

Tous les muscles de son visage se contractèrent comme s'il souffrait, puis ses hanches quittèrent le sol, et un jet de sperme jaillit de son sexe avant de retomber sur ses abdominaux parfaits et la main de Snow. *Oh, mon Dieu.* Il venait de faire jouir Riley Prince.

Arrête de t'envoyer des fleurs, excité comme il était, même un chien l'aurait fait jouir.

Super, au moins je peux prétendre au niveau d'un chien.

— Snow ? appela doucement Riley pour attirer son attention. Tu te perds si souvent dans tes pensées, je me demande toujours ce qui se passe dans ta tête.

— Excuse-moi…

— Non, non, ne t'excuse pas. Je suis curieux, c'est tout.

Snow haussa les épaules en s'essuyant les mains sur la serviette, avant d'essuyer tendrement la peau de Riley.

— J'ai ce qu'on pourrait appeler des dialogues intérieurs.

— Des dialogues ? Tu veux dire, avec deux voix ?

Snow hocha silencieusement la tête.

— Si tu as besoin de conseils, tu sais que tu peux me demander à moi. Il paraît que je suis intelligent, je viens de réussir mon examen de physique, dit Riley en plissant les yeux, amusé.

Snow hésitait à lui en dire davantage.

— Après la mort de mes parents, j'ai passé beaucoup de temps avec ma grand-mère, dit-il en traçant distraitement la ligne des muscles de Riley sur son abdomen. Elle avait des problèmes d'audition, et j'étais un enfant sauvage. Je jouais aux échecs tout seul, je lisais beaucoup de livres, je n'avais pas vraiment d'amis.

Riley pencha la tête sur le côté et lui offrit un sourire d'une gentillesse infinie, qui réchauffa le cœur de Snow.

— Alors tu as commencé à te parler à toi-même ?

— C'est vite devenu une habitude, acquiesça Snow. Deux parties de mon cerveau adoptent un point de vue différent et se mettent à débattre. Tu dois me prendre pour un malade mental.

— Simplement pour quelqu'un qui souffre de solitude.

— Peut-être un peu, parfois, reconnut Snow.

— J'aimerais beaucoup devenir ton ami, lui dit Riley en passant une main dans les longs cheveux noirs de Snow.

— À ce stade, je crois que c'est un peu plus que de l'amitié, plaisanta Snow.

— Ça ne nous empêche pas d'être amis quand même, insista Riley.

Snow baissa les yeux, intimidé.

— J'aimerais beaucoup aussi, dit-il d'une petite voix.

— Très bien, mon ami, accepterais-tu de m'accompagner au bal de fin d'année samedi soir ?

Snow releva la tête pour scruter l'incroyable regard doré de Riley. Autant de bonheur, comment était-ce possible ?

— Oui, avec plaisir.

IX

— ÉCHEC ET mat.

Snow fit glisser son pion à travers l'échiquier en souriant au professeur Kingsley.

— Tu es diabolique. Tu m'as encore eu, soupira le professeur en se laissant aller contre sa chaise.

— J'ai eu de la chance, répondit Snow en haussant les épaules et en se mordant les joues pour ne pas sourire plus largement.

— Ta chance est particulièrement brillante et impitoyable. Je dois te l'avouer, je voulais te mettre à l'épreuve suite à ton manque de concentration cette semaine, mais je constate à présent que ce n'était pas utile. Je ne veux pas tirer de conclusions hâtives, mais je ne vois vraiment pas qui pourrait te battre lors de ce tournoi.

Le professeur poussa un nouveau soupir et retira ses lunettes pour se frotter les yeux.

— Est-ce que tout va bien, monsieur ?

— Ça va, je suis juste un peu fatigué. Épouser une femme aussi jeune s'avère être plus fatigant que prévu, plaisanta-t-il. Mais ne parlons pas de moi. Qu'en est-il de ta vie amoureuse, jeune homme ?

Snow tenta de ne pas sourire comme un imbécile heureux, et échoua.

— Ah, c'est bien ce qui me semblait, il y a donc du nouveau. Te sens-tu d'humeur à partager ? le taquina le professeur.

— Riley Prince m'a invité au bal de fin d'année.

Le professeur écarquilla les yeux et ouvrit la bouche dans un rond de surprise.

— Pardon ?

— Il vient d'avouer aux Zetas et à l'équipe de football qu'il est gay. Son coach était déjà au courant. Et il vient de me demander de l'accompagner au bal de fin d'année.

— Eh bien, ma foi, c'est… Tout à fait surprenant. C'est la plus belle chose qui pouvait t'arriver, je crois. D'autant plus que tu as toujours eu un faible pour lui, je me trompe ?

Snow hocha la tête au rythme de ses battements de cœur.

— Oui, mais jamais je n'aurais osé imaginer que ça puisse être réciproque. Il est arrivé à l'appartement un soir et m'a annoncé qu'il m'admirait dans l'ombre depuis des mois. Il a réussi son examen de physique et m'a aussitôt invité au bal.

— Je suis très heureux pour vous deux, Snow.

— Merci, répondit timidement le jeune homme.

— Winston doit être terriblement déçu.

Mon Dieu, Win, il n'avait même pas pensé à lui.

— Je... Je ne lui ai pas encore annoncé la nouvelle. Tout est arrivé si vite.

— Je pense qu'il ne sera pas vraiment surpris. Au fond de lui, il sait depuis le début que tu ne nourriras jamais de sentiments romantiques à son égard.

— J'espère que vous avez raison.

— Alors comme ça, te voilà le cavalier du peut-être futur roi du bal de fin d'année. Tu n'as pas peur des réactions que vous allez susciter ?

— Pour être tout à fait honnête, je n'ai même pas encore eu le temps d'y penser.

— Peut-être devrais-tu descendre un tout petit peu de ton nuage, le temps de penser à ce qui va se passer maintenant, lui rappela gentiment le professeur. Le quarterback de l'équipe de football qui sort du placard et qui décide de se rendre au bal avec un autre homme, ce n'est pas anodin, je ne veux pas que tu sois pris au dépourvu.

— Merci pour le conseil, professeur.

— C'est notre dernier entraînement de la semaine, je veux veiller sur toi tant que je le peux.

— Je croyais que nous avions prévu encore deux autres sessions avant la fin la semaine ? s'enquit Snow, étonné.

Le professeur réprima un sourire, dans une volonté vaine de rester professionnel.

— Je crains d'avoir une urgence familiale de dernière minute. Mais ne t'en fais pas, je serais là au bal de fin d'année. D'ailleurs, je ferais mieux de ne pas traîner, dit-il en regardant sa montre. Je t'expliquerais tout le soir du bal.

Snow fronça les sourcils. L'attitude du professeur était étrange. Il lui restait très peu de famille et il n'en parlait jamais. Le jeune homme haussa finalement les épaules ; deux entraînements de moins, cela signifiait deux

83

fois plus de chance d'un cours particulier avec Riley... Il sourit et serra le professeur dans ses bras.

— J'espère qu'il n'y a rien de grave. À très vite, prenez soin de vous.

— Toi aussi, Snow. Et n'oublie jamais que je t'aime comme mon propre fils, dit-il en appuyant sur le bout de son nez.

Snow ouvrit grand les yeux. Il était rare que le professeur s'épanche sur ses sentiments, ces quelques mots signifiaient beaucoup pour le jeune homme.

— Merci pour tout. Vous savez que c'est réciproque. Vous êtes comme un père pour moi.

— À samedi soir, mon garçon.

Lorsque Snow quitta le bâtiment du département de physique, le soleil brillait, et il n'aurait su dire qui de l'astre ou de l'étreinte du professeur le réchauffait le plus. Il savait qu'il avait eu de la chance de le rencontrer après la mort de sa grand-mère ; le professeur Kingsley était un mentor unique et attentionné.

Il se dirigea vers son vélo et deux bras lui enserrèrent la taille par-derrière.

— Salut, Blanche Neige.

Quand on parlait du loup...

— Salut, Win.

Winston le relâcha et s'appuya contre un arbre tout proche.

— Tu t'entraînais ?

— Oui, c'était le dernier créneau libre du professeur avant la semaine prochaine. Il est occupé ce week-end.

— Probablement occupé à faire des folies de son corps avec la créature de rêve à laquelle il est fiancé.

— Parfois, je me demande si tu es vraiment gay.

— Je proteste. Qui est mieux placé qu'un homme gay pour reconnaître la beauté d'une femme ?

— Si tu le dis...

— Mais je te rassure, c'est toujours toi la plus belle créature du royaume, pas besoin d'être gay pour le voir, le cajola-t-il en se penchant sur lui pour l'embrasser sur la joue.

— Merci, murmura Snow, gêné, en regardant ses chaussures. Mais je n'allais pas à la pêche aux compliments.

— En parlant de beauté, es-tu partant pour te faire tout beau et m'accompagner au bal samedi soir ? demanda Winston en attrapant une feuille sur une branche au-dessus de sa tête.

Oh, oh.

— Nous n'en avons jamais parlé avant.

— Je pensais que tu aurais oublié l'existence même du bal, je ne voulais pas t'embêter avec ça en pleine période d'entraînement. Tu ne veux pas m'accompagner ? demanda-t-il en fronçant les sourcils.

— Je... J'ai déjà accepté d'y aller avec quelqu'un d'autre.

— Quoi ? Comment ça ? Qui ?

Snow prit une grande inspiration.

— Riley Prince.

— Mais qu'est-ce que tu racontes ? lança Winston dans un reniflement amusé.

— Riley vient de faire son coming out et il m'a invité au bal.

Winston se figea, sans rien répondre. Lorsque Snow osa enfin relever la tête pour lui faire face, son meilleur ami le dévisageait comme s'il lui poussait une deuxième tête.

— Je suis désolé, je voulais te le dire plus tôt, mais tout s'est emballé.

— Riley Prince est gay ?

— Il semblerait.

— Et il t'a invité au bal ?

— C'est ce que je viens de dire, Winston, s'impatienta Snow en croisant les bras.

— Pour de vrai ? Pas dans l'un de tes derniers rêves ou dans tes fantasmes préférés ? Tu veux dire que si je viens au bal samedi, je vais t'y trouver au bras de Riley Prince ?

— Win, tu deviens désagréable.

— Excuse-moi, dit-il aussitôt en levant les mains pour apaiser la situation. Simplement, je te connais par cœur, tu as tendance à vivre dans ton petit monde imaginaire. Mais quand le prince du campus t'invite au bal, j'imagine qu'il est impossible de refuser.

— Je n'avais pas l'intention de refuser, Win. J'aime beaucoup Riley, c'est quelqu'un de bien.

— Avec un cerveau de la taille d'un grain de sable.

— Ce n'est pas vrai, il a réussi son examen de physique.

— Tu te moques de moi ?

— Pas du tout. Je t'avais dit qu'il en était capable. Il fallait juste trouver la bonne approche.

— L'approche Snowden Reynaldi qui transforme les joueurs de football machos en homos ? demanda Winston d'une voix moqueuse.

— Tu es injuste. Jamais je ne m'en serais douté s'il ne me l'avait pas avoué de lui-même.

— Ne me dis pas que tu te masturbes secrètement en pensant à lui depuis le début de l'année ? Quel hypocrite. J'essaie de me rapprocher de toi depuis le jour de notre rencontre, et il suffit d'un mot de Monsieur Testostérone pour que tu succombes ?

— Winston !

— Et nous ?

— Nous ne sommes que des amis !

— Ce n'est pas faute d'avoir essayé d'être plus ! cria Winston en se penchant tout près de lui.

Snow recula instinctivement.

— Je ne m'y connais peut-être pas beaucoup en amour, mais tu ne m'as jamais donné l'impression que tu mourrais sans moi. On s'est juste retrouvé ensemble parce que nous étions les deux seuls geeks gay du campus !

— Parle pour toi, cracha Winston au bord des larmes.

— Je suis sincèrement désolé, Win. Je n'avais pas compris que tu étais sérieux.

— Je te tourne autour depuis le premier jour !

Il faisait de grands gestes en criant d'une voix aiguë. Un groupe de filles passa à côté d'eux en riant.

— Je n'ai jamais insisté parce qu'il ne fallait pas perturber monsieur le grand maître des échecs. Il ne fallait pas percer sa bulle de petit génie. Et c'est comme ça que tu me remercies ?

— Je suis désolé.

— Tu sais où tu peux te les mettre, tes excuses, s'emporta Winston en levant les bras au ciel.

Il tourna les talons et s'éloigna à grandes enjambées.

Snow se laissa tomber sur les marches du bâtiment de physique. Lui qui avait cru que rien ne pourrait gâcher son bonheur d'aller au bal.

Est-ce que tu peux penser à autre chose que toi-même pendant une seconde ?

C'est vrai que je ne me suis pas toujours bien comporté avec Winston.

C'est le moins que l'on puisse dire. Gare à ton karma.
Snow frissonna.

HAROLD TRÉBUCHA en franchissant le seuil de la porte, Anitra dans ses bras, et elle se força à rire. C'était peut-être un très bon moyen de tomber et se casser le cou, mais elle était obligée de jouer le jeu. Une fois à l'intérieur, il la reposa sur ses pieds.

— Bienvenue chez vous, Madame Kingsley.

— Merci, Docteur Kingsley. Tu ne crois pas que les autres seront surpris lorsque nous leur annoncerons la nouvelle ?

Surtout Reynaldi. Elle tendit le bras et écarta les doigts pour admirer sa bague de fiançailles et sa toute nouvelle alliance, superposées sur son annulaire. Anitra avait veillé à ce que ce soit les plus chères de toute la boutique. Harold l'embrassa sur l'oreille et elle réprima un frisson.

— Nous devrions peut-être monter célébrer la période de lune de miel avant de nous rendre au bal, lui susurra-t-il à l'oreille. J'attends depuis tellement longtemps…

— Tu t'es montré si compréhensif, mon chéri, mais je crains de devoir te faire attendre encore un peu. Après tout, c'est une grande occasion, je veux te sortir le grand jeu, prendre mon temps, dit-elle d'une petite voix en lui glissant un regard par-dessous ses cils. Une fois que nous serons au lit ensemble, je veux être certaine que nous n'aurons aucune raison d'en ressortir avant des heures.

— Je ne peux que te comprendre, mon amour. Si ça ne tenait qu'à moi, je n'irais même pas au bal, soupira le professeur. Mais ce n'est pas raisonnable, je me suis porté volontaire pour être chaperon. Et puis, je ne manquerais pour rien au monde l'entrée de Snowden au bras de Riley Prince.

— Qu'est-ce que tu veux dire ? demanda-t-elle en fronçant les sourcils.

Harold l'aida à retirer son manteau et l'accrocha dans l'entrée, avant d'enlever le sien.

— Nous avons été tellement pris par l'organisation de notre mariage éclair, j'ai complètement oublié de t'en parler. Le grand gaillard du campus, le héros Riley Prince a fait son coming out et a invité Snow au bal de fin d'année. Quelque chose me dit qu'ils vont faire sensation. Je préfère être là, je m'inquiète pour Snow, il est tellement sensible.

— Bien sûr, je comprends.

Ce petit imbécile allait lui voler la vedette. Maudit soit-il ! Le beau blond musclé était beaucoup trop bien pour lui, il ne le méritait pas.

— Assieds-toi donc, mets-toi à l'aise mon chéri. Je vais te préparer quelque chose à boire et je vais aller me rafraichir dans ma nouvelle salle de bain.

Harold ôta sa veste de costume, desserra sa cravate, et s'assit dans son immonde vieux fauteuil. Il saisit un tome de la biographie d'Einstein et Anitra dut se retenir pour ne pas lever les yeux au ciel.

— Excellente suggestion, mon amour. Occupe-toi un peu de toi et profite de cette salle de bain. Parfois je me dis que tu ne m'aurais jamais épousé si cette maison n'avait pas plusieurs salles de bain, plaisanta-t-il en s'installant confortablement.

— On ne peut décemment pas demander à une femme de partager une salle de bain avec un homme, dit-elle avec une petite grimace de dégoût. Je l'ai toujours dit, le secret d'un mariage réussi, c'est une chambre et au moins deux salles de bain, ajouta-t-elle en entrant dans la cuisine.

— Il y a des glaçons dans le bar, lui rappela-t-il avec un vague geste de la main.

— Je sais, mais j'ai mis des verres à cocktails à refroidir dans la cuisine. Et puis, nous avons beau être mariés, ce n'est pas pour autant que je vais te révéler l'ingrédient secret de mes cocktails.

Harold se pencha en arrière en fermant les yeux.

— Tu m'as percé à jour, dit-il en riant. Je ne t'ai épousée que pour apprendre le mystérieux ingrédient de tes cocktails.

— Tu peux toujours attendre, je ne suis pas prête de te le révéler, ricana-t-elle.

Je ne suis pas prête de te révéler quoi que ce soit.

ASSIS DANS la voiture, Snow observa la salle des fêtes que l'université avait louée pour le bal, à travers la vitre passager. *Nous y voilà.* Il lui était arrivé d'avoir peur au cours de sa vie, mais jamais à ce point. À la minute où ils auraient franchi cette porte, ils deviendraient le centre d'attention. La hantise de Snow.

Tu ne passes pas non plus inaperçu lorsque tu joues aux échecs sur une estrade devant une foule, gros malin.

C'est différent, je suis tellement concentré que j'oublie tout le reste.

Tu es vraiment bizarre.

Tu sais de quoi tu parles.

— Es-tu en train d'avoir une discussion avec toi-même ? demanda Riley, amusé, en se garant sur une place de parking.

Snow se tourna vers lui, le souffle coupé par la vision lumineuse de son prince.

— J'en ai bien peur, avoua-t-il.

— Qui gagne ?

Snow parvint à lui sourire malgré sa nervosité. *Ne sois pas égoïste, c'est lui qui devrait être nerveux.*

— Comment tu te sens ? demanda-t-il à Riley.

Le jeune homme poussa un immense soupir.

— Je suis encore plus stressé qu'avant les championnats du lycée, le jour où je devais me qualifier pour la bourse universitaire.

— Tu dois être terrorisé, murmura Snow en prenant l'une de ses grandes mains entre les siennes.

— Comment ça s'est passé pour toi ?

— Mon coming out ? demanda Snow, avant de hausser les épaules. Je n'ai pas vraiment eu à le faire. Ma grand-mère n'en avait rien à faire, et je n'avais pas d'amis à qui le dire. Quand je suis rentré à l'université, je le disais simplement en me présentant, c'est tout.

— Comment as-tu su ?

— Je n'ai jamais eu la moindre attirance pour les femmes, dit-il en souriant et en regardant leurs mains jointes. J'ai eu la chance de ne pas subir de pression, personne autour de moi n'a trouvé ça bizarre ou n'a essayé de me forcer. J'ai compris tout seul que je préférais les garçons.

— Personne n'est religieux dans ta famille ?

— Je suis né dans une famille de scientifiques, expliqua Snow en secouant la tête. Je ne voyais pas souvent mes parents, ils étaient sans arrêt en voyage pour leurs recherches. Ma grand-mère était une grande mathématicienne, je ne suis jamais allé à l'église de toute ma vie.

— Ce n'est peut-être pas plus mal. Mes parents ont eu une éducation très religieuse, ça a été difficile pour eux d'accepter mon homosexualité. Il leur a fallu du temps, mais ils ont fini par se faire à l'idée. Je leur en serai éternellement reconnaissant, je sais que tout le monde n'a pas eu cette chance.

— Raison de plus pour ne pas t'inquiéter de ce que penseront les gens ce soir. Si tes propres parents ne t'ont pas jugé, de quel droit le feraient-ils ?

— Tout paraît toujours tellement simple avec toi.

Si seulement Winston pouvait penser la même chose.

— C'est juste de la logique.

— T'ai-je dit à quel point tu étais beau dans ton costume ?

Snow passa une main sur sa veste en soie.

— J'ai demandé au tailleur quelque chose de moderne. Heureusement qu'il s'y connaissait parce que je n'aurais jamais osé choisir quelque chose comme ça. Malheureusement, ils ne font pas de costumes dans la même matière que les treillis.

Riley se mit à rire.

— Tu vas être le plus bel homme de la soirée.

— Tu t'es regardé dans un miroir avant de parler ?

— Merci. Merci pour tout. Tu n'imagines pas ce que ça représente de t'avoir à mes côtés ce soir. C'est tellement rassurant. Allez, viens, il est temps d'aller s'amuser.

Snow ouvrit la portière et sortit de la voiture. Il n'osa pas avouer à Riley que parfois, s'amuser pouvait être un défi pour lui.

X

RILEY PRIT la main de Snow pour la poser sur son bras, mais à mesure qu'ils se rapprochaient de la porte d'entrée, ses muscles se contractaient. Snow retira gentiment sa main et ils parcoururent simplement les derniers mètres debout côte à côte. Une fois à l'intérieur, il y avait une file d'attente devant une table à laquelle chacun devait s'arrêter pour donner son ticket d'entrée. Tout le monde salua Riley en jetant des regards curieux à Snow, mais personne n'osa poser de question. Lorsqu'ils arrivèrent enfin à la table, elle était tenue par madame Ishwood, la directrice du département d'anglais. Elle ignora complètement Snow et fit un immense sourire à Riley.

— Riley, quel plaisir de te voir ! Où est Courtney ?

— Je… Je ne sais pas, madame. Nous ne sommes plus ensemble.

— Oh, je n'en avais aucune idée mon garçon. Je suis désolé, je ne voulais pas remuer le couteau dans la plaie.

— Ne vous inquiétez pas.

— Je suis sincèrement désolée, répéta-t-elle en lui tendant un badge avec son prénom et une enveloppe. Tiens, voici tes tickets pour le repas, et voilà une autre enveloppe pour… Oh.

— Merci, dit simplement Snow en prenant l'enveloppe.

— Tu es le garçon du club d'échecs ?

— Snowden Reynaldi, madame, se présenta-t-il poliment.

— Tu n'es pas sur la liste, dit-elle en fronçant les sourcils.

Riley prit une profonde inspiration.

— C'est mon invité, madame Ishwood.

— Oh. C'est bien. C'est très bien.

Elle avait l'air confuse et son collègue à côté d'elle, un professeur du département de musique, lui donna un coup de coude discret. Elle leva les yeux vers lui, puis se tourna de nouveau vers eux.

— Passez une bonne soirée.

Après leur passage, le visage de madame Ishwood s'illumina et elle chercha le regard de son collègue. Elle venait seulement de comprendre. Elle n'était visiblement pas au courant des dernières rumeurs.

Un groupe d'adolescents était agglutiné devant la double porte de la salle de bal. Un mouvement de foule propulsa Riley contre Snow et il sursauta violemment.

— Désolé, s'excusa-t-il en baissant les yeux vers le jeune homme.

— Ça ne fait rien.

À l'intérieur, le volume de la musique était impressionnant, et le nombre de personnes étourdissant. Beaucoup de gens s'installaient déjà à la table correspondant au numéro sur leur ticket. Un long buffet était installé tout autour de la salle. Riley jeta un œil à leurs tickets. Ils étaient installés à la table numéro quatre. Il la chercha du regard, et pâlit aussitôt en la trouvant. Bien entendu, on l'avait placé à une table des Zetas, et bien entendu, Rog était assis à cette table. La jeune femme qui se tenait à ses côtés était d'une beauté renversante. À côté d'elle était installé un grand costaud afro-américain. Il fit un signe de tête à Riley, mais ne lui sourit pas et ne l'invita pas à les rejoindre. Il ne restait plus que deux chaises libres autour de la table.

Snow était plus de trente centimètres derrière Riley et pourtant, il pouvait le sentir trembler. Tous les gens de la salle leur jetaient des regards en coin en chuchotant. C'était un véritable cauchemar. Mais il fallait qu'il soit fort pour deux. Il posa une main sur le bras de Riley.

— Et si nous commencions par aller nous chercher quelque chose à boire.

— Quoi ? Oh, oui. Bonne idée.

Snow le tirait avec lui jusqu'au bar lorsque subitement, une grande main s'abattit sur l'épaule de Riley.

— Salut, Riley. Ne fais pas attention à tous ces crétins. Arrivé à ce niveau de connerie, c'est sans espoir. Viens t'asseoir avec nous, nous avons deux chaises de libres, j'ai envoyé ce sale homophobe de Wiznicki et sa copine se faire voir.

Snow osa enfin lever les yeux et parcourut du regard le grand jeune homme qui venait de les interpeller. Danny.

— Salut, dit-il en tendant une main à Snow. Je me souviens de toi. Difficile de t'oublier, moi aussi je sortirais du placard pour une gueule comme la tienne. Je suis Danny, tu te souviens de moi ?

— Le gars sans filtre ?

— En chair et en os !

— Merci, Danny, répondit Riley en hochant la tête, une expression fermée sur le visage.

92

Ils suivirent Danny jusqu'à une table, où Snow fit la connaissance de Stanley et Esther, Ed et sa fiancée Jennifer, et Carlos Herrera, le petit ami de Danny. Carlos avait terminé sa licence et il était entré en école d'odontologie. Ce qui n'était pas surprenant quand on voyait la blancheur immaculée de ses dents parfaitement alignées.

Le groupe sur la scène jouait en fond sonore, et la plupart des gens étaient plus concentrés sur la nourriture et le punch sans alcool que sur la piste de danse. Lorsque Riley et Snow s'installèrent sur leurs chaises avec leurs deux verres de punch, Carlos fit passer une flasque à Riley.

— Tiens, mets ça dedans, le punch manque un peu de piquant.

— Non merci, répondit Riley en levant une main. C'est moi qui conduis ce soir. Mais tu peux proposer à Snow.

— Je ne bois pas vraiment d'alcool, dit Snow en secouant doucement la tête.

Aucun d'eux ne réussit à manger quoi que ce soit non plus. Riley parla distraitement de football avec Danny, mais il avait l'air mal à l'aise. Une clameur dans la foule à l'entrée attira leur attention. Ils levèrent tous la tête et découvrirent Courtney, au bras d'un séduisant jeune homme.

— Qui c'est ?

— Le quarterback de l'équipe de réserve. Il est en première année. C'est lui qui me remplacera quand je serai diplômé. Il a beaucoup de potentiel.

— J'ai l'impression qu'elle lui a déjà offert sa promotion, chuchota Danny en se penchant vers eux. Une chose est sûre, elle sait comment se remettre d'une rupture.

Snow l'observa curieusement. Elle affichait un grand sourire et se cramponnait au bras de son cavalier. Si Snow n'avait pas su qu'elle connaissait le secret de Riley, il aurait pu jurer qu'elle se comportait vraiment comme une ex bafouée qui cherchait à se venger.

Derrière le couple qui venait d'entrer se tenait un autre jeune homme au physique d'athlète, avec une jolie fille au bras. Ils s'avancèrent jusqu'à leur table et le jeune homme posa une main sur l'épaule de Riley.

— Je suis content de te voir.

— Merci.

— Je suis Mike Henderson, se présenta-t-il en tendant une main à Snow. Et voici ma petite amie, Sheila.

Elle leur sourit et Mike se retourna vers Riley.

— J'ai appris ce que tu avais fait. Ça demande beaucoup de courage, je suis fier de toi, mon pote.

— Merci, répéta Riley, à la fois flatté et embarrassé par toute cette attention.

— À plus tard, dit Mike avant de s'éloigner.

— Il a l'air gentil, remarqua Snow.

— C'est le capitaine de l'équipe de lacrosse, acquiesça Riley. On ne se connaît pas très bien, mais je l'apprécie.

Le volume de la musique augmenta et de plus en plus de gens migrèrent sur la piste de danse.

— Allez, viens, *guapa*, on va leur montrer comment dansent les pros, lança Carlos en prenant la main de Danny.

Beaucoup de gens se tournèrent vers eux, et en les suivant des yeux, Snow remarqua le professeur Kingsley qui dansait avec Anitra au milieu de la foule. Elle tournait sur elle-même avec exagération pour faire virevolter sa robe blanche. On ne voyait qu'elle dans cette tenue. Elle aurait facilement pu être ridicule, mais elle exsudait tant de confiance en elle, avec son visage à la symétrie parfaite et sa longue chevelure flamboyante, qu'on ne pouvait qu'être fasciné. À ses côtés, le professeur souriait, mais sous les lumières artificielles de la salle, son teint paraissait gris et son visage creusé.

— Est-ce que le professeur Kingsley va bien ? demanda Riley en se penchant vers Snow.

— Je ne sais pas, il se plaint tout le temps d'être fatigué depuis quelque temps…

Danny s'approcha de la table en agitant frénétiquement les hanches.

— Allez, Riley, lève-toi, montre un peu de soutien à ta communauté, l'encouragea-t-il.

— Ma communauté ?

— La communauté de l'arc-en-ciel ! expliqua Danny en lui faisant signe de le rejoindre avant de disparaitre à nouveau sur la piste.

— Tu as envie de danser ? demanda-t-il en se tournant vers Snow, l'air terrorisé.

— Non, ne t'inquiète pas, tu en as assez fait pour ce soir.

Riley observa les couples qui dansaient à quelques mètres d'eux, le regard penseur.

— Autant aller jusqu'au bout, dit-il d'un ton résolu en se levant et en prenant Snow par la main.

Une fois sur la piste de danse, il ouvrit les bras.

— Je pense qu'il vaut mieux que je conduise, je n'ai pas appris à danser autrement.

— Tant mieux, approuva Snow en hochant la tête, parce que moi je n'ai pas appris à danser du tout.

Riley lui sourit, le premier vrai sourire de la soirée.

— Allez, viens, nous allons tous leur donner une bonne raison de jaser.

Snow prit place entre ses bras, et il aurait pu jurer entendre la foule tout entière prendre une inspiration de surprise. Pour tous ceux qui croyaient encore qu'ils n'étaient que deux amis qui ne s'étaient rendus au bal ensemble que par solidarité, la vérité venait d'éclater. Snow trébucha.

— Désolé. Je t'avais prévenu, je danse comme un pied.

— Je ne suis pas très doué non plus, tu sais. Au moins, nous dansons comme des pieds ensemble, répondit Riley en souriant tendrement avant de le serrer plus fort contre lui.

Ce n'était pas une étreinte indécente. Ils ne s'étaient pas embrassés devant tout le monde, n'avaient pas déclamé de discours officiel, mais le simple fait que Riley soit là, sur la piste de danse avec lui, suffisait à faire tourner toutes les têtes.

Mademoiselle Popescu et le professeur passèrent à côté d'eux. Elle ramena la traîne de sa robe d'un blanc immaculé derrière elle dans un geste théâtral, et les salua d'une voix tout aussi exagérée.

— Bonsôaaaaaaaar.

Snow écarquilla les yeux lorsque son regard accrocha un reflet brillant à son annulaire.

— Je rêve ou elle porte une alliance ? chuchota Riley, comme s'il avait lu dans ses pensées.

— Ça n'a aucun sens. Le professeur me l'aurait dit s'il s'était marié. Du moins, je l'espère.

Snow osait espérer que son mentor l'aurait invité pour l'occasion.

— Sa robe ressemble à s'y méprendre à une robe de mariée…

— C'est le moins qu'on puisse dire. Une robe de mariée très onéreuse, et très voyante.

Le groupe sur la scène termina de jouer le slow et enchaîna avec un morceau pop beaucoup plus rythmé. Riley s'écarta de la piste.

— J'ai atteint mes limites, je n'ai pas assez de coordination pour danser là-dessus.

Ils regagnèrent leur table et Riley chuchota :

— J'ai l'impression que tout le monde me regarde.

— Ce n'est pas une impression.

— Merci de me rassurer.

— Je ne fais que te dire la vérité, rétorqua malicieusement Snow en levant les mains.

Carlos se leva de son siège et fondit sur Snow.

— Et si tu dansais avec moi maintenant, mon mignon ?

— Est-ce que tu es sûr que tu m'as vu à l'instant ? demanda Snow en écarquillant les yeux. J'ai passé les trois quarts de la chanson à écrabouiller les pieds de Riley.

— Ne t'inquiète pas, je vais te guider. Personne n'écrasera les pieds de qui que ce soit, insista Carlos en lui prenant la main avec détermination.

Snow jeta un regard désespéré à Riley, mais il était déjà plongé dans une discussion sur le prochain match de football avec Danny. Carlos pencha la tête dans le champ de vision de Snow et pointa ses yeux avec son index et son majeur.

— À partir de maintenant, c'est moi que tu regardes.

Instinctivement, Snow baissa les yeux vers ses pieds, et Carlos éclata de rire et l'attrapa par le menton pour relever son visage.

— Par là, dit-il en souriant, révélant les petites rides de rire au coin de ses immenses yeux bruns. Très bien, dit-il en prenant la main gauche de Snow, avant de poser fermement son autre main sur sa taille.

— Désolé, bredouilla Snow en trébuchant vers l'arrière, surpris par la force de sa prise.

— Ne t'excuse pas, essaie de te détendre et de t'amuser, répondit Carlos sur un ton rassurant.

Snow parvint à aligner cinq pas, avant de trébucher à nouveau, mais Carlos ne releva pas et se contenta de continuer à danser. En quelques minutes à peine, Snow avait intégré le rythme de la chanson latino qui passait et ne trébuchait plus.

— Tu vois, je savais que tu avais du potentiel, dit Carlos en le faisant tourner.

— J'apprends vite.

— Oh, je vois, ça ne te suffit pas d'avoir conquis le capitaine de l'équipe de football, tu projettes aussi de piquer la place de Ricky Martin. Tu es machiavélique.

Snow s'immobilisa brusquement, manquant de peu de percuter Carlos de plein fouet.

— Bonsoir, mademoiselle Popescu, bonsoir professeur Kingsley. Je vous présente un ami, Carlos Herrera.

Anitra tendit une main au jeune homme.

— Enchantée, mais je me dois de vous corriger Snowden. Je ne suis plus mademoiselle Popescu, je suis madame Kingsley à présent.

Carlos dut percevoir le malaise de Snow, car il lui jeta un regard en coin avant d'étudier Anitra avec méfiance.

— Encantado, dit-il.

— Mon Dieu, mon Dieu, Harold, est-ce que tu entends un peu ce séduisant accent espagnol ? demanda-t-elle en s'éventant.

Le professeur Kingsley n'avait vraiment pas l'air en forme. Il était à bout de souffle et extrêmement pâle, et après l'intervention de sa femme, il semblait terriblement gêné.

— Je suis désolé de ne pas t'avoir prévenu, Snow. Je voulais t'appeler avant le bal, mais je n'ai pas vu le temps passer, dit-il en fronçant les sourcils, l'air perdu. Nous organiserons une grande cérémonie pour les amis et la famille dans quelques mois, je compte sur toi pour être mon témoin.

— Quelle charmante idée, ajouta Anitra en riant.

— Vous vous sentez bien, professeur ? demanda Snow en le regardant avec inquiétude.

— Pardon ? bredouilla-t-il, le regard vitreux. Oh, oui, oui tout va bien. Un peu de fatigue, rien de plus. Je ne suis plus tout jeune. J'ai sans doute trop dansé.

— Tu aurais dû me le dire, mon chéri, s'indigna Anitra en le tirant contre elle. Allons nous asseoir un peu.

La chanson se termina, et le chanteur s'approcha du micro.

— Mesdames et messieurs, nous allons marquer une courte pause dans le programme musical, le temps d'annoncer qui sera couronné roi et reine du bal de fin d'année.

Un cri d'enthousiasme s'éleva de la foule à cette nouvelle, et plusieurs membres du bureau de l'université montèrent sur scène.

— Ah, excusez-moi, le devoir m'appelle, dit Anitra en les bousculant avec des grands gestes pour manipuler sa robe et grimper sur la scène.

Une nouvelle vague de cris approbateurs retentit, et le professeur Kingsley sourit avec indulgence. Snow le prit gentiment par le bras.

— Est-ce que vous êtes sûr que tout va bien, professeur ? insista-t-il.

— Quoi ? Oui, oui. Elle est magnifique, n'est-ce pas ?

Tu as ta réponse, monsieur l'inspecteur. Laisse-le un peu tranquille.

Mais…

Laisse-le tranquille.

Le doyen de l'université s'installa au micro, Anitra à ses côtés.

— Être élus roi et reine du bal de fin d'année est un honneur et un privilège qui représente le respect et le soutien de tous vos camarades, ainsi qu'un niveau scolaire brillant et une véritable implication dans la vie du campus. Je dois dire que nous avions un grand nombre de candidats méritants cette année. Mais sans plus attendre, voici les résultats. L'enveloppe, s'il vous plaît, mademoiselle Popescu.

Anitra arracha l'enveloppe des mains d'un autre professeur qui se tenait debout à côté d'elle, et la tendit au doyen. Il était évident que le doyen ne la lui avait demandée que pour attirer l'attention sur elle. Il ouvrit l'enveloppe en souriant, avec une lenteur calculée, pour faire durer le suspense.

— Peut-être que je devrais vous parler des inscriptions au prochain semestre, avant ? taquina-t-il.

— Noooooon, répondit la foule en chœur.

— J'ai le plaisir et l'honneur de vous annoncer, dit-il en sortant le papier de l'enveloppe, que la reine de cette année est une étudiante brillante et l'une de vos pom-pom girls préférées, j'ai nommée, Courtney Taylor !

Snow sourit et applaudit à tout rompre. Après tout ce qu'elle avait fait pour Riley, il ne pouvait pas s'empêcher de bien l'aimer sans même la connaître. Il se tourna brièvement et aperçut Riley qui applaudissait lui aussi, un immense sourire sur le visage. Il croisa le regard de Snow et lui fit un clin d'œil. Snow songea que c'était sans doute une bonne chose qu'il ne soit pas aux côtés de Riley au moment où les projecteurs se braqueraient sur lui lorsqu'on annoncerait qu'il était élu roi du bal. C'était sans doute plus prudent, et moins embarrassant, pour Riley comme pour lui.

Courtney monta sur la scène en riant, sous les applaudissements de la foule.

— Merci à tous ! Je ne m'y attendais pas, c'est un grand honneur, dit-elle en acceptant le bouquet de fleurs qui lui était tendu et la couronne qui fut délicatement posée sur sa tête.

— Ne bougez pas, nous allons appeler votre roi à vous rejoindre, déclara le doyen en souriant.

Des murmures frénétiques parcoururent la foule tandis qu'Anitra collectait la deuxième enveloppe avec le même sens du spectacle et de l'exagération. Elle la tendit au doyen avec un moulinet de la main, et le batteur du groupe donna un petit roulement de tambour. Le doyen ouvrit enfin l'enveloppe.

— Ah, dit-il simplement, et Anitra regarda par-dessus son épaule pour lire le papier.

Elle afficha une expression stupéfaite, releva la tête pour regarder Riley droit dans les yeux, puis chuchota quelque chose à l'oreille du doyen. S'en suivit un dialogue à voix basse entre eux. Tout le monde se demandait ce qui était en train de se passer. Enfin, le doyen se pencha sur le micro.

— Et votre roi du bal de cette année est Roget Brown !

Des bruits de stupeur parcoururent l'assemblée et tout doucement, petit à petit, les gens se mirent à applaudir. Des protestations se faisaient entendre ici et là.

— Impossible !

— C'est une blague ?

— Qu'est-ce que ça veut dire ?

Et bien entendu, le classique :

— Au moins, on n'a pas élu un pédé.

Rog grimpa sur la scène, l'air presque plus surpris que tout le reste de la salle. Snow se tourna vers Riley. Il était livide. Il affichait un sourire faux et applaudissait poliment le nouveau roi des étudiants, un homophobe immature et violent. L'air écœuré, Carlos ne se donna même pas la peine d'applaudir.

— Qu'est-ce qui se passe ? Danny m'a pourtant dit que Riley était le vainqueur assuré. Je connais le type qu'ils viennent d'élire, c'est la personne que Danny aime le moins dans toute la fraternité, comment est-ce possible ?

— Je n'en ai aucune idée, murmura Snow, abasourdi. Peut-être que l'administration a entendu parler de son coming out et qu'ils n'ont pas voulu le laisser gagner.

— C'est impossible, s'indigna le professeur Kingsley à ses côtés, en portant une main à sa poitrine. Je refuse d'y croire, NorCal ne sombrerait pas dans les affres de la discrimination.

— Peut-être que madame Kingsley en sait davantage, remarqua Snow en fronçant les sourcils. Elle avait l'air très au courant.

— Madame Kingsley ? répéta le professeur. Oh, tu veux dire Anitra.

Snow se tourna de nouveau vers Riley.

Arrête de le regarder, tu ne fais qu'attirer davantage l'attention sur lui et aggraver son humiliation.

Il n'a aucune raison de se sentir humilié.

Dis ça au gars qui aurait dû être élu roi du bal de fin d'année.

Snow fit de nouveau face à la scène. Courtney dévisageait Rog comme un insecte particulièrement dégoûtant. Elle avait peut-être fait semblant d'être la petite amie de Riley, elle restait avant tout son amie, et elle n'était pas prête d'applaudir Rog. Le doyen lui tendit son sceptre comme si de rien n'était, et Anitra déposa un énorme baiser sur sa joue, en prenant bien soin de regarder Snow en même temps. Elle était pour quelque chose dans toute cette histoire, il en aurait mis sa main à couper. Mais quel rôle avait-elle exactement ? Pourquoi se soucierait-elle du couronnement de Riley ?

Il se tourna vers le professeur

— Monsieur, est-ce que vous savez si…

Il s'interrompit brusquement. Le professeur peinait à tenir sur ses jambes, il tremblait de tout son corps, une main tendue vers Anitra sur la scène, et l'autre agrippée à sa veste de costume, au niveau de son cœur.

— Monsieur, vous allez bien ? demanda Snow, paniqué, en se rapprochant de lui pour lui tenir le bras. Professeur Kingsley ?

Carlos se précipita de l'autre côté pour aider Snow à le soutenir.

— Tout va bien ?

Et tout à coup, le professeur s'effondra sur le sol comme une gigantesque poupée de chiffon. Carlos parvint à le rattraper in extremis avant qu'il ne heurte le sol, et l'allongea délicatement.

— Mon Dieu, il est glacé.

Snow se laissa tomber à genoux à ses côtés.

— Professeur Kingsley ! À l'aide ! Que quelqu'un appelle les secours !

Riley apparut en quelques secondes à peine et colla son oreille au torse du professeur, avant de commencer un massage cardiaque.

— Il ne respire presque plus. Je pense que c'est son cœur. Appelez vite les pompiers.

Carlos était déjà au téléphone, en train de donner les détails et l'adresse aux secours. Snow prit la main du professeur et la serra dans la sienne.

— Ne vous inquiétez pas, professeur, on s'occupe de vous, tout va bien se passer, chuchota-t-il, le visage baigné de larmes.

Il ne se rappelait même pas avoir commencé à pleurer. Une voix froide retentit juste au-dessus de lui.

— Qu'est-ce qui se passe ici ? Qu'avez-vous fait à mon mari ?

XI

SNOW ÉCOUTAIT attentivement les légers ronflements de Riley. Il étira ses jambes engourdies par le confort médiocre de la banquette en plastique dans la salle d'attente, et enfouit son visage dans le pull de Riley. Il s'était assoupi, la tête sur ses genoux. Seule la présence de Riley lui permettait de tenir le coup. Il leva les yeux vers la fenêtre. Il faisait déjà nuit noire. Cela faisait des heures qu'ils n'avaient pas eu de nouvelles des médecins. Bien entendu, Anitra, elle, avait eu le droit de se rendre au chevet du professeur, mais pas Snow. Il n'était pas vraiment de sa famille. Tout le monde se fichait bien de savoir qu'il avait pourtant toujours été comme un père pour le jeune homme. Les larmes lui montèrent aux yeux, mais il secoua rageusement la tête pour les retenir. Il avait assez pleuré comme ça. Il fallait qu'il garde la tête sur les épaules. Le professeur pourrait avoir besoin de lui. Pour autant qu'il soit encore en vie. Mon Dieu, pourquoi est-ce que personne ne voulait rien leur dire ? L'attente était insupportable. Snow prit une grande inspiration tremblante.

— Hé, l'interpella Riley d'une voix douce en lui caressant les cheveux.

Snow tourna la tête pour le regarder.

— Excuse-moi de m'être endormi.

— Ne t'inquiète pas pour ça, répondit Snow en posant une main sur sa joue. Tu as eu une soirée riche en émotions.

— Pas autant que la tienne.

— Je n'arrive toujours pas à croire qu'ils ont truqué les résultats du couronnement pour élire cet homophobe de Roget.

— Tout ça me paraît tellement superficiel après ce qui vient de se passer, répondit Riley d'une voix triste.

— Ce n'est pas superficiel. C'est honteux que l'administration de l'université puisse faire une chose pareille de nos jours.

— Peut-être que personne n'a rien truqué. Peut-être que Roget a vraiment récolté plus de voix que moi.

— Connerie !

— Je crois que c'est la première fois que je t'entends jurer, remarqua Riley en riant doucement.

— Ça me met tellement en colère.

— As-tu eu des nouvelles de l'état du professeur pendant que je dormais ?

— Pas un mot, répondit Snow en se rasseyant. Et je t'avoue que je suis à deux doigts d'enfoncer la porte du service des soins intensifs à coup de hache…

— Peut-être que je devrais aller les prévenir du risque qu'ils encourent, ça les motivera sans doute à me donner de nouvelles informations, proposa Riley en passant un bras autour des épaules de Snow.

— Je ne peux pas m'empêcher d'avoir le sentiment que mademoiselle Popescu en sait plus qu'elle veut bien le laisser croire.

— Madame Kingsley, tu veux dire ?

— S'il le faut vraiment.

— J'imagine que ça ne doit pas être facile pour toi, dit Riley en le serrant contre lui.

Snow hocha la tête. *Je ne suis pas fou. Je sais ce que je dis. Cette femme n'est pas claire.*

Comme s'il l'avait invoquée par la pensée, Anitra entra dans la salle d'attente.

— Oh, vous êtes encore là. C'est tellement gentil de votre part.

— Comment va-t-il ? demanda Snow en bondissant sur ses pieds.

— Il est toujours inconscient, répondit-elle en serrant la mâchoire.

— Oh, mon Dieu…

— Il souffre d'une arythmie qui affecte sa respiration.

— Ça a l'air sérieux.

— Ça l'est, j'en ai peur, dit-elle en se rapprochant pour prendre Snow dans ses bras.

Ne te crispe pas. Ne te crispe pas, se répéta Snow en sentant le rideau de ses cheveux soyeux frotter contre sa joue.

— Il faut que nous soyons solidaire, c'est ce qu'il voudrait.

Snow hocha la tête. Elle le relâcha.

— Vous devriez rentrer vous reposer un peu. Revenez demain matin, nous pourrons parler de… des mesures à prendre, du futur, termina-t-elle avec un geste vague de la main.

— Je préfèrerais rester là, si ça ne vous embête pas.

Elle soupira. Était-ce de frustration ?

— Je sais bien, mon garçon, mais vous avez école demain.

— Nous sommes samedi soir.

— Vraiment ? J'avais oublié. Mais je pense quand même que vous devriez rentrer dormir un peu. Je vous promets de vous appeler au moindre changement.

— Non, s'il vous plaît…

— Riley, pouvez-vous ramener Snow chez lui, s'il vous plaît ?

Riley se leva et enroula l'un de ses grands bras musclés autour des épaules de Snow.

— Viens, mon cœur, on s'en va.

Snow se sentit fondre en entendant Riley l'appeler mon cœur, et il le suivit sans protester.

— C'est elle qui est en charge de toutes les décisions en tant qu'épouse, murmura Riley. En attendant d'en savoir davantage, nous n'avons pas d'autres choix que de faire ce qu'elle dit.

— Tu ne penses pas que je suis fou alors ? demanda Snow en levant les yeux vers lui.

— Je pense que tu es la personne la plus intelligente et la plus intuitive que je connaisse, et si tu te méfies d'elle, alors moi aussi.

— Merci, répondit Snow dans un souffle soulagé, les yeux remplis de larmes de gratitude.

— Allez, viens, il est temps de rentrer à la maison.

— À la maison ?

— Chez toi ou chez moi, comme tu veux, dit Riley en souriant tendrement.

— Chez moi, il y a mon tapis préféré et tout mon matériel d'échecs. Mais chez toi, c'est accueillant et confortable, ajouta-t-il avec un petit sourire.

— Je te propose de faire un crochet par ton appartement pour prendre tes affaires d'échecs et quelques vêtements, et puis d'aller nous installer chez moi, qu'en dis-tu ?

— Vraiment ? demanda Snow plein d'espoir.

Riley Prince lui proposait-il vraiment de venir passer la nuit chez lui ?

— Ne commence pas à trop réfléchir, je ne t'oblige à rien. J'ai une chambre d'ami, dans laquelle je dormirais d'ailleurs, parce qu'il paraît que c'est chevaleresque les trucs comme ça, ajouta-t-il dans un clin d'œil avec son irrésistible sourire à fossettes. Je réalise que la situation n'a rien de romantique, mais je ne veux pas que tu sois tout seul ce soir.

Snow s'arrêta de marcher et baissa la tête.

— Quoi ? Qu'est-ce que j'ai dit ? Tout va bien ?

— Tu es tellement merveilleux que parfois, j'ai du mal à y croire.

— Oh, tu trouves ? Ça doit être ton influence, dit-il simplement en serrant Snow dans ses bras. Je ne suis qu'un pauvre athlète sans cervelle qui fait tout ce qu'il peut pour atteindre le niveau de son petit ami.

— Et je ne suis qu'un geek bizarre qui a des voix dans sa tête.

Riley éclata de rire.

— Allez, viens, mon petit geek, on rentre.

ANITRA SE faufila dans la maison du professeur en passant par la porte de derrière. C'était sa maison à elle, à présent. Elle sourit en parcourant du regard la cuisine équipée avec ses plans de travail en marbre et son électroménager dernier cri. À elle, rien qu'à elle. Elle avait fait croire à Harold que la petite maison qu'elle habitait sur le campus était à elle, mais c'était un mensonge. Un ami la lui avait prêtée.

Elle pencha la tête sur le côté et renifla l'air avec une moue dégoûtée. Mon Dieu, elle pouvait sentir l'odeur du lubrifiant à deux pièces de distance. Elle jeta son sac à main sur le comptoir en soupirant et se rendit dans le salon d'un pas pressé. Elle ferma les rideaux en se plaignant :

— Tu n'as rien d'autre à faire de tes journées ?

Hunter était vautré sur le canapé, encore en train de regarder un film porno.

— Je m'ennuie.

— Trouve-toi un travail.

— J'ai un travail, rétorqua-t-il en s'asseyant pour la tirer sur ses genoux.

Elle se débattit aussitôt en regardant son sexe en érection couvert de lubrifiant avec horreur.

— Il est hors de question que je mette du lubrifiant sur mes vêtements.

— Dans ce cas, il va falloir trouver un endroit pour ranger mon gros instrument sale.

— Charmante proposition, mais j'ai un mail important à envoyer. Il faut que j'informe les organisateurs du tournoi Anderson que Snowden Reynaldi est bien trop dévasté par l'état de santé de son mentor pour participer. Je veux qu'ils prennent connaissance de ce message demain à la première heure.

— Est-ce que c'est vrai ? Le gamin est trop bouleversé pour participer ?

— Je vais m'arranger pour que ce soit le cas, dit-elle en écartant légèrement les rideaux pour regarder dehors.

BLOTTI TOUT contre Riley qui le tenait d'un bras, son sac à dos dans l'autre main, Snow s'apprêtait à ouvrir la porte de la maison, lorsque celle-ci s'ouvrit à la volée. Madame Wishus apparut sur le seuil, leur jeta un coup d'œil et fondit sur Snow en le tirant à l'intérieur.

— Mes pauvres chéris, vous avez l'air épuisé. J'ai appris ce qui est arrivé à Harold, c'est horrible.

— Vous connaissez le professeur Kingsley, madame ?

Étant donné le personnage, Snow n'aurait même pas été étonné d'apprendre qu'elle connaissait le président en personne.

— Oui, depuis très longtemps. J'ai beaucoup de mal à croire qu'il ait des problèmes de cœur, un homme aussi robuste et en bonne santé que lui.

Snow cligna des yeux en réprimant un bâillement.

— Mais je suis là, je papote, je papote. Montez donc vous reposer tous les deux. Je vais vous monter un petit quelque chose à manger.

Snow se sentit rougir, mais elle ne lui laissa pas le temps d'être gêné très longtemps. Elle les pressa dans la cage d'escalier et retourna dans son appartement en laissant ouverte sa porte bleue. Le jeune homme trébucha sur une marche et Riley l'aida aussitôt à se relever.

— Courage, tu y es presque mon cœur.

Une part de Snow ne rêvait que de se rouler en boule sur la première surface venue pour dormir pendant des heures, et une autre part de lui fantasmait sur le corps nu de Riley pressé contre le sien. Il se sentit rougir à nouveau. Heureusement qu'il faisait sombre dans le couloir.

Une fois dans l'appartement, Riley le conduisit vers les chambres, que Snow n'avait pas encore vues. Le décor était le même, désuet, mais cosy. Dans la chambre principale trônait un énorme lit aux draps défaits. Une paire de baskets traînait à côté, mais dans l'ensemble, la pièce était bien rangée. Riley se pressa vers le lit.

— Je suis désolé, je suis parti précipitamment ce matin, dit-il en enlevant la housse de couette. Je vais te mettre des draps propres.

— Ne t'embête pas, protesta Snow en s'asseyant sur le bord du matelas.

105

Les draps sentaient l'odeur de Riley. Le jeune homme relâcha la couette, et s'assit à côté de Snow en lui caressant la joue.

— Les garçooooons ! appela madame Wishus depuis le haut de l'escalier.

— Entrez, Eudora, cria Riley en se levant. Viens manger, ajouta-t-il à l'encontre de Snow. Tu vas voir, c'est une cuisinière extraordinaire.

— Je ne suis pas certain de pouvoir avaler quoi que ce soit.

— Essaie. Fais-moi confiance, insista Riley avec un petit sourire mystérieux.

Dans la salle à manger, la table croulait déjà sous un nombre incalculable de plats. Deux bols fumants étaient installés de part et d'autre, et une miche de pain fait maison les attendait au milieu. Il y avait aussi du beurre, des cornichons, un plateau de fromages et des olives.

— Installez-vous, leur ordonna Eudora en souriant avec bienveillance.

Snow devait l'admettre, tout sentait divinement bon. Il prit place à table et regarda dans son bol. Une soupe de légumes. Rien de trop consistant. C'était parfait. Il goûta une première cuillerée et écarquilla les yeux. Il n'avait jamais rien goûté de pareil. C'était de la magie en soupe, l'élixir des dieux, le plat de l'Olympe. Il reposa sa cuiller et but directement au bol. Il le finit en un temps record, sans doute trop vite et trop bruyamment pour être poli, mais il ne put s'en empêcher. C'était tellement bon ! Madame Wishus récupéra son bol et lui tendit un morceau de pain encore chaud, tartiné de beurre.

— Tenez, mangez ça pendant que je vais vous chercher un autre bol de soupe.

Riley sourit dans son bol, qu'il dégustait avec un peu plus de retenue, et Snow mordit dans sa tartine de pain en fermant les yeux. Croustillant à l'extérieur, moelleux à l'intérieur, avec des petites graines croquantes qu'il n'arriva pas à identifier immédiatement.

— Il n'y a pas de fruits à coque dedans ? demanda-t-il inquiet.

— Non, mon chou, le rassura madame Wishus en posant un nouveau bol de soupe fumant devant lui. Je ne vous ferais jamais manger de noix, voyons.

Snow pencha la tête en la regardant resservir Riley. Comment savait-elle qu'il était allergique ? Peut-être que c'était une précaution qu'elle prenait avec tout le monde.

Ils mangèrent trois bols de soupe chacun, et dévorèrent la miche de pain tout entière avec un délicieux fromage et quelques olives.

— Merci beaucoup, dit Snow en se forçant à avaler d'abord pour ne pas parler la bouche pleine. Je n'avais pas réalisé que j'avais aussi faim.

— Tout le plaisir est pour moi, mon chou. Ne t'embête pas avec la vaisselle Riley, posez-la simplement sur le comptoir quand vous aurez fini. Je vous ai laissé un petit dessert surprise dans le sachet juste là, dit-elle en indiquant un sac en papier brun au bout de la table. Je vais vous laisser, tâchez de passer une bonne nuit. Je sais que vous traversez quelque chose de très difficile, Snow, mais gardez espoir, vous verrez, tout va s'arranger. La vérité l'emporte toujours, dit-elle en quittant la pièce.

— Elle est incroyable, s'émerveilla Snow en secouant la tête.

— Elle est comme une deuxième mère pour moi, acquiesça Riley.

— Tu as de la chance.

— Tu penses qu'elle a raison ?

— Que la vérité l'emporte toujours ? soupira Snow. Quand j'observe le monde autour de moi, je vois si peu de vérité, je peine à penser comme elle. Et toi ?

— Peut-être que nous n'avons pas assez de recul pour la voir, peut-être que la vérité est là, mais que nous ne la voyons pas, comme les ondes ou les particules. Je ne sais pas, c'est toi le physicien, dit-il en haussant les épaules. On attaque le dessert ? demanda-t-il en désignant le sachet mystère.

Snow hocha la tête, pensif. *La vérité sous deux formes différentes. La vérité sous une forme insoupçonnée.*

— Oh, mon Dieu, s'exclama Riley en ouvrant le sachet. Le gâteau au chocolat d'Eudora avec un glaçage au citron.

Il sortit du sachet un plat avec deux énormes parts de gâteau sous une cloche en plastique transparent, et éclata de rire.

— Qu'est-ce qui t'arrive ? demanda Snow, perplexe.

— Une chose est sûre, Eudora a le sens de l'humour, dit-il simplement.

Est-ce que Snow rêvait, ou est-ce que Riley rougissait ?

— Pourquoi tu dis ça ?

Il sortit du fond du sac une boîte de préservatifs et une large bouteille de lubrifiant.

— Goût vanille, dit-il en montrant la bouteille à Snow.

Snow cacha son visage entre ses mains. Riley rangea soigneusement les deux articles dans le sachet.

— Nous allons mettre ça de côté pour l'instant, dit-il en le rangeant dans un coin. Pour l'instant, je te propose de savourer notre dessert et d'aller dormir un peu. J'ai un match demain.

— Je suis désolé, ça m'était complètement sorti de la tête. Tu as besoin de te reposer et moi je te fais faire le taxi dans toute la ville…

— Je l'aurais fait quoi qu'il en soit, le professeur Kingsley est un type bien. J'ai l'habitude de jouer en ayant peu dormi. Entre les études, les entraînements et la fraternité, je n'ai jamais eu beaucoup de temps pour dormir.

— Est-ce que je peux t'emprunter ton ordinateur ? demanda Snow en désignant le bureau à l'autre bout de la pièce.

— Bien sûr.

— Anitra a dit que le professeur souffrait d'arythmie et que c'est ce qui avait causé ses difficultés respiratoires, c'est ça ? demanda-t-il en tapant les symptômes dans le moteur de recherche. Il y a beaucoup d'articles sur l'arythmie cardiaque, mais ils semblent lier ce symptôme à de la fibrillation atriale ou de la tachycardie supra ventriculaire.

— Si tu le dis, acquiesça Riley en ouvrant la cloche du plat à gâteau, libérant une délicieuse odeur de cacao et de citron.

— C'est très bizarre. Ça fait plus de deux ans que je connais le professeur et je ne l'ai jamais vu souffrir du moindre problème de cœur.

— Mais beaucoup de gens qui n'ont jamais eu de problèmes de cœur font des crises cardiaques, non ?

— Pour la crise cardiaque, il y a d'autres symptômes associés, dans le cas du professeur, je ne me rappelle même pas l'avoir déjà vu essoufflé. Je ne comprends pas comment il a pu développer une arythmie en si peu de temps.

— Goûte-moi ça, lui dit Riley en lui tendant un morceau de gâteau sur une fourchette. Tu ne vas pas en croire tes papilles.

Snow se leva pour se rassoir à table à côté de lui, et prit la fourchette. Il mordit dans le bout de gâteau et relâcha brusquement son couvert.

— Oh, mon Dieu, qu'est-ce que c'est que cette merveille ?

— Je t'avais prévenu. Si on vendait ça à tous les coins de rue, le trafic d'héroïne s'effondrerait.

Snow piqua un autre morceau de gâteau du bout de sa fourchette et l'enfourna dans sa bouche. La richesse du cacao se combinait parfaitement avec l'acidité de l'agrume.

— Plus sérieusement, reprit Riley en s'essuyant la bouche avec sa serviette, quelle est ta théorie ? Tu penses que le malaise du professeur cache quelque chose ?

— J'ai lu qu'on pouvait déclencher une arythmie avec les bons médicaments, répondit Snow en pointant l'ordinateur. Peut-être qu'on lui a prescrit quelque chose qui a causé cet effet.

— J'imagine que les docteurs vont lui poser la question, c'est la première chose qu'ils demandent, non ? Si on est déjà sous traitement ou si on a pris des nouveaux médicaments récemment ?

— Mais il est dans le coma, et mademoiselle Pop... je veux dire madame Kingsley ne saura pas répondre. Elle le connaît depuis si peu de temps.

— Sais-tu s'il prenait un traitement, toi ?

— Non, mais j'ai remarqué que depuis quelques semaines, il était anormalement fatigué et qu'il avait le teint gris. Je devrais passer chez lui, peut-être que je trouverais quelque chose.

— Snow, tu ne peux pas faire ça, le contra Riley en remuant sa fourchette en signe de négation. C'est aussi la maison de madame Kingsley maintenant, tu ne peux pas pénétrer chez elle comme ça.

— Je n'avais pas pensé à ça.

— Quand nous retournerons à l'hôpital demain, il faudra que tu signales aux médecins ce que tu viens de me dire. Peut-être que ça pourra les aider.

— Je peux forcément faire quelque chose de plus, protesta Snow en se frottant le front. Il faut agir avant qu'il soit trop tard.

— Ne t'inquiète pas, c'est leur métier, ils savent ce qu'ils font, dit Riley en posant la vaisselle dans l'évier. Je suis désolé, c'était un peu bateau comme remarque. Tu y verras plus clair après avoir dormi un peu, ajouta-t-il en lui massant la nuque. Nous ne pouvons rien faire de plus pour l'instant.

— Oui, je sais, tu as raison.

Riley le guida jusqu'à sa chambre, et Snow ne put s'empêcher de jeter un coup d'œil au sachet de madame Wishus dans le coin du salon au passage.

XII

Une demi-heure plus tard, Snow n'avait toujours pas trouvé le sommeil. Il tournait entre les draps qui sentaient l'odeur de Riley, et fixait le plafond. Riley l'avait bordé, puis lui avait donné un baiser sur le front, avant de retourner faire la vaisselle malgré ce qu'avait dit madame Wishus. Snow entendait les bruits de casseroles de l'autre côté du mur.

Qu'est-ce qui avait bien pu précipiter la santé du professeur aussi brusquement ?

Dors. Tu ne trouveras pas la solution ce soir.

Mais je n'ai pas sommeil.

Peut-être que tu as juste besoin de te détendre. Avec une petite fellation, par exemple.

Riley n'avait pas l'air particulièrement enthousiaste la dernière fois.

Ridicule. Tous les garçons sont enthousiasmés par l'art de la fellation.

Je ne devrais pas penser à une fellation dans un moment pareil.

Alors que le prince de tes rêves est dans la pièce juste à côté ? Tu es fou ?

Ce n'est pas du tout le moment.

Tu passes la nuit chez Riley Prince, avec une bouteille de lubrifiant taille XXL, c'est le moment où jamais.

Dors.

Snow tira les couvertures par-dessus son visage en essayant de se concentrer sur sa respiration. Les bruits dans la cuisine cessèrent, et un silence parfait tomba sur l'appartement.

Tu es toujours réveillé.

Tais-toi et dors.

Où a-t-il rangé le lubrifiant, à ton avis ?

Riley a un match de football demain.

Raison de plus pour évacuer tout son stress avant.

Je ne sais même pas comment on fait une fellation.

Tout le monde a bien commencé un jour, non ?

— Pour l'amour du ciel, grogna Snow en s'asseyant. Je suis une personne horrible, mon meilleur ami est entre la vie et la mort, et je suis en train de penser au sexe.

Il descendit du lit et se rendit sur la pointe des pieds jusqu'à la porte de l'autre chambre. Son pantalon de pyjama trop large tombait sur ses hanches étroites, mais dissimulait à peine la silhouette tendue de son début d'érection. *Oui, j'ai vu, c'est toi qui commandes*, songea-t-il en baissant les yeux vers son entrejambe.

La porte grinça et il se figea. Puis, plus un bruit. Il scruta l'obscurité, puis s'avança silencieusement jusqu'au salon, à la recherche du sac avec les munitions. Il retourna jusqu'au meuble au coin duquel il avait vu Riley poser le sachet, mais ne trouva rien.

— C'est ça que tu cherches ?

Snow sursauta, trébucha vers l'arrière, et se retrouva dos contre le torse très nu, et le sexe très dur de Riley. Il tenta maladroitement de retrouver son équilibre, mais Riley le fit tourner dans ses bras, souleva son menton, et l'embrassa si passionnément que Snow crut sentir son cerveau s'écouler par ses oreilles. Il enroula instinctivement ses bras autour du large corps musclé de Riley, en frottant son entrejambe contre le sien comme si leurs vies en dépendaient. Des gémissements dont il ne se savait même pas capable s'échappèrent de sa gorge.

Riley le poussa à reculons jusqu'à ce que ses mollets entrent en contact avec le bord du canapé, et tomba assis dessus, Riley Prince à califourchon sur lui, leurs torses collés. Snow écarta aussitôt les jambes, et le sexe de Riley se cala entre ses cuisses. Il les referma et bougea les hanches pour créer une friction.

— Oh, mon Dieu !

— Ça te plait ?

— Où as-tu appris ça ?

— Je viens de l'inventer.

— J'ai toujours dit que tu étais un génie, haleta Riley. Dis-moi ce que je peux faire. Tout ce que tu voudras.

— Rien du tout. C'est ton tour de me dire ce que tu veux. Il faudra que tu me guides. Tu veux que je te suce ? Tu sais que c'est parce que je pensais à ça que je me suis relevé ?

— C'est une très bonne idée, répondit Riley en bougeant les hanches pour faire glisser son sexe entre les cuisses de Snow malgré le tissu qui les séparait. Mais tu sais ce qui serait encore mieux ?

— Quoi ?

— Si tu étais en moi…

— Quoi ? Oh, mon Dieu.

— As-tu déjà fait l'amour avec un autre homme ?

— Mon Dieu, Riley, je n'avais jamais embrassé personne avant toi, quand crois-tu que j'aurais eu l'occasion de faire l'amour avec qui que ce soit ?

— Tu en as envie ?

— J'ai envie de tout, avec toi, répondit le jeune homme en sentant son sexe tressauter dans son pantalon à l'idée de pénétrer Riley.

Ce dernier les fit habilement rouler sur le sol, attrapa la bouteille de lubrifiant et en fit couler entre ses doigts. Sans plus attendre, il baissa le pantalon de Snow, et commença à le masturber avec le lubrifiant.

— Est-ce que… Je ne devrais pas mettre un préservatif ?

— Tu es vierge et je n'ai pas fait l'amour sans préservatif depuis des années. Il y a longtemps que je n'ai pas couché avec quelqu'un, dans la mesure où je ne m'intéresse pas aux filles et où je devais cacher mon homosexualité. Et puis avec le sport, je me fais tester régulièrement, je n'ai pas le choix.

Snow hocha la tête en déglutissant.

— Il ne va pas falloir que tu continues comme ça trop longtemps, dit-il à Riley, ou je ne vais jamais tenir.

— J'ai tellement envie de toi, gémit Riley en se mettant à genoux pour préparer son entrée avec un, puis deux, puis trois doigts généreusement lubrifiés.

Snow le regarda faire, hypnotisé. Il était à la fois terrifié et plus excité que jamais.

— Tu connais au moins le principe ? le taquina Riley en se tournant pour lui présenter ses fesses.

— Je crois, répondit Snow d'une voix étranglée.

Il retira complètement son bas de pyjama en un temps record, et Riley sourit.

— J'aime ton enthousiasme.

Puis, son sourire se dissipa, et il se tourna de nouveau vers Snow, son sexe tendu à l'extrême contre son estomac.

— Je ne te force à rien, c'est important que tu le saches. Nous pouvons tout arrêter, quand tu veux. Nous allons peut-être trop vite. Et ce n'est pas le moment idéal… Nous devrions attendre.

112

— Attendre ? répéta Snow en baissant les yeux vers son érection. Va lui dire ça, à lui.

— Je pourrais simplement te sucer.

À n'en pas douter, Snow aimait le sexe oral, mais Riley voulait qu'il lui fasse l'amour. Il venait de lui dire qu'il avait envie de lui, et Snow avait bien l'intention de répondre à tous ses désirs.

— Je crois que nous devrions faire confiance à madame Wishus.

— Je crois que tu as raison, répondit Riley en souriant de nouveau.

— Et puis, je crois qu'il est temps. Un garçon vierge à vingt ans, ça ne court pas les rues. Si vous voulez bien vous remettre en position, dit-il avec un moulinet du poignet.

Riley se remit à quatre pattes, dos à lui, en riant. Ses fesses étaient une œuvre d'art à elles seules. Parfaitement musclées, lisses et douces, avec un petit aperçu de son entrée rose et plissée juste entre elles. Snow poussa un soupir admirateur.

— Tu vois quelque chose qui te plait ? demanda Riley.

— Définitivement. Mais j'ai peur que les lois de la physique ne soient pas de notre côté. Tu es beaucoup trop grand pour que je puisse faire entrer mon pénis là dedans.

À ces mots, Riley baissa immédiatement la partie supérieure de son corps au sol, la tête collée sur le côté contre un coussin du canapé, ce qui eut pour effet d'abaisser son derrière et d'écarter ses fesses.

Snow se figea. Il y était. Plus que quelques centimètres et il connaîtrait enfin tous les secrets mystérieux du sexe. Quelques perles de liquide préséminal s'échappèrent de son gland, et Riley remua impatiemment les fesses. Snow éclata de rire et se rapprocha de lui afin d'aligner son sexe contre son anus. Il ajouta un peu de lubrifiant et demanda à Riley d'une voix inquiète :

— Je ne vais pas te faire mal ? Tu as dit que tu n'avais pas couché avec quelqu'un depuis longtemps et...

— Fais-le.

Snow l'attrapa par les hanches, se repositionna, et poussa. La pression autour de son gland était délicieuse, mais il n'était pas encore entré.

— Pousse plus fort, l'encouragea Riley en écartant ses fesses avec ses mains.

Snow attrapa l'une des mains de Riley dans la sienne, et poussa plus fort.

Oh, mon Dieu.

Il ouvrit la bouche, la referma, et sentit une vague de chaleur irrépressible se précipiter dans son sexe et ses testicules.

— Tu y es presque, pousse encore un peu.

Il obéit, et son sexe glissa plus profondément dans le fourreau étroit et brûlant de l'anus de Riley. C'était comme l'étreinte d'un amant, soyeux, entêtant.

— Maintenant, ressors.

C'était une expérience encore différente dans l'autre sens. Comme un frottement plus qu'une étreinte, une friction qui électrifiait chacune de ses terminaisons nerveuses.

— Rentre, allez Snow, fais-moi l'amour.

Jamais Snow n'aurait imaginé qu'il entendrait ces mots de la bouche de Riley Prince. Peut-être si les rôles étaient inversés, et encore, seulement dans ses rêves les plus fous. Il commença un mouvement de va-et-vient avec ses hanches, et Riley se mit à gémir. *C'est moi qui lui fais faire ces bruits-là ?*

Il était tellement fasciné par les bruits de Riley qu'il parvint à oublier un instant sa propre érection. Tant mieux, sans quoi il aurait joui à une vitesse humiliante.

— Oh, oui, continue comme ça.

Snow donna un nouveau coup de hanche et Riley poussa un cri.

— Oui ! Juste là.

Ce sentiment de pouvoir, s'émerveilla Snow. Le pouvoir de donner du plaisir. Il s'enfonça en Riley jusqu'à la garde, puis se retira jusqu'à ce qu'il n'y ait plus que son gland en lui, et s'enfonça de nouveau. Encore, et encore, et encore. À chaque va-et-vient, des étincelles de lumière enflammaient ses nerfs, et remontaient jusqu'à son cerveau dans une explosion de plaisir.

— Mon Dieu, Snow, je sens que je vais jouir. Donne-moi ta main.

Snow accéléra le rythme et Riley prit sa main avec tant de force qu'il faillit les faire tomber. Il l'enroula autour de son sexe, et referma sa propre main par-dessus pour accompagner le mouvement.

Riley se cambra en poussant des grognements primitifs qui firent frissonner Snow. Emprisonné dans la chaleur volcanique du corps de Riley, des taches sombres se mirent à danser dans son champ de vision, et un torrent de plaisir parcourut sa colonne vertébrale avant d'exploser dans son sexe. Comment pouvait-on ressentir autant de plaisir ? Comment était-ce physiquement possible ?

Riley s'immobilisa brusquement, rejeta sa tête en arrière, et éjacula à grands traits de sperme chaud entre leurs doigts entremêlés.

L'accumulation de plaisir dans le bas ventre de Snow explosa, et tous ses sens semblèrent momentanément décuplés. Chaque jet de sperme qui le quittait avait sa propre couleur, chaque tremblement de plaisir avait sa fréquence. Son corps se figea, puis il fut parcouru de spasmes tandis qu'il jouissait enfin, dans un bouquet final dont le plaisir lui sembla presque surnaturel. Aussitôt après, les muscles de ses jambes cédèrent, et leurs deux corps retombèrent mollement l'un contre l'autre sur le sol.

Riley marmonna quelque chose d'inintelligible.

Snow leva la tête d'un centimètre.

— Je ne t'entends pas, mon cœur bat trop fort.

— J'ai dit : comment un mec vierge peut-il être aussi doué au lit ?

— J'apprends vite.

— C'est le moins qu'on puisse dire. Tu peux abandonner la physique et les échecs, je crois que tu viens de trouver ta discipline de prédilection.

— Alors il faut que tu abandonnes le football, parce que je n'ai fait que prendre exemple sur toi.

— Les autorités retrouveront nos deux corps desséchés, morts parce que nous n'aurons pas su nous arrêter de faire l'amour, plaisanta Riley sur un ton faussement sérieux.

— Quelle belle façon de mourir.

— Bon, et bien je crois que nous avons officiellement battu tous les records de couvre-feu.

— Et tu as ton match dans quelques heures à peine, ajouta Snow en se tournant sur le côté pour le regarder.

— Ne t'inquiète pas. Par contre, il reste une règle que tu dois apprendre.

— Ah bon ? Laquelle ?

— Celui qui est actif est celui qui nettoie.

Actif. Il venait de faire l'amour à Riley Prince. Lui, le petit geek maigrichon.

— Avec plaisir, dit-il en bondissant sur ses pieds pour se rendre dans la salle de bain.

Dix minutes plus tard, Snow les avait tous les deux rafraichis, et se tenait à présent blotti au creux des bras de Riley.

— J'espère que le professeur va survivre, dit-il d'une toute petite voix.

— Moi aussi, mon cœur, répondit Riley en le serrant fort contre lui.

— Il faut à tout prix que je parvienne à rentrer chez lui.

— Ça pourrait s'avérer dangereux.

— Je sais.

Riley s'endormit rapidement, sa respiration régulière contre les cheveux de Snow, tandis que ce dernier fixait toujours le plafond, incapable de trouver le sommeil.

XIII

Quoi ? Où suis-je ? La sonnerie du téléphone sortit Snow de son sommeil et il ouvrit lentement les yeux.

En se réveillant, il réalisa immédiatement deux choses : il n'était pas dans son appartement, et un grand corps chaud était blotti contre lui. Oh, et son portable sonnait, probablement dans la poche de son pantalon de pyjama qui avait dû atterrir Dieu sait où.

— C'ton téléphone ? marmonna Riley.

La sonnerie cessa, mais pas les battements de cœur frénétiques de Snow.

— Bonjour, toi, dit Riley en l'embrassant derrière l'oreille.

Snow sourit au souvenir de la nuit qu'ils venaient de passer.

— Bonjour, répondit-il.

— J'ai entendu ton téléphone sonner.

— Je sais, mais je n'arrive pas à mettre la main dessus.

— Tu as retiré et jeté ton pantalon avec tellement d'enthousiasme, je serais étonné que tu le retrouves un jour, plaisanta Riley.

— J'étais pressé, figure-toi.

— En parlant d'être pressé, reprit Riley en lui mordillant le lobe de l'oreille, je ne voudrais pas ruiner l'ambiance, mais il va falloir que je me lève et que je me prépare pour le match. Tu vas venir me voir jouer ?

— Je…

Son téléphone se remit à sonner.

— Je ferais mieux de répondre, c'est peut-être des nouvelles du professeur Kingsley, dit Snow en se levant à la hâte pour attraper son pantalon en boule à l'autre bout de la pièce. Allô, dit-il en décrochant.

— Bonjour, je cherche à joindre Snowden Reynaldi.

— C'est lui-même.

— Monsieur Reynaldi, je me présente, je suis Eleanor Turks du tournoi international Anderson.

— Oh, oui, bonjour, madame Turks, répondit-il, soulagé qu'il ne s'agisse pas d'une mauvaise nouvelle.

— J'ai reçu ce matin un e-mail d'une madame Kingsley nous informant de l'état de santé du professeur Kingsley.

— Oui, en effet, il a fait un malaise cardiaque dans la nuit de samedi à dimanche, confirma tristement Snow.

— Je suis vraiment désolée d'entendre ça. Elle nous a aussi spécifié que compte tenu des circonstances bouleversantes, vous ne vous sentiez pas la force de participer au tournoi, et que vous préfériez vous retirer de la compétition.

— Pardon ? Me retirer ? répéta-t-il en tombant assis par terre, près du canapé.

Riley se pencha sur lui pour l'observer et, d'une voix silencieuse, lui demanda si tout allait bien. Snow fronça les sourcils et haussa les épaules.

— Oui, c'est ce qu'elle a dit. Je me suis permis de vous appeler parce que je préférais être certaine que c'était bien là votre souhait. Comprenez que sans votre participation, le tournoi prendra une tout autre dimension. Il y a, je crois, un nombre certain de joueurs qui seraient soulagés d'apprendre qu'ils n'auront pas à affronter le célèbre Snowden Reynaldi. Malheureusement, cela signifie aussi que beaucoup de spectateurs qui ne venaient que pour vous voir jouer ne viendront plus, ajouta-t-elle avec un rire nerveux. À en juger par votre réaction, dois-je conclure que vous n'êtes pas à l'origine de l'envoi de ce mail ?

— Non, madame, en effet. Madame Kingsley est tout juste mariée et, bien entendu, elle-même terriblement bouleversée. Elle ne me connaît pas encore très bien, elle a dû penser que c'était la meilleure chose à faire. Mais je sais pertinemment que le professeur aurait voulu que je participe quoi qu'il arrive, jamais je ne pourrais envisager de ne pas concourir dans un tournoi aussi prestigieux.

— Je reconnais bien là le Grand Maître Snowden Reynaldi, vous êtes un joueur sans égal, jeune homme. J'admire votre dévouement dans de pareilles circonstances. Toute la communauté est extrêmement fière de vous. Je ne prendrais donc pas compte de cet e-mail, et nous vous attendons avec impatience pour l'ouverture du tournoi dans quelques semaines.

— Vous pouvez compter sur moi, madame.

— Fantastique. Tous mes vœux de prompt rétablissement au professeur.

— Merci, dit-il avant de raccrocher et de tourner la tête vers Riley. Anitra a dit aux organisateurs du tournoi que je me retirais.

— Quoi ? Mais à quoi pensait-elle ?

— Je ne sais pas. C'est une grande joueuse d'échecs, elle aussi, je me demande si elle s'y est inscrite.

— Il faudrait trouver cette information, conclut Riley en s'asseyant, révélant les kilomètres de peau parfaite et dorée de son torse.

— Je crois vraiment qu'il faut que j'aille chez le professeur. Si Anitra est déjà sur place, je la confronterai, sinon, je mènerai ma petite enquête pour essayer de trouver ce qui a pu plonger le professeur dans le coma.

— Je ne veux pas que tu ailles là-bas tout seul, protesta Riley en fronçant les sourcils. Ce n'est pas prudent.

— Je ne pense pas qu'elle m'attaquera, répondit Snow en souriant avec indulgence. Elle va sans doute inventer une excuse pour justifier son mail, et je ferais semblant de la croire.

— Tu ne préfères pas attendre après le match, que je vienne avec toi ?

— Je dois me rendre à l'hôpital sans trop tarder, je préférerais passer chez le professeur d'abord pour regarder s'il y a des médicaments inconnus qui traînent, afin d'aider les médecins à déterminer les causes de son malaise. Je suis désolé, je ne vais sans doute pas pouvoir assister au match.

— Ne t'inquiète pas pour ça, le rassura Riley en passant un bras autour de son cou. Je m'inquiète pour toi, c'est tout.

— Merci, répondit Snow en se blottissant entre ses bras, tâchant d'ignorer son sexe en début d'érection.

— Nous nous occuperons de lui plus tard, promis, dit Riley en pressant malicieusement la paume de sa main contre l'entrejambe de Snow. Viens, je vais te conduire chez eux.

Une demi-heure plus tard, Snow demanda à Riley de se garer à une rue de la maison du professeur Kingsley.

— Arrête-toi là, je vais faire le reste à pied.

— Comment tu vas faire pour aller à l'hôpital ?

— Mon vélo est toujours devant le bâtiment du département de physique.

— Très bien. Promets-moi de m'appeler dès que tu seras là bas, sinon je vais me faire un sang d'encre.

— Promis.

— Sois prudent, dit Riley en lui prenant la main.

— Bonne chance pour ton match, répondit Snow avant de sortir de la voiture, les nerfs en pelote.

Il lui fit un dernier petit signe de main, puis se dirigea vers la belle maison historique du professeur. Il n'y avait pas de voiture dans l'allée de devant. Snow déglutit et fit le tour de la maison pour vérifier le garage. La Mercedes classique du professeur avait disparu, mais une vieille voiture américaine à la peinture écaillée était garée à sa place. S'agissait-il de celle d'Anitra ? Il ne l'avait jamais vu auparavant. Il fixa intensément la porte de derrière qui menait directement à la cuisine, et prit une grande inspiration. *C'est parti.*

Il toqua légèrement à la porte en croisant les doigts pour que personne ne réponde.

Après une minute d'attente et de silence, il toqua de nouveau, un peu plus fort. Toujours rien. Il sortit son double de clé de sa poche, mais au moment où il s'apprêtait à l'insérer dans la serrure, la porte s'ouvrit brusquement, découvrant Anitra, ses cheveux flamboyant dans tous les sens, des marques de rouge à lèvres partout autour de la bouche. Elle referma à la hâte les pans du kimono en soie qu'elle portait.

— Snow, quelle surprise.

Le jeune homme fit un pas en arrière et manqua de trébucher. Il se rattrapa juste à temps, l'air hagard.

— Je suis désolé, je ne savais pas si vous seriez là.

— Comme vous le voyez, je suis bien là. J'étais rentrée pour me reposer une petite heure, et j'ai dû m'endormir plus profondément que prévu.

— Je… J'étais en route pour récupérer mon vélo au bâtiment de physique, et je me suis dit que je pourrais passer demander des nouvelles du professeur.

— Rien de nouveau, j'en ai peur, dit-elle distraitement en regardant à l'intérieur, par-dessus son épaule. Il est toujours dans le coma.

— Je me demandais si, peut-être, il avait pu prendre des médicaments qui auraient causé son malaise.

— Vous vous doutez bien que les médecins ont déjà posé cette question, répondit-elle en fronçant les sourcils.

— Oui, je… Je sais, dit-il en regardant ses chaussures. J'ai reçu un appel d'une personne du tournoi Anderson ce matin, ils m'ont dit que vous leur aviez envoyé un mail annonçant ma volonté de me retirer de la compétition.

— En effet, j'ai pensé que vous n'auriez pas envie de vous concentrer sur les échecs avec ce que vous traversez.

— Non.

— Vous voyez, je m'en doutais, dit-elle en souriant. Il ne faudrait pas que vous vous surmeniez.

— Excusez-moi, vous avez dû mal comprendre. Je voulais dire non, je ne me retirerai pas. Le professeur a travaillé très dur afin de me préparer à cette compétition, je ne pourrais pas lui faire l'affront de baisser les bras. Je participerai quoi qu'il arrive.

— Même s'il meurt ? demanda-t-elle en haussant un sourcil.

— Même s'il meurt, murmura Snow, au bord des larmes.

— Je vois. J'ai sous-estimé votre…

Elle ne termina pas sa phrase, et posa une main sur son épaule.

— Entrez donc.

— Je n'ai pas beaucoup de temps, il faut que j'aille à l'hôpital.

— J'imagine. Ne vous en faites pas, je vous y conduirais. Ou plutôt, mon cousin s'en chargera.

— Votre cousin ?

— Oui, il a aussitôt fait le voyage pour venir me voir lorsqu'il a appris ce que je traversais, expliqua-t-elle en passant une main dans ses longs cheveux pour tenter d'y remettre de l'ordre. Il sera ravi de vous emmener, quant à moi, je vous rejoindrai plus tard. Après ma… mes réunions, auxquelles je ne peux malheureusement pas me soustraire.

— Je ne veux pas vous déranger, dit-il en reculant.

— Ne soyez pas ridicule, rétorqua-t-elle en lui attrapant vivement le bras pour le forcer à entrer. Nous sommes comme une famille.

À l'intérieur, rien n'avait changé. Les meubles, les ustensiles de cuisine, tout était exactement à la même place. Une étrange odeur musquée flottait dans l'air, et un couteau du bloc à couteaux traînait sur le sol.

— Hunter, appela Anitra.

Snow redressa la tête et vit apparaître, dans l'embrasure de la porte entre la cuisine et le salon, un homme très grand et très séduisant, qui portait un bouc et de longs cheveux châtain foncé qui lui tombaient sur les épaules en cascade soyeuse.

Il avait l'air aussi surpris que Snow, les yeux écarquillés, la bouche entrouverte. Anitra tira Snow devant elle.

— Hunter, je t'ai déjà parlé de Snow, mon ami et étudiant, tu sais, le grand maître d'échecs ?

— Bien sûr, répondit poliment Hunter, en lui tendant une main gigantesque qui engouffra celle de Snow, et la caressa plutôt que de la serrer. Mais tu ne me l'avais jamais décrit, poursuivit-il. J'ai été pris au dépourvu par son incroyable beauté.

— Je veux que tu le conduises à l'hôpital. Vois si tu peux faire en sorte que ces insupportables docteurs le laissent voir Harold.

— Vous croyez qu'ils accepteront ? demanda Snow, une note d'espoir dans la voix. J'aimerais tellement le voir.

— Si Hunter ne parvient pas à les convaincre, je le ferai, dit-elle avec confiance. Je vous en prie, asseyez-vous, Snow. J'étais en train de montrer sa chambre à Hunter, puisqu'il vient juste d'arriver, ajouta-t-elle en lançant à Hunter un regard lourd de sens. Laissons-lui le temps de défaire tranquillement ses valises, ensuite il vous emmènera là-bas. Hunter, suis-moi, dit-elle en se dirigeant vers l'escalier qui conduisaient à l'étage.

Vite, trouve une excuse.

— Puis-je me servir un verre d'eau, s'il vous plaît, madame Kingsley ?

— Bien sûr, mon garçon, dit-elle en se tournant vers lui, appuyée à la rambarde de l'escalier.

Lorsqu'elle eut disparu au premier étage, Snow se hâta dans la cuisine. Il sortit un verre du placard, le remplit d'eau, en but deux gorgées, et le reposa. Sans faire de bruit, il ouvrit le tiroir à vitamines du professeur et commença à fouiller dedans. Il n'y avait rien d'inhabituel. De la vitamine C, de l'huile de poisson. Snow s'apprêtait à refermer le tiroir, lorsqu'il remarqua une ordonnance chiffonnée dans le fond. Il la sortit et la déplia. C'était pour un médicament contre les problèmes d'impuissance. Ce genre de médicament pouvait-il être à l'origine d'un malaise cardiaque ? Il faudrait qu'il fasse quelques recherches. Il referma le tiroir, et parcourut les placards restants, mais ne trouva rien de suspect.

Il tendit l'oreille, mais n'entendit aucun bruit. Parfait, ils étaient encore en haut. Il se glissa dans la buanderie et examina les étagères au-dessus de la machine à laver. Là encore, rien d'anormal. Sous l'évier, il trouva un bidon de mort-aux-rats et un sac d'engrais. Il secoua la tête. Combine de fois avait-il dit au professeur de ranger ça au garage ? Était-il possible qu'il en ait malencontreusement ingéré ? Mais les deux contenants semblaient neufs. Il poussa le baril, et trouva une petite bouteille marron sans étiquette. En la sortant pour regarder de plus près, il put voir par transparence qu'elle était presque vide. Il l'ouvrit pour renifler. L'odeur était étrange, presque semblable à celle de la réglisse.

Il entendit des voix dans l'escalier. Il reposa la bouteille à sa place, et sortit de la buanderie pour trottiner jusqu'au salon. Au dernier moment, il se souvint de son verre d'eau, qu'il avait oublié sur le comptoir. Tant pis. Il se tourna vers la baie vitrée, et plongea son visage dans ses mains. Il n'eut aucun mal à jouer les étudiants éplorés. Après tout, c'était le cas, songea-t-il tristement. Lorsqu'il entendit des bruits de pas juste derrière lui, il se retourna en s'essuyant les yeux.

— Allons, allons, tout va bien se passer, le consola Anitra en posant une main sur son épaule.

Il hocha la tête en reniflant, et retourna chercher son verre d'eau.

— Je suis désolé de me comporter de façon aussi immature alors que vous êtes si courageuse, sanglota-t-il en finissant son verre.

— Allons, allons, répéta-t-elle sans vraiment d'émotions, Hunter est prêt, il va pouvoir vous emmener à l'hôpital.

— Allons-y, dit Hunter en faisant sauter son jeu de clés dans les airs, avant de le rattraper au vol.

Snow nota qu'Anitra s'était changée. Elle portait une jupe et un chemisier, et elle s'était coiffée et remaquillée.

— Je vous rejoindrais après. S'ils vous laissent entrer dans sa chambre, dites-lui que je l'aime et que j'arrive très vite, d'accord ?

Elle a l'air tellement sincère. Pourquoi est-ce que je me méfie d'elle comme ça ?

Peut-être parce que pour une femme bouleversée, tu trouves ça suspect qu'elle ait pris le temps de penser à te désinscrire du tournoi ?

— À plus tard, alors, dit Snow en suivant Hunter hors de la maison.

Dehors, l'air froid de l'automne était saisissant. Snow frissonna en resserrant sa veste autour de lui. Hunter se dirigea vers la vieille voiture verte derrière la maison, et ils montèrent dans le véhicule.

— Attache ta ceinture, lui dit-il en souriant.

Il alluma le moteur, et mit la radio pour combler le silence maladroit qui flottait entre eux.

— Vous êtes le cousin de madame Kingsley, c'est ça ?

— Ouais, dit-il avec un rictus.

Snow n'arrivait pas à déterminer s'il se moquait de lui.

— Elle doit être vraiment bouleversée par tout ce qui se passe.

— Disons qu'elle a de la ressource.

Et qu'est-ce que Snow était censé dire après ça ?

— Tu es vraiment très beau, remarqua Hunter en se tournant vers lui.

— Euh… Merci.

— Plus beau qu'aucune femme que j'ai vue de toute ma vie, en fait. C'est dingue, ajouta-t-il en secouant la tête et en prenant le prochain virage.

Snow n'était pas certain d'aimer la direction que prenait cette conversation.

— Tu es gay, pas vrai ? demanda Hunter.

— Oui, ce n'est un secret pour personne. Et vous ?

— Je suis bi, j'aime avoir le choix, dit-il en riant. Tu as déjà couché avec une femme ?

— Non, je n'ai pas beaucoup d'expérience en général.

— J'ai tendance à préférer les femmes. Il y a moins de problèmes de rivalité, tu vois ? Mais ces derniers temps… Et bien, disons simplement que dans ton cas, je ferais volontiers une exception.

Snow baissa les yeux sur ses mains croisées. Il avait toujours trouvé que ses longs doigts fins ressemblaient à des algues.

— Je… J'ai déjà un petit ami.

— Oh, quelle déception. Anitra a omis ce détail.

— C'est assez récent, pourquoi vous l'aurait-elle dit ?

— Pour faire la conversation avec son cousin préféré.

Hunter ralentit, jeta un coup d'œil dans son rétroviseur, et prit un virage serré.

— Vous êtes certain que c'est le chemin de l'hôpital ?

— Je dois juste passer à la pharmacie pour acheter quelque chose à apporter à l'hôpital.

— Ils n'ont pas tout ce qu'il faut là bas ? plaisanta faiblement Snow.

— Anitra m'a demandé d'acheter un paquet de pastilles que le professeur aime particulièrement, répondit Hunter en riant.

— Oh, dit Snow en essayant de ne pas froncer les sourcils. Sans doute celles à la menthe, recouvertes de chocolat.

— Voilà, exactement, répondit Hunter en se garant. Attends-moi dans la voiture, je n'en ai pas pour longtemps.

Il donna un grand coup d'épaule pour ouvrir la vieille porte grinçante du côté conducteur, sortit, et la claqua derrière lui.

Il ment. Le professeur déteste le chocolat. Qu'est-ce qu'il mijote ? Il a l'air étrangement intéressé par toi. Espérons qu'il n'est pas parti acheter du lubrifiant…

Quelle horreur ! Il ne ferait pas ça, quand même ? Peut-être que madame Kingsley ne m'apprécie pas, mais elle ne demanderait quand même pas à son cousin de me violer.

Tu devrais sortir de cette voiture en courant, juste par précaution.

Un peu de calme et de rationalité. Il s'achète peut-être simplement quelque chose de gênant et il n'osait pas me dire quoi.

Sors de cette voiture et cours.

Snow sortit de la voiture et referma la porte le plus silencieusement possible. Il était si concentré qu'il n'entendit pas les bruits de pas derrière lui. Une odeur âcre lui emplit les narines, puis ce fut le noir complet.

— RESTE AU sol, sale pédé. Beurk, j'espère que je n'en ai pas sur moi.

Le défenseur de l'équipe de football donna un dernier violent coup de poing dans les reins de Riley, et se releva de la pile de corps qui s'était jetée sur le quarterback.

Riley se redressa lentement, et l'un des joueurs de la ligne offensive chargés de surveiller ses arrières s'avança vers lui.

— Tout va bien, mon pote ?

— Ça va, grogna Riley, mais ce qu'il pensait vraiment c'était « Pas grâce à toi en tout cas ».

— Désolé, hein, j'ai essayé de l'arrêter.

— Si tu veux un quarterback pour les championnats de fin d'année, il va falloir essayer un peu plus fort, plaisanta faiblement Riley en tournant la tête de droite à gauche pour détendre ses muscles.

Son coéquipier lui tapota l'épaule avec une moue compatissante. Ce match avait été une catastrophe du début à la fin. Lorsque Riley était entré sur le terrain, les cris du public étaient étranges, comme si les fans étaient obligés de crier très fort pour dissimuler les insultes haineuses des autres. Rog avait attrapé toutes ses passes avec une paire de gants et une grimace de profond dégoût, en prenant bien soin de s'essuyer les mains avec exagération chaque fois, sous les rires et les huées des uns et des autres. Le score était à l'image de l'ambiance ; faible et serré. Vingt-quatre pour NorCal contre vingt et un pour l'équipe adverse. En temps normal, leur équipe n'aurait fait qu'une bouchée de leurs adversaires.

En sortant de la nouvelle ligne de mêlée pour lancer le ballon, Riley leva la tête et aperçut Junior Betz, son ailier droit. Le jeune homme, d'ordinaire souriant et blagueur, le regardait avec une expression de haine pure. Lui et Rog ne s'entendaient pas du tout, pourtant, ils affichaient exactement la même expression.

Betz fit quelques pas en arrière, laissant place à deux énormes joueurs de l'équipe adverse qui fonçaient tout droit sur Riley. Il eut tout juste le temps de les repérer et de réagir. Il dévia sur le côté au dernier moment, tenta de faire une passe, mais les deux colosses le rattrapèrent avant. Il contracta tous ses muscles pour se préparer à l'impact, mais rien ne pouvait vraiment vous préparer à la douleur de plus de deux cents kilos de défenseurs déterminés. Il heurta le sol avec une violence incroyable, si fort que ses oreilles se mirent à siffler. Tout l'air s'échappa de ses poumons dans un grand souffle de surprise et il ferma les yeux.

Il avait l'impression que tous ses os venaient de se briser. Entre sa vitesse sur le terrain et l'efficacité de la défense de son équipe, il n'avait plus l'habitude de se faire plaquer. Il entendit vaguement l'arbitre qui hurlait pour un temps mort. Et lorsqu'il rouvrit les yeux, l'infirmier était à genoux à côté de lui.

— Riley, est-ce que ça va ?

Il n'en avait aucune idée. À cet instant, il se demanda si faire son coming out valait vraiment la peine de traverser tout ça. Il prit une profonde inspiration et pensa à Snow.

— Oui, merci. Tout va bien.

XIV

FROID. TELLEMENT froid. Plus de couvertures.

Snow tendit un bras à l'aveuglette pour attraper une couverture. Humide.

Quoi ? Comment ça, humide ? Pourquoi...

Ouvre les yeux, imbécile !

Avec toutes les peines du monde, il tenta d'ouvrir ses paupières lourdes, si lourdes.

Ouvre-les, dépêche-toi !

Snow parvint enfin à ouvrir les yeux. *Oh, mon Dieu ! De l'eau, de l'eau partout. Où suis-je ?*

De l'eau glaciale lui arrivait jusqu'à la poitrine. Il prit une inspiration tremblante, son rythme cardiaque s'accéléra, et l'adrénaline coula dans ses veines comme si on venait de lui faire une injection.

Oh, mon Dieu, je suis dans la voiture. Je suis coincé dans la voiture, dans une rivière. Je vais me noyer ! Non ! Il se débattit avec la ceinture de sécurité et frappa des poings contre la vitre.

L'eau montait lentement mais sûrement jusqu'à son cou.

Je ne peux pas mourir comme ça ! Riley !

Attends. Calme-toi. Respire profondément.

Comment ça, attendre ? Tu es complètement cinglé ? Il faut sortir de là le plus vite possible !

Snow prit une grande et lente inspiration, et laissa le nuage blanc de la concentration envelopper son cerveau.

Inutile de tenter d'ouvrir cette porte tant que la pression de l'eau à l'extérieur du véhicule n'est pas la même que la pression intérieure, c'est un principe physique de base.

Quoi ? Mais...

Il prit une seconde inspiration. *À en juger par le niveau de l'eau dans la voiture, je ne dois pas encore être trop profond.* L'eau lui arrivait lentement au menton. *Calme-toi, il faut que tu agisses dans les prochaines secondes si tu veux une chance de survivre.* Il trouva l'enclencheur de la ceinture de sécurité à tâtons sous l'eau, et se libéra. *Respire.* Il leva la tête pour la garder hors de l'eau et prit la plus grande inspiration possible.

L'eau le dépassa enfin, recouvrant son nez et sa bouche. *Surtout, reste calme. Ne panique pas, attends.*

Lorsque l'eau eut rempli l'habitacle tout entier, Snow tira sur la poignée de la porte. Rien. Elle ne bougea pas d'un pouce.

Ne panique pas. Essaie encore. Il tira de nouveau sur la poignée et donna un coup d'épaule dans la portière. Il entendit un léger grincement. Son esprit commençait à s'embrouiller et il serait bientôt à court d'oxygène.

Prenant appui avec ses bras sur le volant, il pivota pour pousser la portière avec ses jambes. D'abord, elle refusa de bouger, puis après quelques secondes d'effort, elle s'entrouvrit enfin.

Il avait l'impression que ses poumons allaient exploser.

La portière s'ouvrit enfin en entier, comme si une force cosmique l'avait aidé de l'extérieur. Snow sortit à toute vitesse, se força à détendre ses muscles, et laissa l'eau le porter jusqu'à la surface.

De l'air. Il me faut de l'air. Sa poitrine le brûlait comme si un feu de glace dansait derrière sa cage thoracique. À mesure qu'il remontait, la lumière du jour était de plus en plus brillante derrière la surface de l'eau. Il battit des jambes avec toute la force qu'il lui restait.

Tiens bon. Tu y es presque. Pense à Riley.

Des images défilaient dans sa tête. De la musique. Une porte bleue. Un sentiment de paix infinie...

Il donna un dernier coup de jambes et, enfin, il atteint l'air libre. La lumière aveuglante de l'hiver et le froid glacial assaillirent ses sens. Il toussa en remuant les bras avec des gestes paniqués pour tenter de rester à la surface, et prit une inspiration désespérée pour remplir ses pauvres poumons en feu. Aussitôt, un violent courant d'eau glacée l'emporta le long de ce qui devait être une rivière de la région.

Mais où est-ce que je peux bien être ? Je ne reconnais rien. Il tourna tant bien que mal sur lui-même pour faire face à la berge qui défilait à toute vitesse. Il aperçut brièvement des arbres et des toits de maisons au loin.

Il fallait qu'il sorte de l'eau. Il ne survivrait pas longtemps dans ce froid.

Soudain, il aperçut une petite chaumière, construite tout au bord de l'eau. Il se remit à battre des jambes de toutes ses forces, envoyant valser l'une de ses baskets dans la manœuvre. Il tenta instinctivement de la rattraper et sentit quelque chose cogner contre son coude. *Oh, non, mon téléphone.* Il tendit le bras pour tenter de le rattraper aussi, mais le courant était trop fort. *Laisse tomber.*

Au prix d'un effort incroyable, il parvint à nager en diagonale contre le courant. Il avait dépassé la petite maison, mais il était parvenu à se rapprocher de la berge. Sans jamais cesser de battre des jambes, il parvint enfin à attraper une branche qui pendait très bas au-dessus de l'eau. Elle craqua sous son poids, mais il attrapa la suivante sans se décourager. Les flots agités menaçaient d'emporter son corps en le bousculant dans tous les sens, mais il s'accrocha de toutes ses forces. Il avait l'impression d'être une manche à air. Une manche à air dans une tempête de glace.

— Hé, toi là-bas ! Est-ce que tu as besoin d'aide ?

Snow ne pouvait pas voir d'où provenait la voix, mais il n'hésita pas une seconde.

— Bien sûr que j'ai besoin d'aide, cria-t-il. Je n'ai pas plongé dans cette rivière glaciale toute habillé pour le plaisir !

— Si j'étais toi, je ferais moins le malin, tu veux que je t'aide ou non ? demanda un petit gars trapu avec une grosse barbe et des lunettes rondes sur le bout de du nez.

— Désolé, concéda Snow en claquant des dents. J'ai failli me noyer et je suis mort de froid. Un peu d'aide serait vraiment la bienvenue.

Le petit gars s'accroupit au bord de la berge pour évaluer la situation. *Surtout, ne te dépêche pas.* Après une bonne minute de silence, il sembla parvenir à une conclusion, hocha silencieusement la tête, se releva et s'en alla.

— Ne partez pas, s'il vous plaît !

Pas de réponse. *Génial.* L'eau plaquait ses vêtements trempés contre son corps, le maintenant dans un étau de glace permanent. Il claquait des dents si fort qu'il craignait d'en casser quelques-unes. *Peut-être que tu ferais mieux de lâcher et de laisser le courant t'emporter. Il fait tellement froid.* Snow ferma les yeux.

— Par ici, les gars, dépêchez-vous. Il est peut-être déjà en hypothermie.

Snow entendit vaguement des bruits de voix étouffées à l'arrière de son cerveau engourdi. *À l'aide. Pitié, aidez-moi.* Est-ce qu'il l'avait dit à voix haute ?

Les buissons sur la berge remuèrent, puis un long bâton apparut entre les feuilles et avança jusqu'à lui.

— Accroche-toi à ça.

129

Snow tenta de détacher ses mains de la branche à laquelle il était cramponné, mais ses phalanges gelées refusaient d'obtempérer. *Concentre-toi et bouge tes doigts.* Un par un, il décolla ses doigts tremblants de la branche. *Depuis quand sont-ils bleus comme ça ?* Il lâcha enfin avec sa première main, mais aussitôt son corps épuisé fut pris par le courant. Il ne pendait plus que mollement, accroché par un seul bras, malmené par les courants violents et incapable de bouger son bras libre.

— Non ! Attrape ce fichu bâton, je t'ai dit !

Oh, le bâton, c'est vrai. Il sortit lentement son bras de l'eau, attrapa le bâton aussi fermement qu'il le put, et lâcha enfin la branche. Dès qu'il eut le bâton bien serré entre ses poings, une force à l'autre bout le tira jusque sur la berge. Son corps s'extirpa péniblement de la rivière glaciale, et fut tiré à travers la végétation sauvage du bord de l'eau, égratignant sa peau et déchirant sa chemise au passage.

— Tiens bon, tu y es presque.

Facile à dire. Mais il savait que c'était vrai. Il y était presque.

Et soudain, son corps émergea enfin des buissons denses pour retomber sur le sol boueux de l'autre côté. Il était presque heureux d'être dans la boue. Au moins, ce n'était pas de l'eau. *Plus jamais d'eau.* Il distingua vaguement des silhouettes autour de lui, mais ses paupières étaient tellement lourdes…

Il ferma les yeux.

— Vous croyez qu'on devrait appeler un docteur ?

— Je suis docteur.

— Non, techniquement, pas encore.

— Il va très bien, faites-moi confiance.

— Pourquoi il ne se réveille pas alors ?

— J'suis réveillé, bredouilla faiblement Snow.

— Vous voyez ? Je vous avais dit qu'il allait bien.

— Il ressemble à un petit mammifère détrempé. Mais un très, très mignon.

— Où…

Sa bouche refusait de coopérer.

— Qu'est-ce qu'il dit ?

Deux doigts ouvrirent de force l'une des paupières de Snow et un faisceau de lumière lui agressa la pupille.

— Aïe, gémit-il en tournant la tête sur le côté.

— Je crois qu'il veut savoir où il est, dit une voix toute proche. Tu es dans la maison de la fraternité Iota Pi, de l'université de Grimm.

Snow tenta de se concentrer et réussit enfin à ouvrir les yeux. Il était allongé sur un canapé, enroulé jusqu'au cou dans plusieurs couvertures. Deux jeunes hommes étaient assis sur des chaises à côté de lui : le barbu qui lui avait sauvé la vie et un grand type musclé, presque trop beau pour être vrai. Ils avaient l'air d'avoir un ou deux ans de plus que Snow. Le grand type séduisant souriait, et le petit barbu fronçait les sourcils.

— Comment te sens-tu ? demandèrent-ils à l'unisson.

— Bien, je crois. Je n'ai pas encore essayé de bouger.

— Vas-y doucement, lui conseilla le barbu. Est-ce qu'il faut qu'on appelle la police ?

— Quoi ? Non, je ne suis pas un criminel.

— Pas pour toi, précisa le barbu en fronçant plus fort les sourcils. Comment ta voiture s'est-elle retrouvée à l'eau ?

Excellente question.

— Je ne sais pas. Je me rendais à l'hôpital avec quelqu'un. Le cousin de… Peu importe. Il s'est arrêté à une pharmacie. Je suis sorti de la voiture pour… Je ne sais plus. La dernière chose dont je me souvienne, c'est de m'être réveillé dans la voiture qui se remplissait d'eau. J'ai attendu qu'elle se remplisse toute entière pour égaliser la pression intérieure et extérieure, j'ai réussi à ouvrir la porte, mais à la surface, le courant m'a emporté. J'ai fini par réussir à attraper une branche, et puis vous m'avez trouvé.

— Où est le conducteur ?

— Aucune idée, répondit Snow en secouant la tête, avec l'impression désagréable qu'il avait encore de l'eau dans les oreilles. Il n'y avait personne sur le siège conducteur quand j'ai repris conscience.

— Où étais-tu assis ?

— À côté de lui, à la place du mort.

— Tu penses qu'il a pu être propulsé hors du véhicule lorsque vous êtes tombés dans la rivière ?

— C'est peu probable, à moins que sa portière ne se soit ouverte et refermée derrière lui comme par magie. Tout était fermé à mon réveil, expliqua-t-il en réprimant un frisson, hanté par la sensation fantôme de l'eau qui recouvrait lentement son visage.

Le jeune homme excessivement séduisant posa une main rassurante sur sa jambe, à travers les couvertures.

131

— C'est un miracle que tu aies survécu. Je m'appelle Randy Romulus, au fait. Mais tout le monde m'appelle Roméo.

— Snowden Reynaldi. Mais tout le monde m'appelle Snow.

— Le joueur d'échecs ? demanda le petit barbu.

Snow hocha la tête.

— Je me disais bien que ton visage m'était familier ! Je suis Doc. Enfin, c'est mon surnom, parce que je suis en faculté de médecine. Mon vrai nom est Merchester, mais personne ne le retient jamais.

— Ravi de vous rencontrer, dit Snow en s'asseyant lentement et en repoussant les couvertures.

Lorsqu'il réalisa qu'il était torse nu en dessous, il les ramena sur ses épaules à la hâte.

— Je devrais peut-être appeler mes proches pour les rassurer. J'ai perdu mon téléphone dans l'accident, est-ce que vous pouvez m'en prêter un ?

— Bien sûr, acquiesça Doc. Qu'est-ce qui a bien pu se passer à ton avis ?

— Je crois que j'ai été drogué et qu'on a essayé de me tuer.

— Sérieusement ? demanda Roméo en écarquillant les yeux.

— Je sais que ça a l'air dingue, mais je me souviens de cette odeur âcre lorsque je suis sorti de la voiture sur le parking de la pharmacie. Et après ça, c'est le trou noir, jusqu'à ce que je me réveille, juste à temps pour ne pas mourir noyé. J'ai beaucoup de mal à imaginer que ça puisse être accidentel.

— Il n'y a aucune chance pour que tu aies simplement un peu trop bu, et que tu aies eu un accident ? demanda Doc, son grand front strié de plis soucieux.

— Je n'ai pas le permis.

— Raison de plus pour avoir eu un accident.

— Je viens de vous dire que j'étais sur le siège passager. Qui plus est, je n'ai jamais bu une goutte d'alcool de toute ma vie.

— Pourquoi voudrait-on te tuer ? demanda passionnément Roméo en prenant sa main.

— Franchement ? Je ne sais pas, je n'ai rien de spécial.

— Ah, je ne dirais pas ça, protesta Roméo en souriant.

Snow battit des paupières. Ce type avait vraiment mérité son surnom.

— Doc, nous aussi on a le droit de se présenter ? demanda un immense jeune homme très mince avec des cheveux roux, appuyé au chambranle de la porte du salon.

— Vas-y, entre. Après tout, autant lui présenter tout le monde.

Cinq autres hommes entrèrent dans la pièce en regardant Snow avec des yeux curieux. Doc fit un large geste du bras pour les désigner.

— Je te présente les membres de la fraternité Iota Pi. Gourmet, dit-il en indiquant le grand roux, lui, c'est BB, ou Ballet Boy parce qu'il fait de la danse classique. Lui là, c'est Lib, et à côté ce sont Hacker et Bash.

Bash avait plus de muscles que Riley rien que dans ses biceps. Il était impressionnant.

— Salut, moi, c'est Snow, dit-il avec un petit geste timide de la main.

Lib, le jeune homme avec un visage aux traits délicats et des cheveux sombres, pencha la tête sur le côté en l'observant de son regard perçant.

— Tu es incroyablement beau.

— C'est exactement ce que j'ai dit, renchérit Roméo en reposant sa main sur la cuisse de Snow.

— Méfie-toi de ce gars, dit Hacker en riant. Il réussirait sans doute à convaincre un ayatollah de virer gay pour lui.

— Je suis gay aussi, précisa Snow en baissant les yeux. J'ai un petit ami.

— Ça n'a jamais dissuadé Roméo, lança Gourmet avec un reniflement ironique.

— On devrait appeler la police, annonça Doc en se levant de sa chaise.

— Je ne peux rien prouver de ce que j'avance, protesta Snow en secouant la tête. Et la moitié de mes souvenirs est floue.

— On devrait quand même informer les autorités de la situation.

— Très bien, mais est-ce que je peux appeler quelqu'un avant ?

Roméo sortit un téléphone portable dernier cri de sa poche et le tendit à Snow. Snow fixa l'appareil en hésitant. C'était étrange de ne pas pouvoir appeler le professeur Kingsley, il avait tellement l'habitude de se tourner vers lui en premier. Il composa le numéro qu'il avait en tête et porta le téléphone à son oreille.

— Allô ? décrocha une voix inquiète et hésitante.

— Riley, c'est moi.

— Oh, mon Dieu, Snow, j'ai eu tellement peur ! Est-ce que tu vas bien ? Où es-tu ?

Est-ce que Riley était en train de pleurer ?

— Je vais bien, le rassura-t-il. Je ne sais pas comment, mais je me suis retrouvé coincé dans une voiture dans la rivière. J'ai réussi à en sortir, et j'ai eu la chance de croiser des gens qui m'ont aidé. Je suis à l'université de Grimm, dans la maison d'une fraternité. Ils vont appeler la police. Je crois que j'ai été drogué. Ça va sans doute prendre du temps.

— Dis-moi où tu es, j'arrive tout de suite.

— Je vais passer le téléphone à Romé… à Randy, pour qu'il t'explique. J'ai hâte de te voir.

Snow tendit le téléphone à Roméo en avalant péniblement sa salive, les yeux brûlants de larmes.

— Vous pouvez expliquer à mon ami comment venir jusqu'ici ? demanda-t-il à Roméo d'une voix faible.

La police arriva un quart d'heure plus tard.

— Donc vous n'avez vu personne ? demanda l'agent de police.

Tous les membres de la fraternité attendaient dans le couloir de l'entrée pour ne pas déranger l'agent de police qui posait des questions à Snow. Riley entra dans la maison et se joignit à eux. Lui et Bash dépassaient tout le petit groupe de plus d'une tête.

— Riley ! s'exclama Snow sans réfléchir, avant de se lever pour courir vers lui.

— J'étais tellement inquiet, dit Riley en le serrant dans ses bras. Madame Kingsley a appelé pour me demander si je savais où tu étais, et j'ai paniqué.

— Elle a quoi ? demanda Snow en reculant légèrement.

— Elle m'a appelé, il y a quelques heures. Elle a dit que son cousin était rentré en annonçant qu'on lui avait volé sa voiture. Elle était persuadée que c'était toi qui avais dû l'emprunter. J'ai dû lui dire que c'était impossible et que tu ne conduisais pas.

— Excusez-moi, les interrompit l'agent de police en s'approchant, mais je crois que je devrais entendre tout ça. Je suis l'inspecteur Sanchez.

— Riley Prince, se présenta Riley en lui serrant la main.

— Qui est la personne qui vous a appelé, et quel est son lien avec le propriétaire du véhicule ?

Ils se rassirent tous les trois et discutèrent pendant près de deux heures. Au cours de la conversation, un autre policier appela l'inspecteur Sanchez pour le prévenir qu'ils avaient retrouvé la voiture au fond de la rivière, à deux kilomètres du point de chute.

— Est-ce qu'ils savent si la voiture a dévié accidentellement ou pas ? demanda Snow.

Sanchez posa la question à l'autre agent au bout du fil, puis raccrocha.

— Il n'y a pas de marques au sol, et le lieu de la chute suggère que le véhicule roulait à très faible allure. On soupçonne qu'il a été poussé.

— Mon Dieu, alors c'était volontaire ? demanda Riley en resserrant son bras autour de Snow.

— C'est une possibilité, acquiesça l'inspecteur. Nous allons devoir faire un rapport pour circonstances suspectes.

— Mais qui pourrait vouloir me tuer ? demanda Snow en déglutissant.

— Peut-être personne. Il y a peut-être une autre explication. Il est évident que ce n'était pas un cambriolage, il y a encore des objets de valeur dans la voiture. Est-ce qu'on a pu vouloir vous faire une blague qui aurait malencontreusement mal tourné ?

— Je ne vois pas qui ferait ce genre de plaisanterie, rétorqua Riley, la bouche pincée. Je suis certain que cela a un rapport avec les échecs.

— Qu'est-ce qui vous fait dire ça ? demanda l'inspecteur Sanchez en sortant son bloc-notes.

— Snow est un grand champion d'échecs.

— Oui, je sais.

— Il est donné vainqueur du tournoi d'échecs Anderson. Peut-être que quelqu'un voulait s'assurer qu'il ne jouerait pas.

— J'ai du mal à imaginer que l'on puisse commettre un meurtre pour une histoire d'échecs, dit le détective en reposant son carnet.

— J'aurais tendance à être d'accord, acquiesça Snow. Les joueurs d'échecs sont des passionnés, mais pas au point d'aller jusqu'au meurtre.

Riley laissa échapper un petit rire sans humour et Snow se tourna vers lui.

— Tu penses que quelqu'un a pu faire ça pour te faire passer un message ? Pour me punir de t'avoir séduit ?

— Comment ça ? demanda Sanchez en fronçant les sourcils.

— Riley a fait son coming out, et ça n'a pas plu à tout le monde au sein de son équipe de football et de sa fraternité, expliqua Snow en se tournant vers l'inspecteur.

— J'ai entendu parler de ça. Est-ce que vous croyez que ça aurait pu déplaire à quelqu'un au point qu'on veuille tuer Snow ?

— Mon Dieu, j'espère que non, répondit Riley en frissonnant.

— Peut-être qu'il n'y avait pas d'intention de meurtre ? Peut-être qu'ils se sont dit qu'il n'aurait aucun mal à sortir de la voiture ?

— Sans doute que certains d'entre eux sont suffisamment stupides pour ça, concéda Riley, mais ça reste très grave.

Sanchez se laissa aller contre le dossier du canapé, l'air songeur. Il observa le gigantesque salon de la fraternité. Il y avait beaucoup de chaises dans tous les coins, deux vieux canapés rafistolés, et un nombre incroyable d'ordinateurs portables, de télévisions et de consoles de jeux.

— Vous est-il arrivé quoi que ce soit d'anormal dernièrement ?

— Mon mentor a fait un malaise cardiaque et il est dans le coma, à l'hôpital. C'est là que je me rendais quand l'accident s'est produit.

— Et c'est sa femme qui m'a appelé pour me demander si je savais où était Snow, ajouta Riley.

— Son cousin Hunter était au volant du véhicule, c'est lui qui devait me conduire là bas, dit Snow en se blottissant contre Riley.

— Toutes ces connexions sont intéressantes, remarqua Sanchez.

— Vous pensez que ça un rapport avec l'accident ?

— Difficile à dire pour l'instant. Comment est arrivé le malaise du professeur ?

— Son cœur a lâché, expliqua Snow d'une voix hésitante en cherchant le regard de Riley. Il y a un problème avec sa respiration. C'est ce que nous a expliqué madame Kingsley. Je n'ai pas pu le voir en personne ni parler avec les médecins, parce que je ne suis pas un membre de la famille.

— J'espère qu'il va se remettre rapidement, dit l'inspecteur en se relevant. Je vais devoir vous demander de rester dans la région, il se peut que nous ayions encore des questions à vous poser.

— Le tournoi Anderson est dans deux semaines, il a lieu à Las Vegas.

— D'ici là, ne vous éloignez pas.

Riley se releva également, en tirant Snow avec lui pour le garder à l'abri dans ses bras.

— Et s'il s'avère qu'on a vraiment attenté à la vie de Snow ? Est-ce que quelqu'un ne devrait pas assurer sa sécurité ?

— Nous allons poursuivre l'enquête et si tout se passe bien, nous trouverons une explication rationnelle à tout ce qui s'est passé. Comme vous l'avez justement fait remarquer : pourquoi quelqu'un voudrait vous tuer ? dit l'inspecteur en tapotant sur l'épaule de Snow d'un geste paternaliste. Soyez prudent, c'est tout, je suis certain qu'il ne vous arrivera rien.

— Vous ne pensez pas que c'est prendre un gros risque de le laisser seul après ce qui vient de passer ? demanda Riley.

— Nous ne sommes qu'un commissariat de petite ville, répondit Sanchez en haussant les épaules, nous n'avons pas les moyens d'assigner un agent à sa protection, Prince, mais je suis certain que vous ferez un excellent travail.

— Bien sûr que je vais le protéger, mais je ne peux pas être à ses côtés à tout moment de la journée. Nous n'avons pas les mêmes cours, et j'ai mes entraînements de foot.

— Je peux me débrouiller tout seul, protesta Snow en levant une main pour stopper tout débat. La personne qui m'a fait ça m'a prise par surprise, ça n'arrivera plus. Je m'arrangerai pour rester avec des gens de confiance lorsque Riley ne pourra pas être là.

Sanchez jeta un coup d'œil au vestibule d'entrée où la porte était grande ouverte, et un sourire pincé se dessina sur ses lèvres.

— Quelque chose me dit qu'avec la tornade médiatique que va créer cet incident, plus personne n'osera toucher à un seul de vos cheveux.

Snow tourna la tête dans la même direction et aperçut deux vans de chaînes de télévision garés devant la maison. Les membres de la fraternité Iota Pi étaient tous sortis et ils donnaient des interviews en pointant Snow du doigt. Le jeune homme perçut les mots « meurtre », « noyade » et « héros ».

Il sentit son estomac se nouer.

— Oh, mon Dieu.

XV

— QU'ILS AILLENT tous au diable ! hurla Anitra en jetant le journal derrière elle, faisant voler les pages dans tous les sens.

Elle attrapa ensuite l'ordinateur portable et le leva au-dessus de sa tête.

— On se calme, Lady Macbeth. Tu vas le regretter si tu casses cet ordinateur, la prévint Hunter en saisissant l'appareil pour le poser en lieu sûr.

Elle tourna sur elle-même et commença à le suivre, avant de réaliser qu'il avait raison. Elle n'avait pas l'argent pour se racheter un ordinateur. Pas encore.

— Si tu n'avais pas échoué aussi lamentablement, le précieux petit Snow servirait de nourriture aux poissons à l'heure qu'il est, il ne serait pas en première page de la moitié des journaux de Californie !

— Je n'ai pas échoué du tout, je ne pouvais pas le tuer avant de pousser le véhicule dans l'eau, un médecin légiste aurait tout de suite compris. Honnêtement, je ne sais pas comment il a fait pour sortir de la voiture, je l'avais drogué.

— Pas assez, visiblement, dit-elle d'un ton sec en serrant la mâchoire.

— Là encore, je n'ai fait qu'utiliser les quantités qui ne pourraient pas être détectées lors d'une autopsie. Sois raisonnable Anitra, j'ai fait exactement ce que tu m'as demandé.

Il avait raison. Mieux encore, il était très bon au lit. Et elle avait bien l'intention d'utiliser ça pour se changer les idées.

— Tant pis. Plus haut s'élève ce sale petit avorton, plus dure sera la chute.

L'espace d'une seconde, elle crut voir Hunter froncer les sourcils.

Ne me dites pas qu'il s'est laissé séduire par ce petit salopard lui aussi. Peut-être qu'il n'a même pas essayé de le tuer.

— Qu'est-ce que tu comptes faire maintenant ? demanda Hunter en affichant un grand sourire.

— Ça ne te regarde pas.

— Tu devrais peut-être faire profil bas, la police trouve que les circonstances de l'accident sont suspectes. Si tu fais une nouvelle tentative aussi vite, tu vas les mener tout droit à toi. Et à moi par extension, je te rappelle qu'on est dedans tous les deux.

Comment l'oublier ? Je suis sûre que ce sale traitre racontera tout à la police à la minute où ils lui mettront les menottes aux poignets.

— Tu ne sais pas de quoi je suis capable. Contente-toi de faire ce que je te dis, quand je te le dis. En attendant, garde ton avis pour toi et amène-toi dans la chambre. Tu vas faire ce que tu sais faire de mieux.

SNOW OBSERVA le visage pâle du professeur. Un tube respiratoire lui sortait de la bouche. Il serra l'une de ses mains inertes entre les siennes, le cœur lourd. Les médecins l'avaient enfin laissé entrer dans la chambre, mais uniquement parce qu'il était devenu le « héros » qui avait « risqué la mort pour rendre visite au professeur lorsque quelqu'un l'avait kidnappé et avait tenté de l'assassiner », et parce qu'il devait être « récompensé pour son courage ». Peu importait la raison pour Snow, mais il était gêné par cette appellation de héros. Il n'avait rien fait d'héroïque, il avait simplement suivi son instinct de survie.

— Je suis désolé que vous soyez dans cette situation, murmura-t-il en embrassant le professeur sur la joue. Vous ne méritez pas ça. Et je vous promets d'aller à Las Vegas et de vous faire honneur. Je vais remporter ce tournoi. Pour vous.

— Si ce n'est pas mignon.

Snow redressa brusquement la tête et se retourna pour découvrir Anitra dans l'embrasure de la porte.

— Les gens dans le coma peuvent entendre tout ce qu'on leur dit, se défendit-il en haussant les épaules.

— Vous êtes donc déterminé à participer au tournoi malgré son état ?

— Oui, madame. Je pense que c'est ce que voudrait le professeur.

— Vous vous rendez compte que le club d'échecs n'a pas les moyens de financer votre billet d'avion, j'espère.

Snow inspira profondément. Il savait pertinemment qu'un fond avait été créé l'année passée afin d'économiser pour son billet, mais il était inutile de discuter avec elle.

— Je paierai moi-même.

— Comme vous voudrez. Je vous souhaite bonne chance. Vous êtes un véritable exemple de détermination.

— D'entêtement, vous voulez dire, la reprit-il en croisant les bras.

— C'est vous qui le dites. Espérons simplement qu'il ne se passera rien d'ici votre départ qui pourrait entraver votre… votre détermination.

— Comment ça ? demanda-t-il en fronçant les sourcils.

— Prions simplement pour que l'état d'Harold s'améliore.

Snow baissa de nouveau les yeux vers son mentor. C'était tellement étrange de voir son visage, d'ordinaire si animé, figé par le coma. Lui qui était si dynamique, si souriant. Il s'était passé quelque chose. Quelque chose qui l'avait changé ces dernières semaines. Depuis l'arrivée d'Anitra Popescu. Et Snow refusait de croire que c'était une coïncidence. Il réprima un frisson et se dirigea vers la porte.

— Je m'en vais, dit-il simplement.

Il quitta le service des soins intensifs avec l'impression de porter le poids du monde sur ses épaules. Il ressentait un mélange d'émotions difficiles à démêler. De la colère, de la peur, de l'épuisement, de la tristesse, mais également la chaleur diffuse qui émanait de son cœur et irradiait tout son être chaque fois qu'il pensait à Riley.

Il n'avait pas mis un pied à l'extérieur de l'hôpital lorsqu'une jeune femme se jeta sur lui.

— Bonjour, Snowden, je suis Haley, du *Daily Mirror*. Avez-vous la moindre idée de qui a bien pu essayer de vous tuer ?

Il laissa échapper un reniflement amusé.

— Désolé, mais ce n'est pas le genre de question auquel un être humain normal a l'habitude de répondre.

— Sans doute que non, acquiesça-t-elle en riant. Mais je pense que la police est trop timorée. Comment expliquez-vous vous être retrouvé prisonnier d'un véhicule sous l'eau, s'il ne s'agit pas d'une tentative de meurtre ?

— Je ne sais pas ce qui s'est passé, répondit-il en soupirant. La police s'occupe de l'enquête et j'ai toute confiance en eux.

— Si vous avez la moindre information, n'hésitez pas à m'appeler, d'accord ? dit-elle en lui tendant sa carte de visite.

Il rangea la carte dans sa veste, redressa la tête et aperçut Riley. Il sentit de nouveau cette chaleur indescriptible le remplir tout entier. Riley se tenait sur le trottoir d'en face, il s'était garé juste à côté du vélo de Snow et l'attendait, appuyé contre le capot. Snow poussa un soupir. En l'observant, il songea que tous les adjectifs pour le décrire pâlissaient en comparaison de ce qu'il ressentait vraiment.

Haley se mit à rire, sortant Snow de sa rêverie. Il avait complètement oublié la présence de la jeune femme.

— J'en déduis que toutes les rumeurs qui courent sur le champion d'échecs et le quarterback sont donc vraies ?

— Quelles rumeurs ?

— Celles qui disent que Riley Prince a fait son coming out pour sortir avec le grand maître d'échecs de l'université de Californie du Nord à la beauté légendaire, dit-elle, suffisamment fort pour s'assurer que Riley l'entende.

Snow regarda en direction de Riley et constata qu'il avait l'air soucieux, presque angoissé. Il secoua la tête et baissa les yeux pour regarder ses chaussures. Qu'était-il censé dire ?

— Je... Riley et moi sommes amis.

— Est-ce que ça signifie que vous ne sortez pas ensemble ?

— Comme il vient de vous le dire, nous sommes amis, répéta Riley en avançant jusqu'à Snow et en lui prenant gentiment le bras. Avec ce qui vient de lui arriver, il a besoin de gens de confiance pour veiller sur lui.

— Ooooh, le protecteur.

— Si vous voulez. Maintenant, excusez-nous, mais je dois l'accompagner dans un endroit sûr afin qu'il puisse s'entraîner pour son tournoi.

— Vous avez donc l'intention de participer malgré tout ce qui s'est passé ? demanda-t-elle à Snow en griffonnant sur un carnet de notes.

— Oui, sans hésiter, répondit-il d'une voix assurée en redressant la tête.

— Je peux vous citer ?

— Faites-vous plaisir.

Une fois qu'ils furent à l'abri dans la voiture, Riley démarra en trombe, comme s'ils étaient poursuivis par une horde de journalistes, et non une seule petite jeune femme sans micro ni caméra.

— Tout va bien ? lui demanda Snow en lui lançant un regard hésitant.

— Oui.

— Ça s'est bien passé, ton entraînement de foot ?

— Oui.

— Est-ce que la racine carrée de pi est 1,772 453 850 91 ?

— Oui, répondit Riley, et les coins de sa bouche frémirent.

Il éclata finalement de rire.

— Excuse-moi, c'est juste que c'est difficile, tu sais ?

— La réaction de ton équipe ?

— Non. Si. Entre autres. Mon coming out a créé comme une fracture immense entre les gens qui sont de mon côté – je dois admettre qu'ils sont beaucoup plus nombreux que je l'aurais cru – et ceux qui ne supportent même plus mon existence. C'est absolument ingérable sur le terrain. On joue comme des pieds alors que le championnat de fin d'année est dans quelques semaines.

— Peut-être que tu aurais dû attendre un peu avant de faire ton coming out.

— Il est un peu tard pour reculer maintenant, remarqua Riley en grimaçant.

— Je suis désolé, tu as raison. Tout est tellement confus, dit Snow en poussant un soupir tremblant.

Riley posa une main sur celle de Snow.

— Je suis en train de me plaindre à toi alors que ton meilleur ami est dans le coma et que tu viens de frôler la mort.

— Ça ne veut pas dire que tes problèmes sont moins importants, Riley. Je suis sincèrement désolé que tout ça te tombe dessus à un moment aussi charnière de ta vie. Je ne fais que t'apporter davantage d'ennuis.

— C'est faux, protesta Riley en serrant sa main. Pendre soin de toi fait de moi quelqu'un de meilleur, et j'ai bien l'intention de veiller sur toi plus que jamais dans les prochains jours, dit-il en prenant la sortie d'autoroute qui conduisait chez lui. Je te ramène avec moi à la maison. Ton immeuble bénéficie peut-être d'un système de sécurité dernier cri, mais personne ne nous protègera mieux que madame Wishus, ajouta-t-il malicieusement. Nous irons chercher tes affaires petit à petit pour les ramener ici. Mais te connaissant, j'imagine que ça se limitera à une brosse à dents, deux pantalons en toile et six échiquiers ?

Attends une minute, tu ne vas quand même pas le laisser te priver de ton indépendance ?

— Tu es sûr que je ne vais pas te déranger ?

— Vraiment ? C'est ça ta première réaction ? demanda Riley en riant doucement. J'étais persuadé que tu protesterais, que tu me dirais que tu avais besoin de ton espace vital et de ta solitude.

— J'ai fait le plein de solitude pour mes cinq prochaines vies, répondit Snow en regardant par la vitre de la voiture.

— Il faut que je me dépêche avant que tu changes d'avis, dit Riley en appuyant sur l'accélérateur.

Allez, Snow, ne fais pas l'égoïste.

— Riley…

— Ah, nous y voilà.

Il gara la voiture devant la petite maison et se tourna vers Snow.

— Tu réalises qu'en restant ici avec toi, je te mets peut-être en danger ?

— Je suis un grand garçon, Snow.

— Et en restant avec toi, je ne vais faire qu'aggraver les rumeurs. Ton équipe ne va plus te laisser une seconde de répit.

— Personne ne sait où j'habite. Et plus important encore, il va falloir que mon équipe se fasse à l'idée. Ça prendra du temps. Ils ne s'y feront probablement pas tous. La situation se calmera sans doute si nous gagnons le championnat.

— Quand.

— Quoi ?

— Tu as dit *si* nous gagnons le championnat, je te corrigeais. C'est *quand* tu gagneras.

— C'est gentil de ta part, j'aimerais en être aussi certain.

— Tu peux.

Riley hocha la tête, mais ses yeux étaient emplis de tristesse et d'incertitude. Snow sentit son cœur se briser dans sa poitrine.

Ils sortirent de la voiture et marchèrent ensemble le long de la petite allée qui menait vers le porche, sur lequel madame Wishus les attendait.

— Bonsoir, les garçons.

— Bonsoir, Eudora, répondit Riley avec un petit signe de main.

— J'ai entendu ce qui vous était arrivé, Snow. Qu'avez-vous appris ?

— Pardon ? demanda Snow en riant.

Il n'y avait que madame Wishus pour poser des questions aussi inattendues. Qu'avait-il appris au juste ?

— Ne jamais paniquer ?

— Voilà qui me semble être une excellente leçon. Souvenez-vous en.

— Promis, madame.

— Je l'ai amené avec moi, j'ai pensé qu'il serait plus en sécurité ici, expliqua Riley en couvant Snow du regard.

— Bonne idée. Il court plus d'un danger, si je ne m'abuse.

— C'est ce que je crains.

143

— Comment ont réagi tes coéquipiers en apprenant ton homosexualité ?

Riley se dandina d'un pied sur l'autre, comme s'il mourrait d'envie de se sauver en courant.

— Certains ont bien réagi. D'autres moins.

— Et toi ? Comment le vis-tu ?

— Pardon ? demanda Riley en relevant brusquement la tête.

— J'ai toujours su que tu étais gay, mon garçon, mais en faisant le choix de ne le révéler à personne, tu aurais pu vivre une vie beaucoup moins compliquée. Tu aurais pu choisir de garder votre relation secrète, profiter de votre couple et ne rien dire à ton équipe. Maintenant, tu dois assumer qui tu es au grand jour. Ça demande beaucoup de courage.

Riley sentit son cœur se gorger de tendresse pour cette petite bonne femme qui veillait sur lui et l'acceptait tel qu'il était sans poser de question.

— C'était difficile de vivre dans le mensonge.

— Je sais. Souviens-t'en aussi chaque fois qu'un crétin te reproche ton orientation sexuelle.

— Oui, madame.

— Allez, monte vite prendre soin de ce jeune garçon. Ça fatigue, une presque noyade, et ce n'est pas amusant.

— Mon Dieu, c'est vrai, souffla Riley en se tournant vers Snow et en réalisant qu'il avait déjà complètement oublié toute cette histoire.

Ils montèrent tous les deux et une fois au beau milieu du grand salon lumineux, Riley se frotta nerveusement la nuque.

— Est-ce que... tu veux que je t'installe dans la chambre d'ami ?

Il attendait la réponse de Snow dans une immobilité tellement parfaite que le jeune homme se demanda s'il retenait son souffle. Il sourit.

— Je pense que nous avons dépassé ce stade au moment où nous avons ouvert le sac avec les préservatifs et le lubrifiant, plaisanta-t-il. Mais je ne veux pas que tu te sentes étouffé par ma présence.

— Et comment envisages-tu que nous couchions ensemble ? demanda Riley en croisant les bras sur sa poitrine musclée. À distance ?

Snow inspira précipitamment et sentit son sexe réagir à la mention de coucher de nouveau avec Riley.

— Je ne suis pas assez bien monté pour ça, j'en ai peur, répondit-il en riant.

— Tu es sûr ? demanda Riley en avançant vers lui d'une démarche séductrice, avec son irrésistible sourire et ses irrésistibles fossettes.

Et aussitôt, toute l'angoisse et tout le malaise des dernières vingt-quatre heures s'envolèrent. Plus rien d'autre ne comptait que le sourire de Riley. Riley, qui le prit dans ses bras pour le serrer contre lui.

— J'imagine que tu es trop fatigué pour faire quoi que ce soit d'indécent.

Snow se dressa sur la pointe des pieds et murmura tout contre ses lèvres :

— Je me reposerai quand je serai mort. En attendant, je suis toujours prêt pour quoi que ce soit d'indécent.

Riley combla les quelques millimètres qui les séparaient pour l'embrasser passionnément. La pointe de sa langue parcourut la fente serrée des lèvres closes de Snow, et le jeune homme sentit son sexe tressaillir dans son pantalon. Riley recula légèrement la tête pour le regarder et lécha sensuellement sa lèvre supérieure, puis le bout de son nez.

— J'ai tellement de chance d'avoir appris à embrasser avec toi, gloussa-t-il.

— Et en plus, tu apprends vite, tombeur.

— Je fais de mon mieux, dit-il en baissant les yeux, avant de les relever pour les plonger dans ceux de Riley. Tu te sens prêt à m'enseigner la leçon suivante ?

— La leçon suivante, bien sûr, dit Riley en regardant au loin, l'air terriblement sérieux. La racine carrée de pi, c'est ça ?

— Je pensais plutôt à la racine carrée d'autre chose…

— Même leçon que la dernière fois ? susurra Riley en l'embrassant derrière l'oreille.

— Je n'ai pas de préférence, répondit Snow, la gorge serrée. Je veux bien échanger cette fois.

— Non, non, c'est une leçon qui viendra plus tard. Je connais quelqu'un qui n'a pas très envie d'attendre, dit-il en baissant les yeux vers son entrejambe et en jouant des sourcils.

— Ça c'est amusant, moi aussi, rétorqua Snow en prenant la main de Riley pour la presser contre son propre entrejambe.

— La dernière fois était-elle à la hauteur de tes espérances ? demanda Riley en souriant.

— Comme un ami à moi qui aime les réponses monosyllabiques de Cro-Magnon le dirait : oui.

— Je suis invivable quand je suis préoccupé, s'excusa Riley.

— Du moment que tu te rattrapes après, répondit Snow en plissant malicieusement les yeux.

— Alors, laisse-moi me rattraper. Je crois que ton ami impatient, dit-il en serrant le sexe de Snow à travers le tissu de son pantalon, serait ravi de rencontrer mon derrière, continua-t-il en se retournant pour remuer les fesses contre l'entrejambe du jeune homme. Premier arrivé dans la chambre ! cria-t-il en courant dans le couloir.

La mâchoire grande ouverte, Snow se ressaisit rapidement et se lança à sa poursuite. Riley bloquait l'accès de la chambre, mais Snow se faufila sous son bras et plongea sur le lit en riant. Riley se jeta immédiatement sur lui.

Tout l'air s'échappa des poumons de Snow sous le choc, mais quelle délicieuse pression. Chaque millimètre de son corps épousait étroitement celui de Riley. Il sentit la forme dure du sexe de Riley contre sa cuisse, et appuya sur son front avec l'index.

— Dis donc, ce n'est pas le rôle des attaquants de plaquer les gens comme ça, monsieur le quarterback ?

— Mais je suis un attaquant, un attaquant de l'amour.

Snow éclata de rire, à la fois horrifié et excité.

— Tu portes beaucoup trop de vêtements, attaquant de l'amour.

— Tu as raison, laisse-moi le temps d'enfiler mon uniforme.

Riley roula sur le dos et retira son jean, ses baskets et ses chaussettes d'un seul mouvement.

— Prêt pour une mêlée, champion ? demanda Snow.

— Depuis quand tu utilises le vocabulaire du football, toi ?

— Depuis que je te regarde jouer.

— Tu viens regarder les matchs ? demanda Riley, étonné.

— Non, je viens te regarder toi, et il s'avère que c'est parfois pendant un match. C'est différent.

— Tu es en train de me dire que tu es déjà venu me voir jouer ?

— Évidemment, ça fait des lustres que j'ai le béguin pour toi, avoua Snow en essayant de ne pas baisser les yeux.

— Alors, pendant tout ce temps où j'essayais d'attirer ton attention, toi, tu m'admirais secrètement ?

— Arrête de t'envoyer des fleurs, admirer est un bien grand mot.

— Ah vraiment, demanda Riley en attrapant la taille du pantalon de Snow, avant de le lui enlever dans un mouvement efficace, emportant bien sûr son boxer au passage.

Il tourna Snow sur le ventre et lui donna une tape sur les fesses. Le jeune homme sentit son bas ventre s'embraser. Riley lui mit une autre fessée, puis lui massa les fesses. Une fessée, puis une caresse. Encore, et encore.

— Riley, gémit Snow.

— Oui ?

— Si nous ne passons pas à la vitesse supérieure, je vais jouir sur ton dessus-de-lit.

Riley massa de nouveau ses fesses, les écarta, et glissa sa grande main chaude entre ses jambes, jusqu'à ses testicules qu'il effleura.

— Ça n'aide pas vraiment ! protesta Snow en riant et en gigotant dans tous les sens.

— Tu peux jouir quand tu veux et autant de fois que tu veux, murmura Riley tout contre son oreille. Mais c'est vrai qu'à choisir, je préfèrerais que ce soit en moi…

— Oh, mon Dieu.

— Pourquoi n'irais-tu pas chercher notre gigantesque bouteille de lubrifiant ? proposa Riley en s'installant sur le dos et en ramenant ses genoux au niveau de ses oreilles, exposant son entrée à la vue de Snow.

C'était à la fois d'une sensualité et d'une impudeur incroyable, un mélange qui fit bouillir le sang de Snow dans ses veines. Il se releva pour prendre le lubrifiant à la vitesse de la lumière, en fit couler sur ses doigts, et en inséra un premier dans l'anus de Riley en poussant un soupir tremblant.

— Si toutes les leçons sont comme ça, j'aimerais m'inscrire immédiatement pour un doctorat, s'il vous plaît.

— Un doctorat de la baise ?

— Un doctorat de toi, corrigea Snow en le regardant tendrement.

— Je crois qu'il est temps de passer aux travaux pratiques, dit Riley en attrapant le sexe de Snow pour le lubrifier.

Le jeune homme se positionna à genoux devant lui, pressa son gland contre son entrée, et Riley laissa échapper un soupir.

— Vas-y, dit-il dans un souffle.

— Aimes-tu qu'on te pénètre ? demanda Snow.

— Tu ne l'as encore jamais fait, c'est plus facile dans ce sens-là pour l'instant, répondit Riley en souriant.

— Oui, mais aimes-tu ça ? insista Snow en pressant son gland un peu plus fort, sans jamais vraiment entrer en lui.

— Oui, j'aime ça.

— À quel point ?

— Arrête de discuter et fais-le.

— Dis-moi, à quel point ? exigea-t-il très sérieusement.

Son instinct lui disait que Riley avait besoin de cette conversation. De cette situation.

— À quel point aimes-tu ça ? articula-t-il d'une voix autoritaire.

— Beaucoup.

— Tu aimes quand on te pénètre, Riley ? Tu aimes avoir le sexe d'un autre homme en toi ? Mon sexe profondément enfoui en toi ? Tu aimes ça ?

— Fais-le !

— Réponds-moi d'abord.

— Oui, j'aime ça.

Snow fit entrer juste le bout de son sexe en lui, très lentement. Puis se retira.

— Snow, à quoi tu joues ?

— Est-ce que tu veux que je te baise, Riley ? Tu veux que je fasse entrer mon sexe en toi ?

— Je… Oui.

— Tu en as vraiment très envie ?

— Oui ! Oui !

— Dis-moi que tu en as envie.

— Et merde…

— Dis-moi que tu en as envie, répéta Snow, impitoyable.

— Oui !

Snow réfléchit un instant. Pouvait-il se permettre d'aller plus loin ?

— Oui quoi ?

— Oui, s'il te plaît ! S'il te plaît Snow, baise-moi, implora Riley, les yeux voilés, comme si c'était douloureux pour lui de le demander.

— En voilà des bonnes manières, répondit Snow satisfait en donnant enfin un coup de reins ferme pour entrer tout entier en Riley.

Il bascula la tête en arrière, ferma les yeux, et commença un inlassable mouvement de va-et-vient, enivré par le bruit du claquement de leur chair.

— Oh, mon Dieu, oui, gémit Riley. Oui, comme ça. Juste là. C'est tellement bon. J'aime ça, j'aime tellement ça, Snow. Plus fort.

Chacun de ses mots retentissait dans la tête de Snow comme un mantra de passion, jusqu'à ce qu'il n'entende plus rien d'autre que cette douce litanie et les battements de son cœur.

Riley poussa un cri et éjacula brusquement. Un jet de sperme éclaboussa le menton de Snow. Il aurait ri s'il n'avait pas été trop occupé par son propre orgasme. Un tourbillon de plaisir explosa dans sa tête, et il jouit à l'intérieur de Riley avec quelques derniers mouvements de hanches erratiques.

Il lui fallut plus d'une minute pour cesser de trembler après ça. Alors, seulement, il s'effondra contre Riley.

Riley qui était silencieux.

Trop silencieux.

XVI

Snow se retira délicatement, la sensation de frottement et l'air extérieur presque trop intenses pour son sexe hyper sensible qui se ramollissait lentement. Riley était toujours immobile.

— Est-ce que tu vas bien ? demanda Snow.

— Évidemment que ça va, répondit-il, le visage tourné sur le côté, la voix étouffée par les couvertures.

Note pour plus tard : ne pas poser cette question.

Snow s'assit et se passa une main dans les cheveux pour démêler les nœuds.

— Et puis, pourquoi ça n'irait pas ? demanda soudain Riley sur un ton agressif.

Oh, oh.

— Pour rien, je ne t'entendais plus respirer, je m'inquiétais, c'est tout, dit Snow en souriant.

J'ai l'impression que j'ai touché une corde sensible.

— La prochaine fois, nous échangerons, marmonna Riley en regardant par la fenêtre.

Ah, c'est donc ça.

— D'accord. Je suis désolé d'avoir été actif les deux fois. Je n'ai pas peur de la pénétration, j'ai vraiment envie que tu m'apprennes.

— Je veux être certain que tu sois prêt. Je ne voudrais pas te faire mal.

— D'accord, répéta prudemment Snow. Et moi ? Je ne t'ai pas fait mal ? Je sais que tu dois plutôt avoir l'habitude d'être actif et que tu n'as certainement pas souvent l'occasion d'être… passif.

— Bien sûr que non, tu ne m'as pas fait mal, répondit Riley en se levant pour aller dans la salle de bain.

Il revint avec deux gants humides pour qu'ils se nettoient et ajouta :

— Mais tu as raison, j'ai beaucoup plus l'habitude d'être actif.

— Bien sûr, répondit Snow en hochant la tête et en réprimant un sourire.

— Essayons de dormir un peu, j'ai entraînement demain matin.

Riley se glissa sous les couvertures et Snow se blottit contre lui, la tête sur son épaule.

— Merci de veiller sur moi. Je me sens en sécurité avec toi.

— Tant mieux, répondit Riley en resserrant son étreinte. C'est le but de la manœuvre.

— Je n'ai même pas eu le temps de t'en parler, mais quand je suis passé à la maison du professeur, avant l'accident, Anitra était là. J'ai réussi à fouiner un peu pendant qu'elle était à l'étage avec son cousin, et j'ai trouvé une drôle de petite bouteille marron dans la buanderie. On aurait dit un flacon à gouttes. Mais je n'ai pas pu en prélever un échantillon.

— Pourquoi trouves-tu ça bizarre ?

— Ce n'était pas un produit d'entretien et, contrairement aux autres bouteilles, elle était ouverte et presque vide, comme si elle était souvent utilisée.

— Mais s'il n'y avait rien écrit dessus, ça aurait très bien pu être un produit ménager que tu ne connaissais pas.

— Tu as raison, j'imagine.

— Après tout, c'est elle qui m'a appelé parce qu'elle ne savait pas où tu étais.

— Elle a très bien pu faire ça pour qu'on ne la soupçonne pas. Et puis, c'est étrange qu'elle t'ait dit avoir cru que j'avais emprunté la voiture de son cousin. Le professeur lui a déjà expliqué que je n'ai pas encore le permis. Et puis, son cousin m'a fait un numéro de séduction un peu malsain sur le chemin de l'hôpital.

— Mais pourquoi tu ne l'as pas dit à la police ?

— Je viens seulement de m'en souvenir.

— Ça ne devait pas être un numéro de séduction très mémorable…

— Je lui ai dit que je n'étais pas intéressé et que j'avais déjà un petit ami.

— Ah, vraiment ? Tu lui as dit ça ? demanda Riley d'une voix rauque, en laissant échapper un petit rire.

— Il fallait bien le décourager d'une façon ou d'une autre, répondit Snow en souriant.

— Et c'est seulement pour le décourager que tu as dit ça ?

— J'ai hésité, tu sais. Il était très séduisant, dit Snow en hochant la tête avec exagération.

— Comment ça, très séduisant ? demanda Riley en lui chatouillant les côtes.

— Ah ! Non, arrête ! Je retire ce que j'ai dit ! Au secours ! Il était moche ! Très, très moche ! Et je lui ai dit que mon petit ami était un dieu grec avec lequel il ne pourrait jamais rivaliser.

— Je préfère ça, dit Riley en cessant son attaque et en reprenant Snow dans ses bras.

La respiration de Snow se calma et il ferma les yeux.

— Snow ?

— Hum ?

— Je suis désolé de m'être comporté comme un crétin, tout à l'heure.

— Tu ne t'es pas comporté comme un crétin, le rassura Snow en souriant, les yeux toujours fermés.

— Si, je le sais très bien. J'aime bien être passif au lit, c'est juste que je ne l'ai fait qu'avec très peu de personnes. Parce que j'ai du mal à me sentir à l'aise.

— Merci.

— De quoi ?

— De t'être senti suffisamment à l'aise avec moi.

— Toute cette histoire de coming out me retourne un peu la tête.

— Je sais, c'est difficile, et je suis vraiment très fier de toi.

— Merci.

— C'est comme si Batman venait d'avouer qu'il était Bruce Wayne.

Riley se mit à rire malgré lui.

— Et souviens-toi d'une chose. Avec ou sans son costume, c'est toujours un superhéros.

— Je tâcherai de m'en souvenir, murmura Riley en l'embrassant sur les cheveux.

Ils restèrent silencieux un long moment, à profiter simplement des bras l'un de l'autre, lorsque Riley reprit la parole :

— Si tu penses que madame Kingsley et son cousin sont suspects, alors je te fais confiance. Mais il va nous falloir plus de preuves pour convaincre la police. Elle reste sa femme.

Snow était soulagé d'avoir le soutien de Riley, mais il était toujours aussi inquiet pour le professeur.

— Il faut que je me lève, mon cœur, chuchota Snow. J'ai un TP en labo à huit heures et ensuite, il faut que je passe à l'hôpital. Et puis, je dois me racheter un téléphone. Le mien s'est noyé.

Il embrassa Riley sur la tempe et se leva du lit.

— Mmmm, attends, gémit Riley en secouant la tête.

Il s'assit au milieu du lit et le drap glissa le long de son torse doré jusque sur ses genoux, voilant à peine son érection matinale.

— Quelle heure il est ?

— Presque sept heures.

— Attends-moi, je saute dans mes vêtements et je te conduis au labo. J'ai entraînement de toute façon.

— Non, je ne veux pas que tu partes le ventre vide. Moi, j'ai déjà petit-déjeuné. Je vais prendre mon vélo, ce n'est pas loin.

— Et moi, je ne veux pas que tu ailles à l'hôpital tout seul. Elle y sera peut-être, et si tu as raison à son propos, tu n'es pas en sécurité avec elle.

— Elle n'oserait rien faire dans l'enceinte de l'hôpital, mais je t'avoue que je préfèrerais quand même y aller avec toi. On se retrouve devant le bâtiment de physique après ton entraînement ?

— Ça marche. Sois prudent, d'accord ? Ne reste jamais seul.

Il était tellement ému que Riley s'inquiète à ce point pour lui qu'il aurait pu en pleurer.

— Je serais prudent, promis, dit-il. Oh, j'allais oublier.

Il traversa la chambre et s'accroupit sur son sac, au pied de l'armoire, pour en sortir son Epipen.

— Heureusement que j'y ai pensé, dit-il en le glissant dans sa poche.

— Qu'est-ce que c'est ?

— C'est pour mon allergie aux fruits à coques. Au cas où je ferais une crise. Celui-ci est tombé à l'eau avec moi pendant l'accident, je ne sais pas s'il fonctionne encore, je ferais mieux d'aller le changer.

— Qu'est-ce qui se passerait si tu ne l'avais pas ?

— Je mourrais, j'imagine, répondit calmement Snow en haussant les épaules.

— Et si tu me laissais m'en occuper ?

— Tu es sûr que tu auras le temps ? C'est la pharmacie de NorCal qui s'occupe de mon ordonnance.

— Oui, pas de souci. C'est sur mon chemin. Laisse-moi juste l'étiquette pour que je la donne au pharmacien.

Snow décolla l'étiquette de son auto-injecteur et la posa sur la commode.

— Merci, dit-il en souriant, et après un petit signe de main, il quitta l'appartement.

Dans l'entrée, il aperçut la porte bleue de madame Wishus qui était grande ouverte. *Elle est sans doute dehors. C'est étrange, il fait trop froid pour jardiner.* En s'approchant de la porte d'entrée, il reconnut le son de sa voix.

— Je vais vous demander de quitter ma propriété, vous n'avez rien à faire ici.

Qu'est-ce qui se passait ? Est-ce qu'il fallait qu'il monte chercher Riley ? *Tu ferais mieux de jeter un coup d'œil d'abord.* Il ouvrit la porte. Un océan de flashs lui agressa les yeux et des dizaines de voix se mirent à crier dans sa direction.

— Reynaldi ! Qu'avez-vous à répondre suite aux allégations faites contre vous ?

— Est-ce que c'est vrai ? Est-ce que vous pratiquez un commerce illégal depuis votre appartement ?

— Est-ce que Riley Prince est votre client ? Ou bien est-il votre associé ?

Snow eut un mouvement de recul et se cogna contre le montant de la porte.

— Madame Wishus ? De quoi parlent-ils ? Qu'est-ce qui se passe ?

— Apparemment, on a trouvé des preuves que tu te prostitues et que tu as financé tes études en séduisant et en faisant payer des étudiants de l'université pour des services sexuels, expliqua-t-elle à voix basse en lui prenant le bras.

— Quoi ? Mais enfin, c'est ridicule.

— Évidemment, c'est ridicule, mais ils soutiennent qu'il existe des preuves. Tu dois trouver de quelles preuves il s'agit si tu veux te disculper.

Trois journalistes s'engagèrent sur les marches qui montaient jusqu'au porche, mais madame Wishus s'interposa aussitôt entre eux et Snow.

— Sortez tout de suite de chez moi ! Du balai ! Snow, rentre vite à l'intérieur.

Hébété, Snow chercha la poignée à tâtons derrière lui.

— Dépêche-toi, ferme la porte. Je vais appeler la police.

Snow rentra et claque la porte derrière lui. Comment une chose pareille avait-elle pu arriver ? Il monta l'escalier quatre à quatre. Il devait s'agir d'une erreur. Arrivé sur le seuil du premier étage, il réalisa qu'il n'avait pas de clé. Il appuya sur la sonnette de Riley. Il appuya, et appuya encore. Comment allait-il faire pour savoir d'où provenait cette histoire ?

— Riley, ouvre-moi !

La porte s'ouvrit, mais il n'y avait personne de l'autre côté. Snow entra. Riley était au milieu du salon, le dos tourné, il faisait face à l'écran de télévision. C'était le journal télévisé. Un séduisant jeune homme, que Snow se souvenait avoir rencontré le soir du bal de fin d'année, donnait une interview.

— En effet, je l'ai payé pour coucher avec lui, et j'ai recommandé ses services à deux ou trois autres gars. Il est incroyablement doué, et je crois qu'il a un faible pour les sportifs. Il y a quelque chose d'innocent chez lui qui rend très difficile de lui résister.

— Et vous êtes certain qu'il s'agit de Snowden Reynaldi, le célèbre joueur d'échecs ? demanda le journaliste.

— Absolument certain. Il a un physique très distinct. J'aime les hommes et les femmes, et autant dire qu'il est un parfait mélange des deux.

— Comment peut-il dire une chose pareille ? demanda Snow horrifié en reculant. Qu'est-ce qui se passe ? Qu'est-ce que je vais faire ? Qui va m'aider ? Tu peux me prêter ton téléphone ? Il faut peut-être que j'appelle le doyen.

— À votre avis, pourquoi fait-il ça ? demanda le journaliste.

— Qui sait ? répondit l'étudiant en haussant les épaules. Pour l'argent, pour le sexe, peut-être simplement pour le sentiment de pouvoir que cela lui procurait.

Snow frappa du poing à plusieurs reprises contre le mur à côté de lui.

— Riley, est-ce que tu peux me prêter ton portable, s'il te plaît ?

Enfin, Riley se tourna vers lui, ses grands yeux dorés brillants de larmes.

— Est-ce que tu nies ? Est-ce que tu veux me faire croire que tu ne connais pas ce type ?

— Quoi ? Bien sûr que non, je ne le connais pas ! Je veux dire, si, tu me l'as présenté au bal, mais…

— Bien sûr que non, répéta-t-il amèrement. Mike Henderson, le capitaine de l'équipe de lacrosse, au cas où tu aurais besoin qu'on te rafraîchisse la mémoire.

— Riley, tu ne vas pas me dire que tu les crois ? Tu crois vraiment que j'ai… couché avec lui ? Contre de l'argent ?

— Pourquoi inventerait-il une chose pareille ? Pour l'amour du ciel, il risque toute sa scolarité ! Il va probablement être mis en garde à vue pour sollicitation à la prostitution !

— Riley, calme-toi ! Est-ce que tu t'entends parler ?

— Je sais, je sais, désolé, dit-il en secouant la tête. Mais je suis complètement perdu. Je ne comprends pas ce qui se passe. Et tu es tellement doué.

— Doué pour quoi ? demanda Snow d'une voix dure en dévisageant Riley.

Ne le dis pas. Je t'en supplie. Ne dis rien.

— Pour le sexe ! Tu es doué au lit. Comment peux-tu être vierge alors que tu es si doué ?

Le corps tout entier de Snow se glaça, saisi par l'horreur.

— Je vois.

— Je voudrais ne pas y croire, je le voudrais vraiment, supplia Riley en secouant la tête comme s'il essayait désespérément de s'éclaircir l'esprit.

Le portable de Riley se mit alors à sonner dans la chambre à coucher. Il alla le chercher, la tête baissée, l'air abattu. Snow réalisa qu'il s'était mis à trembler. Il avait l'impression qu'il n'aurait plus jamais chaud. Riley ressortit de sa chambre et lui tendit le téléphone. Snow ne posa même pas de question en le prenant.

— Allô.

— Snowden ?

— Oui.

— C'est le doyen Franklin à l'appareil.

— Oui, monsieur.

— Des allégations extrêmement choquantes ont été portées contre vous ce matin. Je veux vous voir dans mon bureau le plus vite possible, et je veux connaître votre version de l'histoire.

— Excusez-moi, mais… Comment avez-vous su où me joindre ?

— On m'a laissé entendre que je vous trouverais chez Riley Prince.

— Puis-je vous demander si vous savez comment cette histoire a atterri dans la presse ?

— Je n'en ai malheureusement aucune idée. Comme beaucoup d'entre nous, j'ai eu la mauvaise surprise de tout découvrir en allumant ma télévision.

— Qui d'autre vous en a parlé ?

— Je crois qu'il est préférable que nous discutions de tout cela en face à face.

Snow reconnut une voix qui lui était familière, et leva la tête en direction de la télévision. Le cousin d'Anitra, Hunter, était à l'écran, son séduisant visage empreint d'une sollicitude exagérée.

156

— Oui, j'étais avec lui le jour de l'accident. Il a… Disons qu'il m'a fait des avances. Il a suggéré que je le paie pour coucher avec lui. Lorsque j'ai refusé et que je lui ai répondu qu'il avait besoin d'aide, il est devenu hystérique. C'est la raison pour laquelle je me suis arrêté à la pharmacie. J'ai pensé que si je trouvais quelque chose pour le calmer, nous pourrions aller voir le professeur malgré tout. Mais quand je suis ressorti, il était parti avec ma voiture. J'avais peur qu'il ait des pensées suicidaires étant donné son état. C'est peut-être d'ailleurs ce qui s'est passé ce jour-là. Peut-être qu'il a essayé de se suicider.

— Snowden ? appela le doyen à l'autre bout du fil. Snowden, est-ce que vous êtes encore là ?

— Oui, monsieur, soupira Snow. Écoutez, je crois savoir qui vous a parlé de toute cette histoire, et je sais aussi que je n'ai aucun argument pour réfuter ses propos. C'est ma parole contre la leur, qu'est-ce que je peux faire ? Trouver des témoins qui accepteront de dire qu'ils n'ont *pas* couché avec moi contre de l'argent ? À quoi bon ? Le professeur Kingsley n'est même pas en mesure de prendre ma défense, dit-il en sentant les larmes lui monter aux yeux.

À la télévision, le journaliste secouait tristement la tête en fixant la caméra.

— Quelle histoire incroyable, au sein même de notre petite communauté. Un garçon si brillant, quel gâchis.

— Les plus intelligents sont souvent les plus névrosés, offrit Hunter avec un sourire.

Snow raccrocha.

Riley se tenait immobile comme une statue. Il ne regardait même plus la télévision. Ses yeux étaient obstinément rivés sur le sol.

— Tu ne vas quand même pas le croire ? demanda Snow d'une toute petite voix. Que tu aies des doutes pour le capitaine de l'équipe de lacrosse, d'accord, mais tu ne vas quand même pas croire Hunter ? Tu es venu me voir juste après l'accident, tu sais pertinemment que je n'étais ni hystérique ni suicidaire.

Riley releva les yeux vers lui.

— Est-ce que tu sais conduire une voiture ? demanda-t-il simplement.

Jusqu'ici, l'expression imagée « avoir le cœur brisé » avait toujours été très abstraite pour Snow. Plus maintenant. Il fit demi-tour et ouvrit la porte. *Je t'en prie, dis quelque chose.* Derrière lui, il n'entendit pas un bruit, seuls le brouhaha de fond de la télé et la voix insupportable du journaliste qui étalait la vie privée de la personne suivante.

Snow s'autorisa un dernier regard en arrière. Riley avait toujours les yeux rivés sur le sol. Lentement, Snow descendit l'escalier, une marche après l'autre. Personne ne le suivit. Personne ne tenta de le rattraper.

Arrivé en bas, il se tourna vers la porte de madame Wishus qui était toujours ouverte. Il attendit un instant.

Pitié. Que quelqu'un me retienne. Que quelqu'un accepte de me croire.

Si même Riley refuse de me croire, comment le reste du monde le pourrait-il ?

Il se pencha pour regarder à l'intérieur de l'appartement de madame Wishus, mais il était vide. Elle était sans doute encore en train de se battre avec les journalistes sur le porche. Snow se permit d'entrer, parcourut l'appartement du regard et repéra une porte dans la cuisine, qui donnait sur l'autre côté de la maison. Il entra dans le salon avec l'impression que son corps pesait des tonnes. Il entrouvrit les rideaux de la baie vitrée pour jeter un coup d'œil au jardin de devant, en prenant soin de ne pas être vu. Il y avait toujours une flotte de camions de télévision garés sur l'herbe. Snow s'éloigna et leva les yeux vers le cadre au-dessus de la cheminée. C'était une broderie encadrée qui disait « La vérité vaut la peine que l'on se batte pour elle »

Snow essuya rageusement ses yeux humides. *Je n'ai aucun moyen de prouver mon innocence, et je vais sans doute me faire renvoyer de l'université. La seule personne qui tienne vraiment à moi est dans le coma, et elle risque de mourir. La voilà, ma vérité.*

Lui qui avait cru savoir ce qu'était la solitude après la mort de sa grand-mère, il comprenait à présent qu'il n'en avait eu qu'un aperçu. Rien n'était comparable à l'abysse de solitude dans laquelle il venait de sombrer.

Il se faufila discrètement par la porte arrière de la cuisine et s'engouffra dans la brume de ce matin d'hiver gris. Son vélo était dans le coffre de la voiture de Riley. Heureusement qu'il aimait marcher. Il mit la capuche de son sweat sur sa tête et arpenta les rues les moins fréquentées en rasant les murs. Une fois arrivé dans le quartier de son appartement, il s'arrêta à un distributeur automatique de billets. À son grand soulagement, il n'y avait personne dans les environs. Il inséra sa carte bancaire, tapa son code, et demanda un retrait de deux cents dollars.

Opération impossible.

Quoi ?

Il réessaya.

Opération impossible.

Il poussa un soupir de découragement et appuya son front contre l'écran de la machine. Sa carte n'était pas activée. Il n'en avait jamais eu aupaavant. Il avait fait la demande après les achats de meubles dans son appartement, pensant que ce serait plus pratique que de retirer de grandes sommes en liquide tout le temps, mais il avait oublié de la faire activer. Et le peu de liquide qu'il avait en poche était tombé dans la rivière. Mon Dieu, il n'avait pas un sou.

Un homme en costume s'approcha du distributeur et Snow s'éloigna à grands pas. Il avait un tout petit peu de monnaie à l'appartement, il faudrait que ça suffise en attendant qu'il contacte son avocat pour lui demander davantage. En espérant qu'avec toute cette histoire, il ne refuse pas.

Il lui fallut près d'une heure pour regagner son appartement après ça, et une horde de journalistes l'attendait au pied de l'immeuble. Caché derrière un arbre sur le trottoir d'en face, il les observa. Il y avait des équipes de télévision venues de tous les coins de l'État. C'était parfois un inconvénient d'être une célébrité des échecs.

Comment ont-ils pu trouver mon adresse ?

Facile. De la même façon qu'ils ont eu vent de cette histoire ridicule. Anitra Popescu. Si c'est son vrai nom.

Mais qu'est-ce qu'elle peut bien tirer de tout ça ?

On ne va sans doute pas tarder à le découvrir.

Snow fit le tour de l'immeuble et trouva l'entrée du gardien. Dieu merci, elle n'était pas fermée à clefs. Combien de fois le syndicat de l'immeuble avait-il tapé sur les doigts de ce pauvre monsieur Olney pour avoir eu la négligence de laisser la porte ouverte ? *Merci, monsieur Olney.*

Snow se faufila dans le garage, puis dans la cage d'escalier. Arrivé à son étage, il entrouvrit légèrement la porte pour s'assurer que le champ était libre. *Oh, mon Dieu.* Il referma très doucement la porte. La police était dans son appartement.

Peut-être que je devrais simplement aller les voir. Au moins, je pourrais leur raconter ma version des faits. Il entrouvrit de nouveau la porte. Un agent sortit de l'appartement, les bras chargés d'objets. Il haussa un sourcil en s'adressant au policier qui gardait la porte.

— Est-ce que tu as vu ça ? Je ne savais même pas que ce genre de porno existait. Mon Dieu. Est-ce qu'il y a vraiment des gars qui font des trucs pareils ?

Il leva un magazine dans le champ de vision du policier qui écarquilla les yeux d'horreur.

Porno ? Mais de quoi parlaient-ils ? Snow referma la porte. Quelqu'un avait-il placé de fausses preuves dans son appartement ? Il inspira brusquement.

Pas de toit. Pas de téléphone. Pas d'argent. Son mentor était inconscient dans un lit d'hôpital. Il avait perdu l'amitié de Winston. Plus personne ne pouvait témoigner de la vérité en sa faveur. Plus de Riley. Snow se laissa glisser contre le mur de la cage d'escalier. Où pouvait-il aller à présent ? Son avocat ne s'occupait que de l'argent que ses parents avaient laissé à son nom, pas des affaires criminelles. Mon Dieu, le monde entier croyait que Snow était un criminel.

Il se roula en boule au pied du mur, et laissa les larmes couler jusqu'à ce que ses yeux se ferment d'épuisement.

XVII

LORSQUE SNOW rouvrit les yeux, le peu de lumière du jour qui filtrait par la petite fenêtre rectangulaire en haut du mur avait disparu. Était-ce déjà la nuit ? Il se redressa et une douleur aiguë lui traversa le dos. Il avait l'habitude de dormir sur le plancher de son appart, mais pas assis contre le béton gelé d'une cage d'escalier. Il marcha à quatre pattes jusqu'à la porte, l'entrouvrit sans faire de bruit, et regarda dans le couloir. Des bandes de police jaunes étaient agrafées en travers de sa porte. Peut-être qu'il pouvait quand même essayer de se glisser entre...

Au même moment, un agent de police trapu traversa le couloir, l'air de s'ennuyer. Snow referma la porte. Impossible de retourner chez lui. Il était seul au monde et n'avait nulle part où aller. Il prit une profonde inspiration.

Il est temps d'arrêter de t'apitoyer sur ton sort et d'agir.

Pour quoi faire ?

Je ne sais pas, mais tu ne peux pas rester là, les bras ballants.

Il se leva péniblement et s'étira pour chasser les crampes dans son dos.

Il faut d'abord que je règle le problème de l'argent. Après ça, je pourrais trouver un endroit où aller.

Qu'est-ce que tu fais du professeur ?

Il était tellement absorbé par ses propres problèmes qu'il avait failli oublier. *Si je l'abandonne, il sera à la merci de cette femme.*

Pour autant que tu saches, il est peut-être déjà mort.

Non ! Je refuse de le croire. Et même s'il mourait, mon devoir est de rester et de faire arrêter Anitra.

Avec quelles preuves ?

La ferme.

Il redescendit jusqu'à la cave sur la pointe des pieds et sortit prudemment dans la rue.

Il ne pourrait sans doute plus retourner chez lui avant longtemps. Il remit sa capuche en songeant qu'il aurait donné n'importe quoi pour un manteau un peu plus chaud.

Où aller maintenant ?

La végétation le long de la rivière lui permettrait d'avancer sans risquer d'être vu. Ce n'était pas le chemin le plus facile d'accès, mais il n'avait pas vraiment d'autre alternative. Il emprunta les petites ruelles obscures et les parkings déserts d'immeubles pour rejoindre la rivière. Il emprunta un chemin de campagne mal débroussaillé et à peine un quart d'heure plus tard, il perçut le bruit familier de l'eau. Il frissonna malgré lui. Ce bruit ne lui rappelait pas de bons souvenirs. Il descendit vers la berge, traversa des buissons épais, et se retrouva face à face avec l'eau qui coulait à une vitesse incroyable dans le lit de la rivière. Elle paraissait noire et épaisse comme du pétrole avec l'absence de lumière du jour. Du pétrole dans lequel il avait failli perdre la vie s'il n'avait pas eu l'aide de…

La fraternité des Iota Pi ! Ils ne vivaient pas sur le campus de NorCal, peut-être qu'ils n'auraient pas encore entendu son histoire.

À l'heure qu'il est, le monde entier connaît probablement ton histoire.

Mais peut-être qu'ils ne le jugeraient pas trop sévèrement. Au pire, il pourrait se contenter de retrouver la maison et de voler de la nourriture dans leurs poubelles. Au lever du jour, il trouverait un moyen de se rendre chez son avocat pour lui demander de l'argent, mais en attendant, il fallait qu'il survive à cette nuit. Il posa un pied dans la terre boueuse de la berge, tout en se tenant aux buissons sur le terrain en pente de l'autre côté, et commença à longer la rivière en croisant les doigts pour ne pas perdre l'équilibre et tomber.

Deux heures plus tard, il s'appuya contre un tronc pour reprendre son souffle. Il était couvert de griffures de ronces et de piqûres d'orties. Et ses baskets, une paire que les Iota Pi lui avaient prêtée après sa mésaventure dans la rivière, étaient couvertes de boue, de la semelle aux lacets. Il ne s'était pas rendu compte que la maison de la fraternité était si loin.

Il reprit sa route et après quelques minutes, il reconnut enfin le lieu où les étudiants de Grimm l'avaient sauvé. Leur maison devait être dans les parages, ils n'avaient pas dû le transporter sur une très grande distance après l'avoir trouvé.

À moins que tu ne te sois évanoui et que tu ne t'en rappelles pas.

Le doute l'envahit, lorsqu'enfin, il aperçut la petite chaumière. Ou, plus exactement, l'immense maison de ferme de trois étages avec un toit de chaume. Quel étrange lieu pour une maison pareille, perdue au beau milieu de la forêt, avec une vue imprenable sur la rivière. C'était une propriété extraordinaire, surtout pour une simple fraternité.

Toutes les fenêtres étaient sombres, à l'exception de l'une d'entre elles au deuxième étage, où brillait une faible lueur orangée. D'immenses platanes majestueux entouraient la maison. Snow n'avait pas grimpé à un arbre depuis des années, mais aux grands maux les grands remèdes. C'était comme la bicyclette, pas vrai ? Ça ne s'oubliait pas ! Il saisit la branche la plus basse d'un arbre et se hissa dessus. Après avoir cassé quelques branches et manqué de tomber une demi-douzaine de fois, il arriva à une hauteur suffisante pour regarder par la fenêtre qui était éclairée. Doc était assis à un bureau, concentré sur son écran d'ordinateur, une énorme tasse de café fumant à la main. Doc lui avait déjà sauvé la vie une fois, il n'allait pas lui tourner le dos.

Il restait quelques akènes secs sur une branche à côté de lui. Il les cueillit et en lança un dans la direction de la fenêtre. Il loupa complètement sa cible. Il en lança un deuxième, réussit à heurter la vitre, et Doc releva brièvement la tête avant de hausser les épaules et de se reconcentrer sur son ordinateur. Snow souffla entre ses mains. La balade forcée le long de la rivière l'avait un peu réchauffé, mais à présent qu'il ne bougeait plus, il était transi de froid. Il lança un autre fruit, aussitôt suivi d'un deuxième, pour que Doc comprenne que ce n'était pas un hasard.

Doc tourna la tête en direction de la fenêtre et Snow lança deux autres fruits. Doc quitta son siège, colla son visage à la vitre pour scruter l'obscurité, et lorsqu'il repéra Snow, il écarquilla les yeux de surprise. Dans son excitation, Snow lâcha la branche à laquelle il se tenait pour lui faire signe de la main, puis se rattrapa très vite pour ne pas tomber. Doc quitta le bureau et Snow commença à redescendre, lentement, prudemment.

Il était en train de se demander comment descendre de la première branche par laquelle il était monté, à près de deux mètres du sol, lorsque Doc arriva.

— Snow ? Est-ce que c'est toi ?

— Oui, salut, répondit Snow en se baissant pour apercevoir son visage levé.

— Est-ce que tu peux m'expliquer pourquoi, quand on se rencontre, il faut toujours que tu sois cramponné à une branche comme un ouistiti ?

— Désolé, s'excusa-t-il en s'asseyant sur la branche avant de se retourner pour se laisser pendre, puis se laisser tomber au sol. Aïe, s'écria-t-il en relâchant la branche et en portant sa main à sa bouche.

— Montre-moi ça, ordonna Doc en s'approchant de lui.

— Ce n'est rien, ce n'est qu'une écharde, dit Snow en lui tendant sa main.

— Une écharde de la taille d'une bûche. Suis-moi, on va l'enlever et désinfecter ça.

Il fit demi-tour et Snow le suivit sans broncher.

— Qu'est-ce que tu fais là, au fait ? demanda Doc en lui lançant un regard par-dessus son épaule.

— J'ai rencontré quelques problèmes, tu en as sans doute entendu parler.

— Pas vraiment, j'ai une dissertation à rendre demain. J'ai passé les quatre derniers jours coupé du monde, à étudier. J'ai même débranché mon accès à Internet pour ne pas être tenté.

Doc le fit entrer dans la maison et alluma la lumière. Il faisait chaud à l'intérieur.

— J'ai l'impression que chaque fois que je viens chez vous, c'est pour me réchauffer, plaisanta faiblement Snow.

Doc se tourna vers lui et l'aperçut enfin comme il faut dans la lumière de l'entrée.

— Mon Dieu, mais qu'est-ce qui t'est arrivé ?! Tu es presque dans un pire état que le jour où nous t'avons repêché dans la rivière !

— J'ai marché le long de l'eau pour venir jusqu'ici.

— Où est ta voiture ?

— Pas de permis, tu te souviens ?

— Ah oui, c'est vrai. Tu aurais dû nous appeler, l'un d'entre nous serait venu te chercher.

— Pas de téléphone non plus, répondit Snow en fixant ses chaussures. Je l'ai perdu dans l'accident et je n'ai pas eu le temps d'en racheter un.

— Tu plaisantes ? Je croyais que tu avais un petit ami, il n'aurait pas pu te conduire ?

— Nous avons rompu, souffla Snow dans un sanglot.

— Tu as l'air d'avoir passé une sale journée, dit Doc en posant une main rassurante sur son bras. Viens par là, tu as besoin d'une bonne douche chaude et d'un pansement.

Ça ne résoudrait pas le plus important de ses problèmes, mais c'était un bon début.

— Est-ce que... Est-ce que je pourrais avoir un verre d'eau, s'il te plaît ?

— Pour l'amour du ciel, gamin, à quand remonte ton dernier repas ?

— À hier.

— Nom de… Allez, viens.

Doc lui apporta un grand verre d'eau dans la salle de bain, s'assura qu'il le boive tout entier, puis retira l'énorme écharde qu'il avait dans la paume, sans jamais l'assaillir de questions. Snow lui en était infiniment reconnaissant. Il n'avait plus la force de parler. Après sa douche, il enfila un jogging en coton que Doc lui avait prêté et se rendit dans la chambre qu'il lui avait indiquée. C'était une toute petite pièce mansardée. Un sandwich, un verre de lait et un autre gigantesque verre d'eau l'attendaient sur la table de nuit, à côté du lit. Des larmes de gratitude emplirent ses yeux fatigués. Il ne recroisa pas Doc, qui avait dû aller se coucher. Il engloutit donc son sandwich, descendit le verre de lait et le verre d'eau en entier, puis il s'écroula sur le lit et s'endormit presque instantanément.

— Vous n'exagériez pas. Il est vraiment d'une beauté extraordinaire. Il me fait penser à un jeune ami qui travaille dans la mode à New York.

Snow tourna la tête sur le côté pour échapper aux voix qui menaçaient de le réveiller. *Encore sommeil.*

— En tout cas, je veux bien croire que n'importe qui lui céderait. Peut-être que ce qu'on raconte est vrai.

Une nouvelle voix cette fois. Snow se força à ouvrir les paupières et fixa le mur à quelques centimètres de son visage. Il se tourna et fit face au groupe d'inconnus qui le fixaient curieusement. Il crut vaguement reconnaître les membres de la fraternité, mais le petit homme au physique d'elfe, avec un costume en tissu écossais rouge et jaune, lui était étranger. Snow ne put s'empêcher de sourire en l'observant. Pour ce qui était des autres, il n'était pas spécialement enclin à leur sourire pour l'instant.

— Euh… Je peux vous aider ? demanda-t-il sans oser sortir de sous les couvertures, car le jogging trop large qu'il avait enfilé la veille avait glissé sous ses fesses.

— Comment te sens-tu, mon garçon ? demanda l'étrange petit elfe. J'ai cru comprendre que tu étais arrivé cette nuit dans des circonstances difficiles.

Le plus grand gaillard du groupe, (Bash, peut-être ? Il n'était plus sûr) croisa les bras, et le pointa du menton.

— On a découvert qu'il se prostituait et qu'il s'est fait jeter de NorCal.

— Je suis désolé Mister P., je n'en savais rien quand je l'ai laissé entrer, s'excusa Doc.

— Qu'est-ce que ça change s'il offre ses services pour payer ses études ? demanda Roméo en lui offrant l'un de ses sourires étourdissants. Nous savons tous ce que c'est d'avoir besoin d'argent pour survivre.

Ça suffit. Snow s'assit brusquement dans le lit, laissant les couvertures retomber. Il remonta son pantalon à la hâte, le plus dignement possible, et se leva pour leur faire face, à eux et à leurs accusations.

— Je ne suis pas un prostitué. Et quand bien même je le serais, je rejoins Roméo, ce ne serait absolument pas vos affaires. Il se trouve que quelqu'un me déteste assez pour avoir monté cette histoire de toute pièce. Et même si je ne comprends pas pourquoi elle a fait ça à l'heure qu'il est, une chose est certaine, elle est déterminée à me nuire. Je la soupçonne même d'être à l'origine de mon accident dans la rivière, mais je n'ai aucun moyen de le prouver. Alors, merci pour le sandwich et l'endroit où dormir, mais si vous voulez bien vous pousser, je pense qu'il est temps pour moi de reprendre ma route.

Monsieur l'elfe croisa les bras et Doc l'imita.

— Et où comptes-tu aller ?

— Mes parents m'ont laissé de l'argent en fiducie, il faut simplement que je parvienne à joindre mon avocat pour le débloquer. Ensuite, je trouverai un endroit où personne ne me connaît pour m'installer et... Je ne sais pas, on verra.

— Que vas-tu faire pour ton tournoi d'échecs ?

Oh. Un autre élément vital qu'il avait complètement oublié. Snow regarda le petit homme qui venait de lui poser la question.

— Excusez-moi, est-ce que je vous connais ?

— Non, pas encore, mon garçon. Je suis Carstairs Pennymaker, le propriétaire de cette maison. Je viens rendre visite aux garçons de temps en temps, mais je vis sur la côte est. Enchanté de faire ta connaissance, ajouta-t-il en tendant une main dans la direction de Snow.

Snow fronça les sourcils, mais accepta la poignée de main.

Carstairs Pennymaker.

— Je ne sais pas si je suis enchanté compte tenu des circonstances, mais le cœur y est. Et pour répondre à votre question, je n'ai pas la moindre idée de ce que je vais faire pour le tournoi Anderson. Je n'ai pas vraiment eu le temps d'y penser ces dernières vingt-quatre heures. Subitement, ma vie ne tourne plus autour des échecs.

— Je crois que tu réaliseras très vite qu'au contraire, les échecs sont toute ta vie, mon garçon.

— Que voulez-vous dire ?

— Je te propose de voir avec les garçons s'ils peuvent te fournir une tenue décente, et de descendre déjeuner avec nous pour parler de tout ça, qu'en dis-tu ?

— Je ne veux pas de sale prostitué sous notre toit, gronda Bash en lançant un regard mauvais à Snow.

— Tu ne veux pas de sale prostitué sous ton toit, Bash ? répéta monsieur Pennymaker. Qu'en est-il de celle dont tu t'es offert les services, il y a deux semaines ? Es-tu prêt à la juger pour un acte dont tu as pleinement profité ?

— Ce n'est pas pareil, Mister P, répondit Bash en regardant ses pieds.

— Ne sois pas un hypocrite, mon garçon, il y en a déjà beaucoup trop dans ce monde, dit-il en le chassant d'un geste de la main. Qui plus est, Snow n'est pas un travailleur sexuel.

— Quel dommage, soupira Roméo avec un sourire impie.

— Va donc préparer le petit déjeuner, Roméo, ça t'apprendra à réfléchir avant de parler, l'admonesta Mister P.

Quinze minutes plus tard, Snow était assis à la gigantesque table de la cuisine des Iota Pi, vêtu d'un jean et d'un sweatshirt que lui avait prêtés Lib, le plus menu d'entre eux. Il dévora son assiette d'œufs brouillés avec des tomates et de la feta, une spécialité de Roméo. Deux des membres de la fraternité étaient partis en cours, mais les cinq autres étaient restés à la maison, ainsi que le petit monsieur Pennymaker. Snow avala sa bouchée pour ne pas parler la bouche pleine, même si c'était difficile tellement tout était délicieux.

— Monsieur, est-ce que je peux savoir pourquoi vous avez dit que les échecs étaient toute ma vie, tout à l'heure ?

Mister P. se contenta d'un sourire mystérieux et se tourna vers Ballet Boy, qui était assis juste à côté du vieux poste de télévision posé sur le plan de travail.

— BB, allume la télé et mets les informations, s'il te plaît.

BB s'exécuta, et lorsqu'il trouva la bonne chaîne, une journaliste était en train de s'exprimer.

— C'est une excellente chose pour le monde des échecs. Une femme de cette prestance, et d'un niveau très impressionnant d'après ce que

167

j'ai compris. Ne serait-ce pas une révélation qu'elle remporte le tournoi Anderson ?

Un court clip d'Anitra, ses longs cheveux roux lâchés, penchée sur un échiquier, le visage concentré, fut diffusé. Snow ouvrit la bouche, puis la referma, complètement pris au dépourvu.

— Tu as l'air surpris, remarque Mister P.

— C'est juste que… Mon coach…

— Son mari, n'est-ce pas ?

— Oui. Il m'a dit qu'elle n'avait pas le niveau suffisant. Qu'elle n'avait jamais participé à de grandes compétitions. Je ne m'attendais pas à ce qu'elle s'inscrive.

Ou peut-être s'y était-il attendu, mais qu'il refusait d'y croire. Le plan changea, cédant la place à une interview en direct. Anitra regardait droit dans la caméra avec une expression intense.

— Après la terrible déception causée par Snowden Reynaldi, je me sens personnellement responsable du club d'échecs de NorCal, dont je dois à présent sauver l'honneur et la réputation.

Snow serra le poing autour de sa fourchette. *Ne la lance pas à travers la pièce, ça ne se fait pas.* Subitement, il n'avait plus faim du tout.

— Est-ce que tu comprends, maintenant ? lui demanda Mister P. en se tournant vers lui.

— Je n'en suis pas certain.

— Lorsque tu as dit que quelqu'un te détestait assez pour créer cette rumeur de prostitution et tenter de te tuer, à qui pensais-tu ?

— À elle, répondit Snow sans hésiter en pointant Anitra du doigt à la télévision.

— Et la voilà qui souhaite prendre part au tournoi. Tu ne crois pas que ça a un lien ?

— Mais… C'est ridicule. La récompense n'est que de cent mille dollars. C'est peut-être beaucoup dans le monde des échecs, mais pas au point d'en venir au meurtre.

— À quand remonte la dernière fois qu'une femme a reçu le titre de grand maître ?

— Ça n'arrive pas souvent, reconnut Snow.

— Et une femme aussi belle et charismatique qu'Anitra Popescu ? La réponse est : jamais. Si elle gagne, elle touchera non seulement de l'argent du club, mais elle signera sans doute des contrats avec des maisons d'édition pour raconter son histoire et surtout, elle va devenir la coqueluche de beaucoup de grandes marques. Ce qui se compte en milliards de dollars.

— Elle aurait pu avoir tout ça, même si c'était moi qui avais gagné.

— Ce n'est pas vrai, Snow, le contredit Mister P., tu n'es pas seulement un grand champion d'échecs, tu es également d'une beauté très difficile à ignorer.

— C'est le moins qu'on puisse dire, commenta Roméo avec un reniflement amusé.

— Si tu participes à ce tournoi et que tu le remportes, elle sera complètement éclipsée.

— Et vous croyez vraiment qu'elle est capable d'avoir empoisonné le professeur, et d'avoir tenté de me tuer, pour parvenir à ses fins ?

— Elle est intelligente, impitoyable et complètement hors de contrôle. Une combinaison dangereuse. Il nous faut rester prudents.

— Nous ?

— Évidemment, mon garçon. Nous allons tous t'aider.

XVIII

— Tiens, tu peux utiliser ce téléphone, dit Hacker en lui tendant un vieux smartphone, avant de retourner bidouiller l'ordinateur portable ouvert en deux sur son bureau.

Snow le remercia et composa le numéro pour accéder à ses messages vocaux. Il en avait dix-sept. Il poussa un long soupir angoissé.

— Tout va bien ? demanda Hacker en le regardant par-dessus ses lunettes à épaisse monture en plastique noir.

— Ça va, j'ai beaucoup de messages et je ne suis pas certain de vouloir les écouter, c'est tout.

Il appuya sur OK pour écouter le premier message et porta le téléphone à son oreille en fermant les yeux.

« Snow, où es-tu ? Je suis mort d'inquiétude et je n'arrive pas à te joindre. »

Le son de la voix de Riley lui transperça le cœur. Il avait dû laisser ce message juste avant l'accident. Il l'écouta une seconde fois, le cœur au bord des lèvres.

Remets-toi.

Mais...

Passe à autre chose.

Il effaça le message et écouta le suivant. C'était un journaliste de la région qui voulait lui poser des questions sur le tournoi. Snow l'effaça aussi. Les trois prochains messages venaient également de divers journalistes qui cherchaient à le contacter concernant son accident. Le message suivant, également d'un journaliste, changea radicalement de ton.

« Rappelez-moi au sujet des allégations qui ont été portées contre vous. Je voudrais votre version de l'histoire. »

Snow l'effaça et passa au suivant.

« Snowden, c'est le doyen Franklin. Rappelez-moi le plus vite possible. »

Il lui avait laissé un numéro, mais Snow ne le nota pas et effaça également le message.

« Grand maître Reynaldi, bonjour, c'est Eleanor Turks, du comité du tournoi Anderson. Il faut que je vous parle au plus vite. Je vous en prie, rappelez-moi dès que possible. »

Snow fixa le téléphone, l'air songeur.

— Une mauvaise nouvelle ? demanda Hacker.

— Un message des organisateurs du tournoi d'échecs qui veulent que je les rappelle. Sans doute pour m'annoncer que je suis disqualifié.

— Tout ce que raconte la presse est faux, alors ? demanda Hacker en soudant un fil sur un circuit.

— Oui. Je ne suis pas un prostitué. C'est ironique, je n'ai couché qu'avec une seule personne dans toute ma vie.

— Et où est cette personne ?

— Elle a préféré croire ce que racontait la presse.

— Il m'a l'air d'être un crétin fini.

— Je ne lui en veux pas. Il a sacrifié beaucoup pour se mettre avec moi, et les arguments de la presse sont dangereusement convaincants. Je crois qu'il a simplement eu peur d'avoir bouleversé sa vie pour un parfait inconnu.

— Il m'a toujours l'air d'être un crétin fini, répéta Hacker avec un petit sourire qui étira son long visage mince, lui donnant un air adorable.

— Merci, enfin je crois, répondit Snow en souriant. Je devrais sans doute en finir, dit-il en levant le téléphone.

Il composa un numéro et après deux sonneries, quelqu'un décrocha.

— Eleanor Turks.

— Bonjour, madame Turks, c'est Snow Reynaldi.

— Snow ! Dieu merci, nous commencions vraiment à nous inquiéter à votre sujet.

— Vraiment ?

— Évidemment. Après toutes les âneries que nous avons entendues venant de la nouvelle présidente de votre club d'échecs, nous avions tous hâte de connaître votre version.

— Je suis désolé de vous rappeler si tard, j'ai eu des problèmes de téléphone. Je ne suis donc pas disqualifié ?

— Pourquoi diable seriez-vous disqualifié ?

— Avec toutes ces histoires qui racontent que je suis… Vous savez ?

— Mon garçon, à moins que vous ne décidiez de faire le tapin en direct sur l'estrade de compétition du tournoi, tout ce qui compte pour

171

nous, ce sont vos capacités en tant que joueur d'échecs. Et nous savons tous qu'elles sont extraordinaires.

— Merci, madame Turks. Les choses sont un peu compliquées ici, mais je tiens quand même à préciser que toutes ces histoires sont fausses. Et j'ai bien l'intention de participer au tournoi.

— Excellente nouvelle. C'est tout ce que j'avais besoin de savoir. Je me refusais à annoncer officiellement que vous ne seriez pas des nôtres. Mon Dieu, tout ce battage médiatique va nous faire la meilleure publicité de tous les temps. Les ventes de places ont déjà doublé.

— Une publicité qui a ses avantages et ses inconvénients, précisa Snow sur un ton ironique.

— Vous pouvez compter sur notre soutien.

— Madame Turks… J'ai cru voir que madame Kingsley s'était elle aussi inscrite au tournoi.

— En effet, il semblerait qu'elle ait décidé de sortir de l'ombre. Elle a apparemment remporté une série de compétitions impressionnante sous un nom d'emprunt. J'ai vu qu'elle avait annoncé à la presse qu'elle vous remplacerait, c'est la raison pour laquelle je cherchais à vous joindre aussi urgemment. Nous n'avons aucune intention de vous perdre. Pour être honnête, votre confrontation est la meilleure chose qui puisse arriver à notre tournoi. Les médias vont se régaler. Et ce sera l'occasion pour elle de prouver au monde qu'elle a le niveau pour vous affronter, ajouta-t-elle en riant. J'ai hâte de vous voir. À bientôt, Snowden.

— Au revoir, madame Turks, et merci pour tout.

Il raccrocha. Quel étrange coup du sort. Allait-il vraiment affronter cette horrible femme devant un échiquier ?

— On dirait que ça ne s'est pas trop mal passé ? remarqua Hacker en lui donnant un petit coup de coude.

— Il semblerait qu'ils se fichent bien de savoir si je me prostitue ou pas, du moment que je joue toujours aussi brillamment aux échecs. Maintenant, il ne me reste plus qu'à débloquer l'argent pour payer mon billet d'avion, dit-il en composant le numéro de son avocat. Je souhaiterais parler à monsieur Southwick, s'il vous plaît, demanda-t-il à la réceptionniste

— De la part de ?

— Snowden Reynaldi.

— Un instant, s'il vous plaît.

Une musique d'attente joua pendant quelques secondes, puis la réceptionniste le reprit en ligne.

— Je suis désolée, monsieur Reynaldi, mais monsieur Southwick m'a chargé de vous dire qu'ils avaient gelé tous vos comptes en attendant de déterminer si vous leur deviez des dommages et intérêts.

— Je vous demande pardon ? Qui ça, ils ? Passez-moi monsieur Southwick.

— Je suis désolée, je ne peux pas. Il est en réunion actuellement, dit-elle, avant de raccrocher brusquement.

— Celui-ci, en revanche, a l'air de s'être moins bien passé, dit Hacker en fronçant les sourcils.

— En effet. Ce qui n'augure rien de bon pour moi. Je n'ai pas un sou et sans argent, je ne peux pas financer mon billet d'avion pour Las Vegas.

— Ah, vous voilà les garçons, je vous ai cherchés partout, annonça monsieur Pennymaker en glissant sa tête dans l'embrasure de la porte. Tu es prêt pour ton relooking, Snow ?

— Mon relooking ? De quoi parlez-vous ?

— Nous allons te préparer pour ce tournoi d'échecs. Lorsque tu remporteras la victoire, personne ne pourra jamais t'oublier.

— Remporter la victoire ? Mais Mister P., je n'ai même pas d'argent pour me rendre sur place.

— Balivernes, rétorqua Mister P. avec un geste agacé de la main. Tu es notre investissement, nous allons nous occuper de ça. Et non seulement tu vas gagner, mais tu vas récolter plus de contrats de sponsors qu'aucun autre champion dans l'histoire des échecs.

— Et comment vous comptez faire ça ?

— Oh, mais je ne compte rien faire du tout, mon garçon. C'est toi qui vas tout faire, répondit le petit elfe avec un immense sourire.

Il gonfla la poitrine, balaya un grain de poussière imaginaire de son costume rayé noir et blanc qui lui donnait l'air d'un bonbon à la réglisse, et poursuivit :

— Voilà le programme, Bash va t'enseigner la self-défense, Gourmet se chargera de te transformer en fin connaisseur de nourriture et de vin, BB t'apprendra à danser, Hacker te fournira les derniers gadgets électroniques à la pointe de la technologie, Roméo va parfaire ton éducation dans les arts de l'amour, Lib et Doc t'entraîneront aux échecs, et quant à moi, dit-il en faisant une courbette vers l'avant, je vais t'enseigner la délicate discipline de la mode.

Le cerveau de Snow avait court-circuité au moment des arts de l'amour.

— Monsieur, je ne peux pas vous laisser faire tout ça. Je ne comprends même pas pourquoi vous vous donnez cette peine.

Monsieur Pennymaker lui lança un regard perçant.

— Le bien se doit de triompher du mal en ce bas monde, mon cher Snowden, et pourquoi le bien ne triompherait-il pas avec style ?

RILEY QUITTA le terrain en faisant de grands signes de la main aux fans qui les acclamaient, mais il ne se sentait vraiment pas d'humeur à prendre le temps de s'arrêter et de discuter. Il avait le moral au plus bas.

Rog le dépassa en trottinant pour se rendre au vestiaire, et le masque haineux d'ordinaire plaqué sur son visage se radoucit. Il fit un signe de tête à Riley. Son attitude avait tellement changé, alors, pourquoi Riley ne se sentait-il pas soulagé ?

Danny le rattrapa et cogna l'épaule de son armure contre la sienne.

— Super match, mon pote.

— Merci.

— L'équipe avait l'air d'avoir retrouvé son rythme aujourd'hui.

— On dirait, oui.

— La dernière passe de Rog était tout simplement épique. Si on continue comme ça, on est bons pour le championnat de fin d'année.

— J'espère, répondit Riley en regardant ses crampons, le cœur inexplicablement lourd.

— J'ai l'impression que tout le monde t'a lâché avec cette histoire de coming out. C'est pour ça que l'ambiance était meilleure aujourd'hui ?

— Ils n'approuvent toujours pas, pour la plupart, soupira Riley. Mais maintenant, ils sont persuadés que ce n'était pas ma faute et que je me suis fait manipuler par un prostitué.

— Sérieusement ?

Danny fronça les sourcils et ralentit. Riley jeta un coup d'œil par-dessus son épaule pour le regarder.

Danny tourna dans un couloir, juste avant les vestiaires, et s'appuya contre un mur. Riley le suivit.

— Et toi ? Tu crois à toutes ces conneries ?

Riley se figea. Il regarda nerveusement autour de lui.

— Je ne sais pas quoi penser…

— Pourquoi ?

— Le gars qui a accusé Snow est quelqu'un de sérieux. Je le connais, et je l'imagine mal mentir à ce sujet.

— Mais tu imagines Snow mentir sans problème ?

— Écoute, c'est juste que…

Il baissa d'un ton et chuchota :

— Snow prétendait être vierge, mais il était plutôt très doué au lit, si tu vois ce que je veux dire.

— Non, je ne vois pas du tout ce que tu veux dire. Et je n'aurais certainement pas rompu avec quelqu'un sous prétexte qu'il était trop doué au lit.

Riley se passa nerveusement la main sur la nuque.

— Est-ce que Snow t'a déjà demandé de l'argent ? demanda Danny d'une voix sèche.

— Non, jamais, mais peut-être qu'il avait l'intention de le faire.

— Je croyais que ses parents lui avaient laissé un gros héritage, pourquoi ferait-il ça ?

— La police dit qu'il s'agirait peut-être en réalité de tout l'argent qu'il a gagné avec son commerce sexuel.

— Vraiment ? demanda Danny en se détachant du mur.

Riley tapa du poing contre un casier.

— Arrête tes grands airs, Danny ! J'ai chamboulé toute ma vie pour lui !

— Pour lui ? Vraiment ? demanda Danny, sur le même ton. Je croyais que c'était parce que tu en avais assez de vivre dans le mensonge.

— Merde.

— Permets-moi de te dire quelque chose en tant qu'observateur extérieur : Snow Reynaldi est probablement le plus bel homme que j'ai rencontré dans toute ma vie, si vraiment il vendait ses services parce qu'il avait besoin d'argent, pourquoi il aurait jeté son dévolu sur un loser fauché comme toi ? demanda Danny en riant avant de s'éloigner de sa démarche nonchalante.

Riley secoua la tête. Il s'était posé la même question une bonne centaine de fois. Il n'avait jamais trouvé de réponse satisfaisante. Mais la police n'avait de cesse de lui répéter que les preuves ne jouaient pas en faveur de Snow. Mon Dieu, ils avaient même retrouvé des magazines pornographiques dans son appartement. *Je refuse d'y croire. Je refuse.*

Il se traîna jusqu'aux vestiaires. La plupart des autres joueurs étaient déjà douchés et habillés. Il retira son uniforme et se doucha rapidement en essayant de ne pas trop réfléchir. Il était en train d'enfiler des vêtements propres lorsque Roget et deux autres joueurs s'avancèrent vers lui.

— Excellente passe tout à l'heure, Prince.

— Merci.

— Tu as des nouvelles de l'autre pute ?

Riley se contenta de finir de s'habiller sans répondre.

— Ne t'en fais pas, s'il remet un pied sur le campus, on s'assurera qu'il ne puisse plus jamais mettre le grappin sur l'un d'entre nous. On t'appellera pour le tabasser.

Riley releva brusquement la tête, mais Rog et ses deux acolytes s'éloignaient déjà.

Il tira sur son sweat avec plus de force que nécessaire et arracha sa veste du porte-manteau.

Je refuse de croire tout ce qu'on raconte sur Snow.

Il crut entendre la voix de Danny dans sa tête qui lui répondait :

Vraiment ? Tu refuses d'y croire ? Et bien, n'y crois pas, imbécile. C'est aussi simple que ça.

DÉGOULINANT DE sueur, Snow sautillait d'un pied sur l'autre en donnant des coups de poing dans un énorme sac de sable.

— Rappelle-toi, face à un adversaire de corpulence supérieure, il faut te concentrer pour éviter les coups. Tu ne peux pas espérer l'affronter d'égal à égal. Frappe. Frappe. Bien, pas mal du tout, Reynaldi, le félicita Bash en maintenant le sac. Allez, on fait une pause.

Snow se pencha en avant et posa ses mains sur ses genoux pour essayer de reprendre son souffle. Mister P. avait insisté pour les cours de self-défense ; selon lui la vie de Snow en dépendait.

— Et n'oublie pas, si quelqu'un t'attaque, n'aie pas peur d'être vicieux. Attrape tout ce qui pourrait te servir d'arme, frappe dans l'entrejambe, donne un coup de boule. Ta priorité est de te libérer, tu m'entends ?

Snow hocha la tête en se concentrant sur sa respiration.

— On va essayer deux ou trois autres manœuvres et après, ce sera au tour de Roméo de jouer les professeurs.

Oh, mon Dieu, Roméo. Snow fit tout son possible pour se concentrer au maximum pendant ses quinze dernières minutes de cours et à la fin, il se tourna vers Bash pour le regarder dans les yeux.

— Merci pour tout, Bash.

— Tu t'en es bien sorti. Mieux que je l'aurais cru. Encore quelques leçons comme celle-ci et je pense que tu seras capable de te battre.

— Ce serait bien, soupira Snow.

— Allez, file, tu ferais mieux d'aller te doucher avant de retrouver Don Juan, plaisanta Bash avant de retourner s'installer sur l'un des bancs de musculation de la salle de gym, installée dans le garage de la fraternité.

Il souleva des haltères d'une taille inhumaine. Snow avait mal rien que de le regarder. Il tituba le long de l'escalier, se doucha rapidement et regagna la petite chambre qui lui avait été attribuée, une fois de plus vêtu des vêtements de Lib. Mister P. avait prévu de l'emmener faire du shopping le lendemain. Il n'avait aucune idée de la façon dont il pourrait le rembourser. En argent comme en gentillesse, d'ailleurs.

Très bien, leçon suivante. Ses mains tremblaient. Qu'est-ce que Mister P. entendait exactement par « les arts de l'amour » ? Et pourquoi avait-il besoin de leçons dans ce domaine ? Ce n'était pas comme s'il avait encore quelqu'un avec qui pratiquer.

Il traversa le couloir jusqu'à la porte de la chambre de Roméo, la boule au ventre, et toqua.

— Entre, appela la voix chaude et sensuelle de Roméo, comme une leçon de sexe à elle toute seule.

Snow ouvrit la porte. Roméo était assis sur son lit. Les rideaux devant la fenêtre étaient partiellement tirés, créant une ambiance intime, et de nombreuses bougies étaient allumées un peu partout dans la pièce. Une délicieuse odeur d'agrumes flottait dans l'air. Roméo était l'incarnation parfaite des arts de l'amour. Il portait un pantalon large qui tombait très bas sur ses hanches sculptées par les dieux, et une chemise en soie qui appelait aux caresses. Même ses pieds nus étaient incroyablement sexys.

— Entre. Mets-toi à l'aise.

Snow referma la porte derrière lui et se plaqua contre elle, les muscles crispés.

— Euh… Roméo, qu'allons-nous faire au juste ? Tu sais que toutes ces histoires à mon sujet ne sont pas vraies, n'est-ce pas ?

— Oui, hélas, je le sais. Mon rôle va être de te donner un peu des pouvoirs de ces rumeurs, afin que tu sois réellement irrésistible au lit.

— Pour quoi faire ?

— Pourquoi pas ?

Il marquait un point.

— Quel est le rapport avec les échecs ?

— Un vainqueur est une personne qui a confiance en elle. Comme l'a si bien dit Mister P., il te manque un soupçon d'arrogance positive. Il faut que tu sois certain d'être capable d'agir au mieux, à tout moment. Même en amour.

— Je ne sais pas trop…

— Il n'y a aucune raison de craindre la romance, elle est utile en toutes circonstances.

— Je n'en suis pas certain, protesta Snow. Le garçon dont je suis amoureux a préféré croire toutes ces rumeurs parce qu'il trouvait que j'étais trop… disons *accompli*, pour être vierge.

C'était tellement douloureux de le dire à voix haute.

— Ton petit ami n'a pas l'air très expérimenté.

— J'imagine que non, il vivait dans le placard depuis son entrée à l'université.

Roméo indiqua la chaise à côté du lit et lui fit signe de s'asseoir. Snow s'exécuta.

Il s'installa confortablement en tailleur sur son lit, posa ses coudes sur ses genoux, et son menton dans ses mains.

— Pendant des millénaires, ces crétins d'êtres humains ont joué à un jeu absurde. Ce jeu nécessitait que les femmes soient vierges pour être désirables. Et si elles montraient trop d'intérêt pour le sexe, elles étaient alors taxées de catins. Quant aux plus timorées que les hommes ne jugeaient pas assez inventives au lit, elles étaient abandonnées et trompées par leurs compagnons qui partaient en quête d'une relation plus pimentée. Il s'agit d'un schéma social, uniquement construit pour satisfaire tous les désirs de l'homme. Un schéma non monogame, permets-moi d'ajouter. C'est hypocrite, destructeur, et le pire ramassis de conneries que j'ai entendues de ma vie.

— Mon Dieu, je n'avais jamais pensé à ça comme ça.

— Forcément, tu es un homme. Et tu n'as jamais été amené à y réfléchir, jusqu'au jour où on t'a fait subir la même chose.

— Je ne pense pas que Riley voulait à tout prix que je sois vierge, remarqua Snow en fixant ses chaussures.

— Peut-être pas, mais l'idée lui plaisait.

— J'imagine.

— Elle lui plaisait parce que ça voulait dire que s'il était ton premier, quelque part, tu lui appartiendrais.

— Oui, sans doute.

— Tu ne lui appartiendras jamais, Snow. Tu n'appartiens qu'à toi-même.

Snow redressa la tête, la bouche ouverte. Comment un concept aussi simple pouvait-il le secouer à ce point ?

— Ton affection n'a ni plus ni moins de valeur en fonction de ton expérience sexuelle. Ce qui a de la valeur, ce sont les choix que l'on fait. Le choix de tenir à une personne pour ce qu'elle est, et non pour l'hymen imaginaire de son trou du cul.

— Imagé, mais efficace, répondit Snow avec un rire de surprise.

— Mettons-nous au travail. Il est temps de te rendre sexuellement irrésistible. Quant à ton petit ami, il va falloir qu'il mûrisse un peu.

— Euh… Ne te méprends pas, je te trouve vraiment très beau, mais je ne me vois pas…

Roméo sortit un énorme vibromasseur rose, sur lequel était déjà déroulé un préservatif, et le posa devant lui sur le lit.

— J'apprécie le compliment, mais je te rassure, voici l'instrument avec lequel tu vas t'entraîner.

Il tendit l'objet à Snow, qui le saisit avec des mains hésitantes, et lui lança une petite bouteille de lubrifiant.

— Merci ? répondit Snow en riant maladroitement et en se sentant rougir.

— Nous allons commencer par la masturbation. Attrape le lubrifiant.

Snow déglutit et obéit.

— L'amour physique présente un nombre incalculable d'aspects différents, et chacun d'entre eux possède ses qualités, sa beauté unique. La bouche, par exemple, possède chaleur et humidité, et elle est capable d'une succion divine. Les fesses se serrent et se desserrent sur commande, et possèdent qui plus est la valeur psychologique de l'intimité suprême : elles sont les portes littérales du corps, elles permettent d'entrer en l'autre afin d'être connecté à lui de la plus intime et la plus profonde des façons.

Il leva un long doigt élégant dans les airs.

— Mais il ne faut jamais oublier les mains, qui possèdent des qualités uniques, une dextérité que la langue n'aura jamais, et plus de contrôle que les fesses ne pourront jamais en rêver. Voyons un peu de quoi tu es capable.

Roméo enduisit ses mains de lubrifiant et se saisit d'un vibromasseur semblable à celui qu'il avait donné à Snow.

— Commençons avec les bases. Le classique attraper-tourner. Tiens-le bien fermement à la base d'une main, remonte-la vers le haut en serrant, attrape de nouveau la base avec l'autre main, et fait tourner la paume de la première main serrée autour du gland.

Snow répéta le mouvement jusqu'à ce qu'il le maîtrise parfaitement. *Difficile de ne pas penser à la chair brûlante du sexe de Riley.*

— Très bien. À présent, il est temps de faire des étincelles, boy scout. Mets tes deux mains de chaque côté à la base, et fais-les glisser ensemble comme si tu faisais tourner un bâton pour allumer un feu.

— Vraiment ? Et ça procure du plaisir ?

— Fais-moi confiance, c'est une technique extraordinaire, tant que ton partenaire n'est pas trop près de l'orgasme. À ce moment-là, il risque d'être trop sensible pour une stimulation de ce niveau.

— C'est étrangement fascinant.

— Tu vois, dit Roméo en souriant, ce n'est rien de plus pour toi qu'une autre science à maîtriser.

Il posa le vibromasseur tout droit sur le lit.

— Et maintenant, la bouche.

XIX

RILEY S'APPROCHA de Mike Henderson, en s'arrangeant pour le surplomber et bien marquer les quinze centimètres de plus qu'il mesurait.

— Tu vas me dire exactement ce qui s'est passé, et crois moi, je saurai si tu mens.

— Tu sais déjà ce qui s'est passé, répondit Henderson en levant les mains en signe de reddition. Je l'ai dit à la presse, je l'ai dit à police, je ne vois pas pourquoi je devrais encore le répéter.

— Parce que si tu ne le fais pas, je vais te refaire le portrait.

— C'est bon Riley, je sais qu'il t'a fait la même chose.

— De quoi tu parles ?

— Snowden Reynaldi, je sais qu'il t'a demandé de le payer pour coucher avec lui.

Riley serra les poings et plissa les yeux.

— Faux. Je ne lui ai jamais rien payé, et je suis presque certain que toi non plus. Je suis même certain que tu n'as jamais vraiment couché avec lui. À moins que tu l'aies forcé ? Est-ce que c'est ce qui s'est passé, Henderson ? Est-ce que tu as essayé de le violer ? demanda Riley en levant un poing au-dessus de son visage.

Henderson n'avait pas besoin de savoir qu'il n'avait aucune intention d'utiliser la force. Un peu de peur ne lui ferait pas de mal.

— Quoi ? Non ! Je n'ai jamais…

— Jamais quoi ? Hein ? Dis-moi, Mike ! Qu'est-ce qui t'a plu avec Snow ?

— Il… euh… Il était doué à… aux… à l'oral.

— Il suce bien ?

— Voilà, c'est ça. Comme un pro.

— Et ce truc qu'il fait avec son piercing à la langue, c'est excitant, hein ?

— Quoi ? Oh, oui. Super excitant.

— Il n'a pas de piercing à la langue, espèce de crétin ! s'énerva Riley en l'attrapant par le col de son pull et en le soulevant du sol.

— Si, si, mais il l'enlève des fois.

— Il est temps de dire la vérité, Mike. Combien on t'a payé pour raconter tout ça ? Dis-moi, ou je vais faire de ta vie un enfer. Chaque. Jour. De. Ta. Vie.

— Mais Riley, à quoi tu joues ? Ils m'avaient dit que tu étais dans le coup !

— Dans le coup ?

— Mais oui, ils m'ont dit que Snow t'avait manipulé, c'est pour ça que j'ai accepté.

— Est-ce que j'ai l'air d'être « dans le coup » ? grogna Riley en le soulevant un peu plus haut.

Henderson tenta d'avaler sa salive, ce qui devenait de plus en plus en difficile.

— Je n'aurais jamais accepté si j'avais su que tu étais contre, Riley, je te le jure !

— Combien, Mike ?

— Riley, je ne peux pas…

— Combien ? lui hurla-t-il au visage.

— Dix mille dollars. J'en avais besoin. Mon père est malade et il ne peut pas m'aider à payer mes études.

— Et ça ne te dérange pas de te rendre complice d'un crime ?

— Ils m'ont dit que je m'en sortirais si je gardais le silence, dit-il en se débattant pour essayer de se dégager.

— Est-ce qu'ils t'ont déjà payé ?

— La moitié.

— Qui sont-ils ?

— Je n'en sais rien ? On m'a donné les ordres par téléphone et l'argent a été déposé dans ma boîte aux lettres.

Et merde. Riley desserra légèrement son étreinte.

— Quand j'irai voir la police, je compte sur toi pour soutenir mes propos et dire la vérité, c'est compris ?

— Ils vont me reprendre l'argent, Riley, murmura Mike, au bord des larmes. Ils vont me faire du mal.

— On trouvera une solution. Mais tu as intérêt à dire toute la vérité, d'accord ? Sinon, c'est moi qui vais te faire du mal, et tu regretteras le temps où tu avais encore le choix beaucoup plus simple de faire des études moins onéreuses.

— D'accord, d'accord, j'ai compris. Mais tu dois me croire, je ne suis pas un pourri. En temps normal, je n'aurais jamais fait un truc pareil.

Riley songea tristement qu'en effet, c'était pour ça qu'il avait cru sa parole, plutôt que celle de Snow.

— Tout ce que je te demande, c'est de dire la vérité quand j'en aurai besoin. En attendant, fais-toi discret.

— Oui, mais Riley, je ne l'ai fait que parce que…

— Ça m'est égal, Mike. On fait tous des erreurs. Ce qui compte, c'est de les réparer.

— D'accord. Tu as raison. Je veux aider, je veux réparer le mal que j'ai fait.

Riley le reposa sur ses pieds, prit une profonde inspiration, et fit demi-tour en décollant discrètement le petit appareil enregistreur scotché sous son tee-shirt.

— Bordel de merde ! hurla Anitra en jetant le journal aussi loin que possible.

Elle se saisit ensuite d'une tasse de café et la fracassa contre le comptoir en granit.

— Qu'est-ce qui t'arrive, encore ? demanda Hunter en levant les yeux de son stupide livre d'aventures pour adolescents.

— Regarde, dit-elle en serrant la mâchoire et en pointant la première page du *Daily Mirror* froissée sur le sol.

— Où ? demanda-t-il en soupirant et en se penchant sur le journal.

— Oh, excuse-moi, est-ce que mes problèmes t'ennuient ?

— Non, répondit-il calmement, mais je ne sais pas ce que tu veux que je regarde.

— Juste là ! s'énerva-t-elle en pointant un petit encart publicitaire du bout de son escarpin.

Hunter pencha la tête sur le côté pour le lire et fronça les sourcils.

— On est dans la merde.

— Dans la merde jusqu'au cou ! Une merde noire ! Est-ce que tu sais ce que ça veut dire ?

Sur l'encart, on pouvait lire : « Snowden Reynaldi, vedette du tournoi Anderson, réservez vos tickets avant qu'il ne soit trop tard. »

— Ils parlent de toi dans l'article juste en dessous, fit remarquer Hunter. Là, en tout petit.

— Merci de ta sollicitude, dit-elle en donnant un coup de pied dans le journal. Il va quand même participer au tournoi !

— On dirait que les organisateurs se fichent bien de savoir ce qu'il fait de sa vie sexuelle.

— Tu trouves que la situation est amusante ?

— Bien sûr que non, c'est une simple remarque. Tu restes inscrite quand même, ça ne change rien. Tout ce que tu as à faire, c'est le battre. Tu savoureras encore plus ta victoire.

Les poings serrés, les ongles plantés dans ses paumes, elle s'approcha lentement de lui.

— As-tu la moindre idée, dans ton pauvre petit cerveau de ver de terre, du niveau requis pour battre Snowden Reynaldi aux échecs ?

Il grimaça et elle sourit.

— Non, bien sûr que non, tu n'en as strictement aucune idée. Ton quotient intellectuel n'appartient même pas à la même sphère que celui de Snowden Reynaldi. Il est impossible à battre !

— Mais je croyais que tu étais douée ?

— Oui, je suis douée ! Peut-être même plus que ça, mais Reynaldi est un véritable génie.

Quelqu'un sonna à la porte.

— Qui est-ce ? demanda-t-elle en dévisageant Hunter. Tu attends quelqu'un ?

— Non, personne.

Elle avança jusqu'au miroir juste à côté de la porte pour vérifier son maquillage. *Magnifique.* Puis, elle ramena ses cheveux en chignon à la base de sa nuque. Le style de la presque-veuve. C'était elle qui l'avait inventé. Après tout, cet imbécile de Kingsley était encore en vie. Mais il n'en avait plus pour très longtemps.

— Ramasse le journal, espèce de crétin, cria-t-elle à Hunter avant d'aller ouvrir la porte d'entrée.

Riley Prince. Qu'est-ce qu'il pouvait bien faire là ?

Il a l'air triste et résolu. Tant mieux.

— Riley, quelle surprise. Comment allez-vous ?

— Bien, madame, compte tenu des circonstances.

— Je sais ce que vous ressentez, dit-elle en posant une main sur sa joue.

— Je ne voulais pas vous déranger.

— Vous ne me dérangez pas, voyons, il faut bien que la vie continue.

— Je me suis beaucoup attaché au professeur Kingsley pendant la période de mes cours de soutien en physique.

184

— Comme c'est touchant.

— J'aurais beaucoup aimé pouvoir lui rendre visite.

— Seule la famille y est autorisée, mon garçon.

— Je sais, je me suis dit que vous me donneriez peut-être la permission de le voir, ne serait-ce qu'un moment. Si vous voulez, je pourrais lui déposer quelque chose de votre part, comme des fleurs, ou bien son livre préféré pour que vous puissiez lui faire la lecture quand vous venez le voir. Je pourrais même parfois prendre le relais, si vous voulez. Ça doit être tellement difficile pour vous, avec toutes les responsabilités que vous avez déjà.

Anitra l'observa attentivement. Ce jeune homme était tellement séduisant. Pourquoi voulait-il passer du temps dans un hôpital nauséabond ?

— C'est très délicat de votre part.

— J'ai pensé que vous pourriez écrire un mot m'autorisant à lui rendre visite ?

— Bien entendu, et votre idée de lui apporter son livre préféré est très attentionnée. Entrez donc, ne restez pas dehors.

Il la suivit dans le salon. Hunter était affalé dans un fauteuil.

— Est-ce que vous connaissez mon cousin, Hunter ?

— Non, je ne crois pas, dit-il en lui tendant une main.

Hunter se leva pour la serrer et le salua d'un signe de tête.

— Vous êtes l'ami de Snow.

— Il m'a donné des cours de physique, mais je crois que ce serait bizarre de dire que c'est mon ami avec tout ce qui s'est passé. Je suis désolé pour ce qui vous est arrivé, j'ai vu ça à la télé.

— Moi, je n'ai rien eu, répondit Hunter en haussant les épaules. C'est pour ma voiture, surtout. Mais l'essentiel, c'est que Snow a survécu.

Anitra posa une main parfaitement manucurée sur l'avant-bras de Riley.

— Je vais vous écrire ce petit mot pour aller à l'hôpital.

— Et n'oubliez pas le livre, dit-il en souriant poliment.

Dieu que ce garçon était beau.

— Le livre, bien sûr.

— Madame…

— Appelez-moi Anitra.

Il sourit de nouveau, avec ses fossettes cette fois.

185

— D'accord, Anitra. Est-ce que je pourrais avoir un verre d'eau ? Je n'aime pas boire à la fontaine de l'hôpital.

— Bien sûr, Hunter va vous servir.

— Ne vous embêtez pas, protesta Riley en levant une main. Vous êtes en train de lire, je connais ce roman, il est génial, dit-il en pointant du menton le livre d'Hunter. Je suppose que la cuisine est là-bas, au fond ?

— Oui, oui, acquiesça distraitement Anitra.

— Je me dépêche.

Elle prit le temps d'admirer les muscles de ses fesses tandis qu'il s'éloignait. Elle avait entendu dire qu'il était gay. Peut-être qu'elle pourrait le faire changer d'avis. Que lui avait-il demandé déjà ? Ah oui, le livre. Elle se tourna vers la bibliothèque. Que diable allait-elle choisir ? Elle n'avait aucune idée du genre de livre qu'Harold préférait. Peut-être qu'elle ferait mieux de monter voir dans son bureau.

— Je reviens tout de suite, dit-elle en lançant un regard dédaigneux à Hunter avec son livre pour demeurés.

Il hocha la tête.

Cinq minutes plus tard, elle avait griffonné un mot à l'attention de l'équipe médicale afin qu'ils laissent Riley entrer dans la chambre du professeur, et choisit au hasard un roman d'Hermann Hesse en se disant qu'il suffirait de prétendre qu'il s'agissait de l'auteur préféré de son mari. Lorsqu'elle redescendit, la télévision était allumée et Hunter et Riley regardaient une émission sur le football.

— Tenez Riley, voilà pour vous.

Il se leva aussitôt. Il avait de très bonnes manières.

— Merci infiniment, madame Kingsley. J'espère que mes visites au professeur pourront alléger un peu votre quotidien.

Il lui serra la main et elle se pencha sur lui pour embrasser la peau parfaite de sa joue. Quel jeune homme appétissant. Une fois encore, elle admira le spectacle de son glorieux derrière lorsqu'il quitta la maison et traversa la rue pour rejoindre son véhicule.

— Quelque chose me dit que tu as des pensées impures, chantonna Hunter en riant.

— Et alors ? répondit-elle en souriant. Il est majeur.

— Personnellement, je ne serais pas contre un plan à trois.

— En voilà, une idée charmante, dit-elle en fixant le tas de journaux sur la table basse. Mais nous avons des valises à faire, Las Vegas nous attend et j'ai une très bonne idée pour remédier à notre petit problème.

UNE DEMI-HEURE plus tard, Riley Prince entra dans le labo de chimie où il avait rendez-vous avec son ami Josh Froder.

— C'est gentil d'avoir accepté de me voir si vite, le salua-t-il.

— Aucun problème, qu'est-ce que tu as besoin que j'analyse ?

Riley lui tendit la petite bouteille marron avec un compte-goutte qu'il avait dérobée dans la buanderie du professeur Kingsley.

— Si tu pouvais faire ça rapidement, je t'en serais éternellement reconnaissant. Je serais de retour dans une heure environ, et j'aurais besoin de déposer les analyses à l'hôpital.

SNOW FIT le tour du gigantesque salon des Iota Pi, en s'arrêtant à chaque échiquier pour faire un coup avant d'appuyer sur le chronomètre. Mister P. avait aménagé le salon afin que Snow puisse jouer en même temps contre tous les membres de la fraternité qui connaissaient les échecs. Seuls Doc, Hacker et Lib représentaient un véritable challenge, les autres n'étaient qu'une vague distraction, mais l'exercice en lui même était un excellent entraînement. En vingt minutes à peine, Snow remporta les cinq matchs des cinq échiquiers du salon. Doc s'effondra contre le dossier de sa chaise.

— Tu es tout simplement génial, et je pèse mes mots.

Snow baissa les yeux vers les chaussures flambant neuves que Mister P. lui avait achetées.

— Merci. Vous avez tous été super.

— Snowden !

Il releva la tête pour faire face à son mystérieux petit bienfaiteur.

— Mister P. ?

— Snow, ta modestie est charmante, mais je voudrais que tu essaies de t'exercer à un minimum d'arrogance. C'est ce qu'on attend d'un grand maître d'échecs.

Snow prit une grande inspiration, regarda Doc droit dans les yeux, et lui tendit la main.

— Merci pour le compliment. Vous avez été un formidable adversaire.

Ils se regardèrent pendant quelques secondes avant d'éclater de rire.

— C'était mieux, concéda Mister P., sauf pour l'éclat de rire à la fin, bien sûr. Bon ! dit-il en tapant dans ses mains, as-tu eu le temps d'essayer tous tes nouveaux vêtements ?

— Oui, monsieur, mais…

— Il n'y a pas de mais qui tienne. Tu vas avoir besoin d'une garde-robe complète une fois à Las Vegas. Après tout, lorsque l'on veut devenir un champion, il faut s'habiller comme un champion. Tu sais ce qu'on dit, la confiance en soi commence par les vêtements.

Snow regarda tour à tour tous les membres de Iota Pi. Ils avaient tendance à tous s'agglutiner autour de Mister P. chaque fois que le petit homme apparaissait. Il leur avait semble-t-il tous rendu service, d'une manière ou d'une autre. Il avait ramassé Roméo dans la rue et l'avait empêché de devenir prostitué, et il finançait les études de Doc dont les parents étaient très pauvres. Tout le monde avait toujours traité Bash comme une brute imbécile, jusqu'à ce que Mister P. découvre qu'il avait un QI de génie, et il avait fait sortir Hacker de prison. À deux reprises. Tous les Iota Pi adoraient Mister P. sans retenue.

— Allez les garçons, il est l'heure de tous faire vos bagages.

— Tous, monsieur ? demanda Snow en fronçant les sourcils.

— Bien sûr. Tu ne crois tout de même pas que nous allons manquer ton grand tournoi. Gourmet a un van assez grand pour tout le monde, c'est le véhicule idéal pour une virée à Las Vegas.

Waouh. Ils étaient tous prêts à faire le voyage simplement pour l'accompagner.

— Je ne suis pas certain, Mister P., commença Snow en souriant malicieusement, j'ai peur que ma garde-robe prenne toute la place dans le van.

Le soir même, tard après diner, Snow s'installa dans la bibliothèque avec un livre sur les échecs.

— Tu regardes dans le vide, mon garçon, lui fit remarquer Mister P. en s'appuyant contre le montant de la porte, une rose rouge à la boutonnière de son costume à carreaux.

— J'étais perdu dans mes pensées.

— Puis-je me joindre à toi ?

— Je vous en prie.

— À quoi pensais-tu ? demanda le petit homme en prenant place à côté de lui sur le divan.

— Je me demandais quel genre d'adversaire elle était. Je connais le niveau et le style de jeu de la plupart des participants, je sais desquels je dois me méfier, mais je ne sais rien d'elle.

— Elle a su rester tapie dans l'ombre.

Snow poussa un grand soupir.

— Que je gagne ou que je perde, ça ne changera rien. Le professeur est toujours entre la vie et la mort, je suis toujours renvoyé de NorCal et suspect dans une enquête policière, et je n'ai pas d'argent pour vous rembourser.

Et j'ai perdu Riley.

— Chaque chose en son temps, Snow.

— Je sais, mais je veux que vous sachiez qu'après toute cette histoire, je trouverai un travail, et je vous rembourserai jusqu'au dernier centime. J'y ai beaucoup réfléchi, je suis plutôt bon en physique, certaines sociétés pourraient avoir besoin de mes services. Je suis assez doué pour qu'ils oublient de regarder mon casier judiciaire, ajouta-t-il en riant.

— Ah, et bien, la voilà, l'arrogance que j'attendais.

— Oh, non, monsieur, je ne voulais pas…

— Snowden, tu étais si bien parti.

Le jeune homme regarda l'étrange petit elfe dans les yeux et sourit.

— Oui, monsieur.

— BIENVENUE AU Cinq diamants, madame Kingsley, nous espérons que vous allez passer un agréable séjour.

— Merci, répondit Anitra en souriant et en réajustant son chapeau de marque à larges bords.

Elle jeta un coup d'œil à Hunter qui se tenait dans le hall avec tous leurs bagages.

— Nous vous avons réservé une suite avec deux chambres, comme convenu, dit le réceptionniste en regardant l'écran d'ordinateur. Pour vous et votre cousin, c'est ça ?

Il prononça le mot « cousin » de la même manière que Barney disait « nièce », dans *Pretty Woman*. Anitra afficha une expression de profonde détresse.

— Avec l'état de santé de mon mari, mon cousin a eu l'immense gentillesse de venir s'occuper de moi. S'il devait y avoir le moindre changement, je me verrais dans l'obligation de rentrer en Californie de toute urgence, et Hunter est là pour s'assurer que je ne sois pas submergée par le stress.

Est-ce que j'en fais trop ? Mais non, le réceptionniste hocha la tête comme un idiot, sans poser de question, et lui lança un regard plein de commisération.

— Je suis vraiment désolé pour votre mari, et je vous souhaite bonne chance pour votre tournoi.

— Merci, dit-elle en récupérant la clé électronique qu'il lui tendait.

Un flash d'appareil photo se déclencha derrière elle, et elle se retourna avec un immense sourire. Une jeune femme s'approcha d'elle.

— Êtes-vous Anitra Kingsley ?

— Oui, c'est moi, en effet.

— Vous êtes encore plus belle en vrai que dans les journaux, s'extasia la jeune femme. Je n'arrive pas à croire que vous êtes aussi une championne d'échecs.

— Il ne faut jamais partir du principe qu'une belle femme est forcément écervelée, ma chère. Regardez-vous.

— Oh, merci, répondit-elle en portant une main à sa poitrine. Est-ce que je peux vous demander un autographe ?

— Bien sûr, répondit Anitra en signant le programme du tournoi que lui tendit la jeune femme.

Puis elle la salua et se dirigea vers Hunter, qui avait l'air de quelqu'un qui s'ennuyait et qui s'apprêtait à faire une bêtise. Elle lui sourit, comme une cousine sourirait à son cousin, et chuchota entre ses dents serrées.

— Détends-toi un peu, je suis censée attirer l'attention, et c'est ce que je suis en train de faire.

— C'est ça. Tu as fini ? On peut monter ?

Sur le chemin jusqu'aux ascenseurs, deux autres personnes les arrêtèrent pour demander une photo à Anitra. *J'espère que ce sont des journalistes,* songea-t-elle. Enfin, ils arrivèrent à la porte de leur suite, au quatorzième étage.

Hunter lâcha négligemment les valises sur le sol et regarda autour de lui.

— Pas mal.

Il y avait un petit salon, avec une baie vitrée qui donnait sur le Strip, et deux chambres. Anitra examina le canapé et les deux fauteuils en velours bleu d'un œil critique.

— J'aurais préféré une suite avec accès à la piscine, mais ça fera l'affaire. C'est tout ce que je pouvais m'offrir, dit-elle en jetant un coussin à travers la pièce dans un geste d'humeur.

— Quand auras-tu le contrôle des comptes bancaires ?

— Pas avant que l'autre vieux croûton ne meure. J'ai essayé de le convaincre de mettre ses comptes à mon nom, mais je ne voulais pas non

190

plus trop insister, il se serait douté de quelque chose. Techniquement, je n'ai été marié à lui que quelques heures avant son coma. Dieu merci, sans quoi j'aurais été obligé de coucher avec lui, dit-elle avec un frisson de dégoût. Ses avocats refusent de me donner plus qu'une maigre indemnité en attendant de connaître son sort, mais dès qu'il aura rendu l'âme, tout m'appartiendra.

— Tout, et plus encore, ajouta Hunter en souriant.

— Voilà un slogan qui me plait beaucoup, « Tout, et plus encore ». Je crois que je vais le faire broder sur un coussin.

Ils éclatèrent de rire à l'unisson. Ils déballèrent leurs affaires chacun dans une chambre afin de ne pas attirer les soupçons du personnel de l'hôtel. Lorsqu'Anitra sortit de la sienne, Hunter était déjà en train de parcourir le choix de films porno à louer sur la télévision de l'hôtel.

— Tu feras ça plus tard. Je dois descendre remplir tous les papiers pour le tournoi et montrer mon visage aux journalistes. Quant à toi, il faut que tu t'occupes de Reynaldi.

— Très bien, soupira-t-il en éteignant l'écran.

— Tu sais ce que tu as à faire. Et arrange-toi pour que ça ait l'air d'un cambriolage. Tu n'as pas le droit à l'erreur, cette fois, c'est notre dernière chance.

— Je sais. Je m'en occupe.

— Comme tu t'en es occupé la dernière fois ? demanda-t-elle en plissant les yeux.

— Ce n'est pas de ma faute s'il s'est réveillé.

— Ce n'est jamais de ta faute, Hunter, dit-elle en enfilant ses lunettes de soleil pour se donner un air mystérieux.

Elle portait une robe fourreau noire qui épousait parfaitement ses courbes harmonieuses.

— Je remporterai ce tournoi d'une manière ou d'une autre, annonça-t-elle. Mon futur en dépend. Le tien aussi, lui rappela-t-elle en se dirigeant vers la porte d'une démarche chaloupée.

— Très jolie robe.

— Merci, dit-elle en se retournant pour lui envoyer un baiser par-dessus son épaule. C'est ma tenue de veuve.

XX

Hacker était au volant du van lorsqu'ils arrivèrent enfin sur le parking du Cinq diamants. Ils avaient fait plus de onze heures de route. Mais comme ils étaient sept à se relayer (visiblement, Mister P. ne conduisait pas non plus), ils avaient pu faire toute la route d'une traite, en ne s'arrêtant que pour manger ou aller aux toilettes. Le gigantesque hôtel qui se dressait devant eux était construit dans une architecture moderne, avec des lignes droites et épurées, et beaucoup de surfaces en métal qui brillaient comme des diamants sous le soleil brûlant de Las Vegas.

En attendant le voiturier, Mister P. se tourna pour regarder Snow.

— Es-tu prêt à tous les séduire ?

Snow poussa un long soupir tremblant.

— Je vais faire de mon mieux, monsieur. Mais ce n'est pas dans ma nature.

Mister P. le détailla des pieds à la tête et se tourna vers Roméo.

— Excellent travail, mon garçon. Un look dévastateur, mais naturel. Tu es d'ailleurs toi-même très séduisant.

— Merci, monsieur, répondit Roméo avec un grand sourire.

Roméo avait coiffé les longs cheveux noirs et ondulés de Snow avec un produit pour faire ressortir leur brillance. Il lui avait également mis un soupçon indétectable de mascara et de rose à lèvres pour souligner les traits de son incroyable visage.

— C'est vrai que tu es très beau, Roméo, le complimenta Snow en souriant.

Les cheveux de Roméo étaient presque aussi noirs que ceux de Snow, mais raides et un tout petit peu plus courts. Il les avait tirés en arrière pour dégager son visage fin et anguleux. Il portait une chemise d'un blanc immaculé, avec les deux premiers boutons ouverts pour découvrir le V tentant de sa gorge, et un costume noir près du corps qui complimentait sa silhouette élancée.

— Tu ressembles à une star de cinéma.

— Ou à un mafieux, ajouta Doc.

— C'est exactement ce qu'il nous faut pour susciter la curiosité du public, expliqua Mister P. en levant un doigt. La plupart des gens auront lu les gros titres de la presse, et ils seront tous surpris de voir Snow arriver au bras d'un jeune homme d'une beauté égale à la sienne. Les médias vont vous adorer. Je compte sur toi pour jouer ton rôle, Snowden.

— Je tâcherai de ne pas vous décevoir, monsieur.

— J'en suis certain. Est-ce que tout le monde est prêt ?

— On est prêts, Mister P., répondit Doc.

Enfin, le voiturier s'approcha d'eux. Le van n'était peut-être pas un classique, comme une limousine blanche, ou un coupé sport, mais c'était un modèle Mercedes récent assez luxueux et volumineux pour attirer l'attention, exactement ce que voulait Mister P.

— Bonjour messieurs. Bienvenue à l'hôtel Cinq diamants, les salua le voiturier en ouvrant la portière arrière pour laisser descendre les passagers.

Bash sortit le premier, vêtu d'une chemise, d'une cravate et d'un costume noirs, et d'une paire de lunettes de soleil. Il glissa une main à l'intérieur de sa veste, comme pour réajuster une arme à feu imaginaire, et observa attentivement le groupe d'une centaine de personnes qui s'étaient amassées à l'entrée de l'hôtel, dans l'espoir de croiser des champions d'échecs. Doc sortit ensuite, accoutré de la même tenue, et se posta de l'autre côté de la portière. Il était plus petit que Bash, mais il était trapu et avait l'air menaçant. Snow avait très envie de rire, mais ça ne faisait pas partie du script.

Ensuite sortirent Gourmet et Lib. Ils étaient censés jouer le rôle de « l'entourage ». Ils firent mine d'échanger des confidences à voix basse et de saluer des amis imaginaires dans la foule, avant de se retourner vers le van, l'air excité. Hacker était déjà descendu du siège conducteur pour confier les clés au voiturier, et il les rejoignit. Déjà, la foule s'était épaissie, et beaucoup de gens sortaient de l'hôtel pour voir qui venait d'arriver et faisait ainsi sensation.

Monsieur Pennymaker descendit alors du véhicule. Il portait un costume rose, si élégant et si provocant que tout le monde cessa de parler pendant quelques secondes. Il tendit une main à l'intérieur du véhicule pour aider BB à en sortir. Ballet Boy éleva encore le niveau de provocation en dévoilant une combinaison moulante argentée, qui mettait délicieusement en valeur son corps de danseur. Mister P. et lui s'écartèrent pour laisser place au grand final.

Des soupirs d'admirations parcoururent la foule lorsque Roméo sortit du van. Il n'y prêta aucune attention, et se tourna vers le véhicule comme s'il n'avait d'yeux que pour le dernier occupant. À l'intérieur, Snow tremblait comme une feuille. Il réajusta ses lunettes de soleil, prit une profonde inspiration et prit la main de Roméo. Il se tourna aussitôt vers la foule qui avait doublé de volume en quelques minutes, retira ses lunettes et sourit avec une assurance montée de toutes pièces.

De nombreuses personnes poussèrent des « Ooooh » et des « Aaaah » enthousiastes, et quelqu'un cria :

— Snow, est-ce que vous avez l'intention de remporter le tournoi ?

Il n'eut pas besoin de jouer la comédie pour avoir l'air timide. Il baissa les yeux vers ses chaussures en cuir italien, puis les releva pour faire face à l'homme qui lui avait posé la question.

— À votre avis ?

Des cris de jeunes femmes retentirent, et Bash et Doc se rapprochèrent de Snow comme s'il risquait à tout moment d'être attaqué par des adolescentes hystériques.

Snow se cramponna au bras de Roméo et leva les yeux vers la façade de l'hôtel.

— Tu t'en sors très bien, joli cœur, le rassura Roméo en se penchant sur lui.

Ils avancèrent jusqu'au portique de l'entrée et une journaliste avec un micro s'approcha d'eux.

— Bonjour, Snow, je suis Kizzy Applegate, de la chaîne Chess TV, est-ce que vous avez un moment ?

— Bien sûr, répondit-il en lâchant le bras de Roméo pour aller vers elle.

— Dites-moi, c'est un tout nouveau look pour vous, non ?

Snow se força à rire en ayant l'air le plus naturel possible, l'estomac noué.

— C'est mon ami Randy qui s'est occupé de tout, ça vous plaît ? demanda-t-il en tournant sur lui-même.

— Vous êtes superbe. J'ai toujours pensé que le monde des échecs manquait un peu de mode.

Ils rirent ensemble.

— J'ai entendu dire que vous avez rencontré quelques ennuis chez vous, en Californie. J'espère que tout s'est arrangé.

— Oui, dit-il en prenant un air soucieux. Malheureusement, j'ai été accusé à tort. Mais peut-être ne s'agit-il que d'un malentendu, je veux laisser à ces gens le bénéfice du doute. Mes avocats sont sur l'affaire au moment même où je vous parle. Les organisateurs du tournoi ont eu la gentillesse de ne pas prêter attention à tous ces commérages et ils ont insisté pour que je vienne.

— Et je les comprends, dit-elle en regardant la caméra. Que serait un tournoi d'échecs de cette envergure sans le grand maître Snowden Reynaldi ?

— Je suis flatté, répondit-il.

— Avec ce nouveau look qui vous va à ravir, et le charmant jeune homme qui vous accompagne, quelque chose me dit que vous allez faire une excellente publicité à ce tournoi.

— Vous êtes trop gentille, Kizzy. Je transmettrai votre compliment à Randy.

Elle secoua sa main libre en souriant.

— Une chose est sûre, vous êtes la preuve qu'un grand maître d'échecs peut faire une entrée de rock star, Snow.

Il rit de nouveau.

— Je ne sais pas si c'est vrai, mais merci beaucoup, dit-il en se penchant pour l'embrasser sur la joue.

Toutes les jeunes femmes de la foule se mirent à crier et Kizzy rougit légèrement. Snow recula, lui fit un petit signe de main, et reprit le bras que lui offrait Roméo pour entrer dans le hall de l'hôtel, les jambes tremblantes.

Hacker était déjà parti devant pour récupérer les clés de leurs chambres, et ils montèrent directement à leur étage. Une suite pour Snow, Roméo, et Mister P., et trois chambres additionnelles pour le reste des Iota Pi, de part et d'autre de la suite.

ANITRA OBSERVA avec horreur leur petite troupe, les fans qui les suivaient en criant, et la horde de journalistes qui leur collaient aux basques, et monta dans l'ascenseur.

— Mais qu'est-ce que c'est que cette mascarade ?

— Baisse d'un ton, souffla Hunter.

Elle mourrait d'envie de le frapper, mais elle savait qu'il avait raison.

— Qu'est-il arrivé à l'ancien Snowden Reynaldi ? demanda-t-elle dans un chuchotement enragé. Ce misérable petit rat n'a jamais su s'habiller correctement et il n'est même pas capable de tenir une conversation sans bafouiller ou regarder ses pieds ! Qu'est-ce qui s'est passé ?

— Je ne sais pas, mais sa tenue à elle seule coûte plus cher que le van dans lequel il est arrivé, et son nouveau petit ami est tout simplement renversant. Moi qui pensais qu'il était amoureux du quarterback, il a de la ressource, le petit.

— Peu importe ! s'énerva Anitra. Ce n'est qu'une raison de plus pour écraser ce sale cafard avant qu'il ne déjoue nos plans. Viens par là.

Elle fut obligée de passer quatre fois devant Kizzy Applegate avant que cette dernière remarque sa présence.

— Oh, vous êtes la nouvelle candidate. Anita... Kingsley, c'est ça ? demanda-t-elle en vérifiant sur le papier qu'elle avait entre les mains.

— C'est Anitra. *Tra*, corrigea-t-elle en souriant. Oui, c'est moi, dit-elle en relevant juste assez la tête pour que le soleil souligne le vert de ses yeux sous le bord de son chapeau.

— Eh bien, bienvenue au tournoi d'échecs international d'Anderson. C'est un plaisir de voir une aussi jolie femme représenter le monde des échecs.

— Merci. Entre femmes dans ce milieu si masculin, il faut savoir se serrer les coudes, vous n'êtes pas d'accord ?

— Incontestablement. Et c'est si agréable de voir une compétition mixte, qui permette aux hommes comme aux femmes de se confronter à l'élite.

— Tout à fait. Les tournois réservés aux femmes sont une pratique archaïque, comme si nous étions d'un intellect inférieur et devions être parquées dans un petit enclos à part.

— Bien dit, Anitra. Au fait, avez-vous vu Snowden Reynaldi ? Il a fait une apparition à couper le souffle.

Anitra enfonça ses ongles dans la paume de ses mains en se forçant à chercher une réponse civilisée.

VINGT-QUATRE HEURES plus tard, Snow errait dans les couloirs de l'hôtel à la recherche de sa suite. C'était au moins la sixième fois aujourd'hui qu'il s'égarait dans ce gigantesque labyrinthe. Il regarda les numéros sur les portes de chambres. Il y était presque.

Il avait eu une longue journée. Le premier round du tournoi venait de s'achever, et il avait disputé et remporté cinq matchs. Mister P. les avait ensuite invités au restaurant, lui et les sept membres de Iota Pi, puis Snow avait dû se rendre à une réunion organisée par le tournoi pour discuter de la mise en place d'un fond de charité qu'ils voulaient parrainer. Il se traîna d'un pas épuisé le long de l'interminable couloir en pensant à tous les Iota Pi.

Il ne savait pas pourquoi ils étaient tous aussi gentils avec lui, mais il avait bien l'intention de leur rendre la pareille. Plus que tout, il était reconnaissant envers Mister P. Sans lui, les membres de la fraternité n'auraient sans doute jamais cru son histoire.

Le couloir bifurqua et il atterrit dans un nouveau hall d'ascenseurs. Un mouvement sur la droite attira son attention. Il leva la tête et aperçut Hunter qui se tenait debout, appuyé contre le mur face aux ascenseurs.

Snow fit aussitôt demi-tour et reprit le virage du couloir dans le sens inverse. Les conseils de Bash résonnaient dans sa tête.

« *Face à un adversaire de corpulence supérieure, ta priorité est de trouver un moyen de t'enfuir.* »

— Snow, attends !

Et puis quoi encore ? Il remonta le couloir à toute vitesse, sans avoir aucune idée d'où il allait. Malgré les sons étouffés par la moquette, il pouvait entendre Hunter courir derrière lui. S'il voulait seulement lui parler, pourquoi le poursuivait-il en courant ? *Je ne sais pas, mais tu ferais mieux d'accélérer !*

Un homme ouvrit la porte de sa chambre et sortit dans le couloir. *Sauvé !* Mais en voyant Snow s'approcher de lui en courant, il prit peur et se renferma aussitôt. *Tant pis.* Snow poursuivit son chemin sans s'arrêter pour toquer, il n'avait pas le temps de courir ce risque, et le type ne lui ouvrirait sans doute pas.

Haletant, il prit un nouveau virage et s'engagea dans un autre couloir immense. Il saisit le portable flambant neuf dans sa poche et tenta de le déverrouiller. Maudits écrans tactiles ! Il finit par apercevoir un panneau lumineux qui indiquait une cage d'escalier. Était-ce une bonne idée ? S'il s'engageait là dedans, Hunter pourrait très bien le tuer et abandonner son corps. On ne le retrouverait sans doute pas avant des jours. Ce n'était pas une bonne idée du tout. Il ne lui restait plus qu'une seule solution.

Il s'arrêta brusquement et tourna sur lui-même, en position de défense, prêt à combattre.

Hunter écarquilla les yeux et s'arrêta à quelques pas de lui, surpris de voir Snow les poings levés. Puis, il sourit.

— Crois-moi, mon mignon, tu ne veux pas te battre contre moi. Je suis plus grand, plus fort et beaucoup plus méchant.

— Je suis censé vous laisser me tuer sans réagir, alors ?

Hunter parut décontenancé par ses mots, mais il avança lentement vers le jeune homme.

— Te tuer ? Pourquoi est-ce que je voudrais te tuer ?

— Parce que vous n'avez pas réussi la dernière fois.

— Tu dois faire erreur. Ce n'était pas moi.

— Ben voyons.

Hunter lui offrit un petit sourire ironique.

— C'est dommage, tu sais, je t'aime bien. Si seulement tu t'étais contenté d'oublier ce tournoi, j'aurais même essayé de te garder en vie, dit-il en s'avançant encore plus près.

— Je ne sais pas combien elle vous paie, mais je peux vous offrir le double.

— Comment tu pourrais faire ça ? demanda Hunter en fronçant les sourcils.

— Vous n'avez pas remarqué ma petite entrée sur scène ? Mes nouveaux vêtements ? Mes nouveaux amis ? J'ai un bienfaiteur qui est prêt à tout pour moi.

— Un nouveau client, tu veux dire ?

— Vous savez très bien que non. Il est prêt à vous payer une belle somme pour assurer ma protection.

Snow recula, jusqu'à se retrouver adossé contre l'immense baie vitrée du couloir qui surplombait un Las Vegas illuminé. Hunter pencha la tête sur le côté et croisa les bras.

— C'est une offre sérieuse ?

— Très. C'est un homme extrêmement généreux.

Snow se força à calmer sa respiration et serra le téléphone portable dans sa main. En un battement de paupière, la situation bascula.

— Je ne peux pas, elle me tuerait, dit Hunter en se jetant sur lui.

En se souvenant de ses leçons avec Bash, Snow envoya instinctivement ses genoux dans l'entrejambe d'Hunter, qui hurla en reculant aussitôt et en portant ses deux mains à son sexe. Profitant de cette douloureuse distraction, Snow le frappa dans le nez avec son téléphone portable, entendit un horrible bruit de cartilage, et Hunter poussa un autre hurlement en s'écroulant contre un mur. Des gens commencèrent à sortir de leurs chambres pour voir ce qui causait ce vacarme.

Snow s'écarta le plus possible d'Hunter et cria.

— Il m'a attaqué, appelez la sécurité !

— Oh, mon Dieu, c'est Snowden Reynaldi, s'écria une femme. Il a agressé Snowden Reynaldi, appelez la police !

Deux jeunes hommes accoururent pour attraper Hunter, qui n'était plus du tout en état de se défendre. Snow remercia silencieusement Bash pour ses conseils.

Et en parlant du loup… Bash arriva le premier sur les lieux, suivi de très près par Roméo, Doc et BB.

— Qu'est-ce que c'est que tout ce remue-ménage ?

Snow se laissa doucement retomber contre la baie vitrée en poussant un soupir de soulagement, et Roméo le prit aussitôt dans ses bras.

— Il m'a attaqué, expliqua faiblement Snow en pointant Hunter du doigt.

— C'est un menteur, gargouilla Hunter en pressant une main contre son nez ensanglanté. C'est lui qui m'a sauté dessus.

— Ça, non, certainement pas, intervint un des deux jeunes hommes qui le retenait. J'ai tout vu. J'étais venu prêter main-forte, mais le champion d'échecs sait se défendre. Il lui a collé une de ces raclées.

Snow lança un sourire à Bash en pressant son visage contre le torse de Roméo, épuisé.

— J'ai eu un excellent professeur.

— Que se passe-t-il ici ? demanda un agent de sécurité de l'hôtel en sortant de l'ascenseur.

DEUX HEURES plus tard, Snow avait regagné sa suite. Il était entouré de Mister P., Bash, Roméo et Doc. Les autres étaient partis se coucher. Un agent de police, dont Snow n'avait même pas retenu le nom tant il était fatigué, et un inspecteur du nom de Ehrardt, un grand gaillard au nez cassé, étaient assis en face de lui. Les deux jeunes hommes qui l'avaient aidé dans le couloir venaient tout juste de partir après avoir donné leurs témoignages.

— Alors, ce type, ce Hunter, vous a attaqué parce que…

Ehrhardt fit un geste circulaire de la main, comme s'il attendait la suite de l'histoire. Snow se fit violence pour ne pas pousser un soupir d'exaspération. Il savait que son histoire était difficile à croire. Et il n'avait aucune preuve.

— Comme je vous l'ai dit, il voulait m'empêcher de terminer le tournoi, parce qu'il veut assurer la victoire de sa cousine. Il a également essayé de me noyer il y a quelques jours, en Californie.

Ehrhardt le regardait comme s'il était complètement fou, mais il hocha la tête.

— J'ai l'impression que les échecs déchainent les passions. C'est vrai qu'une récompense de cent mille dollars, c'est une sacrée somme.

Soudain, la porte de la suite s'ouvrit et Snow sentit tout son sang se glacer.

Anitra Popescu, qu'il ne pouvait plus se résoudre à appeler madame Kingsley. Elle se tenait sur le seuil de la porte, son chignon tout défait et sa robe, la troisième de la journée, était froissée. Un autre policier se tenait derrière elle.

— Mon Dieu, Snowden, j'ai appris ce qui s'était passé, c'est horrible ! Je n'arrive pas à croire qu'Hunter ait pu faire une chose pareille.

Snow était très tenté de crier au mensonge, malheureusement, il ne pouvait pas. Il se leva lentement et s'approcha d'elle en la regardant droit dans les yeux.

Mister P. le suivit.

— Vous êtes madame Kingsley, je présume ? demanda-t-il poliment.

— En effet.

— Je me présente, je suis Carstairs Pennymaker, le mentor de monsieur Reynaldi. Votre… *cousin* vient d'attenter à la vie de mon jeune protégé, et je vais m'assurer qu'il fasse un très long séjour en prison, expliqua-t-il calmement en souriant.

L'espace d'un court instant, Snow crut lire de la peur dans le regard d'Anitra, mais très vite, elle se reprit.

— Je suis horrifiée par le comportement de mon cousin. Il m'accompagnait pour me soutenir dans cette période difficile, et je crains qu'il n'ait pris ma participation à ce tournoi trop à cœur. Il voulait tant me voir gagner et retrouver le sourire.

Elle plongea son visage dans ses mains en se lamentant.

— Encore une terrible tragédie dans ma vie.

— Vous envisagez de quitter le tournoi, alors ? demanda Mister P. en haussant un sourcil.

Elle redressa très vite la tête.

— Oh, non, je ne peux pas. J'ai donné ma parole aux organisateurs, dit-elle en poussant un soupir exagéré. Et tout comme Snowden, je me sens le devoir de faire ce que mon mari aurait voulu.

— Vous pensez que votre mari aurait voulu que vous affrontiez le jeune homme qu'il considère comme son propre fils ?

Snow sentit les larmes lui monter aux yeux, mais il serra la mâchoire pour les retenir.

— Bien sûr que non, répondit-elle en souriant. Mais ne serait-ce pas fantastique pour le club d'échecs de NorCal si nous remportions le premier et le deuxième prix ? Je suis convaincue que personne ne peut battre Snow.

Snow prit la main de Mister P. dans la sienne et la serra.

DEBOUT SUR le porche devant la maison, Riley faisait face à madame Wishus. Les mains fermement plantées sur ses hanches, elle leva son petit visage résolu vers lui en le scrutant de ses yeux brillants.

— Être un prince ne fait pas de toi un héros, Riley. Ce sont tes valeurs, tes choix, mais surtout tes actes, qui détermineront ton courage.

— Oui, madame, répondit-il en hochant la tête.

XXI

Debout devant son miroir, Snow vérifia une dernière fois ses poches pour s'assurer qu'il n'avait rien oublié. La clé de la suite, son Epipen, son téléphone. Le costume gris que Mister P. avait choisi lui allait comme un gant. Il était amusant de constater que le petit elfe n'autorisait de choix de couleurs extravagants que lorsqu'il s'agissait de sa propre garde-robe.

Petit déjeuner. Si seulement il pouvait convaincre son estomac de ne plus faire de nœuds et de le laisser manger quelque chose.

À son grand soulagement, il n'y avait personne dans le couloir, ce qui lui offrait quelques instants de répit supplémentaires avant de faire face au public. Même l'ascenseur était vide. Il était encore très tôt et Las Vegas n'était pas une ville matinale. Mais lorsque les portes de l'ascenseur s'ouvrirent et qu'il s'avança sur la mezzanine où se trouvaient la plupart des restaurants, presque toute la clientèle se tourna vers lui pour l'observer. Beaucoup de gens lui sourirent, et une jeune fille téméraire avança jusqu'à lui avec une serviette en papier pour lui demander de la signer. Snow la signa diligemment au nom de Margaux, et la lui tendit. Elle sourit.

— Tu aimes les échecs ?

— Non, non, répondit-elle en gloussant. Je suis juste fan de toi.

Mon Dieu que ce genre de réponse lui faisait bizarre, il ne s'y habituerait jamais.

Il s'arrêta en chemin pour signer quelques autres autographes, puis rejoignit le buffet du petit déjeuner. Lorsqu'il l'aperçut, Bash se leva aussitôt pour venir à sa rencontre. Initialement, il avait insisté pour veiller sur Snow toute la matinée, mais le jeune homme lui avait demandé quelques minutes de solitude.

— Tout va bien ? demanda Bash, inquiet.

Snow hocha la tête en le suivant jusqu'à la table ou Mister P. et les autres Iota Pi étaient déjà installés.

— Nous t'avons déjà préparé une assiette pour t'éviter d'être agressé par la presse de bon matin, le salua Mister P. en l'invitant à s'asseoir à côté de lui.

— Merci, répondit sincèrement Snow en constatant avec plaisir la présence d'une tasse de thé devant son assiette.

— C'est le grand jour, annonça Mister P. en tapant dans ses mains.

Snow but une gorgée de thé.

— Madame Kingsley est dans la liste des finalistes.

— Alors, elle ne mentait pas, dit Hacker. Elle est vraiment douée.

— C'est indéniable, on n'atteint pas un tournoi de ce niveau sans talent. Mais je soupçonne malgré tout les organisateurs d'avoir manipulé les affrontements afin de s'assurer que le match final se jouerait entre Snow et Anitra. Je les comprends un peu, ajouta Mister P. en riant, difficile de résister à tant de beauté.

— Vous ne pensez quand même pas qu'ils ont triché ? demanda BB.

— Bien sûr que non. Simplement fait en sorte que Snow et Anitra ne s'affrontent pas avant le dernier round. Elle a fait face aux joueurs les moins talentueux, et a bénéficié de deux disqualifications assez mystérieuses qui lui ont valu une victoire par défaut. Je peine à croire que ce n'est là que le fruit du hasard.

— Je ne sais pas si je vais pouvoir la battre, dit Snow en appuyant son menton dans ses mains.

— Aux échecs, on n'est jamais sûr de rien, mon garçon. Il y a trop de variables. Une chose est sûre, tu as les capacités de la battre, mais il est impossible de prédire si c'est ce qui se passera.

Snow redressa la tête pour regarder Mister P., le cœur battant.

— Je ne sais même pas si je pourrais lui faire face alors que je sais qu'elle a tenté de me tuer et qu'elle a empoisonné le professeur Kingsley. Je ne peux rien prouver, mais j'en suis persuadé. Quand je pense qu'elle sera assise sur cette chaise, en face de moi, comme si de rien n'était.

Mister P. lui lança un regard étrange, profond et magnétique.

— Ne la regarde pas, mon garçon. Concentre-toi sur l'échiquier, sur tes fans, sur tous tes admirateurs. C'est une femme désespérée, cupide et obsédée par l'argent, alors que tu es entouré de tous tes amis et que tu as un futur brillant devant toi.

— Comment pouvez-vous dire ça, Mister P. ? Mon meilleur ami est entre la vie et la mort sur un lit d'hôpital, je ne pourrai jamais obtenir mon diplôme de physique, et je n'ai même plus de maison. Tout le monde à NorCal me déteste et je suis un suspect dans une enquête de police. Je vais peut-être finir en prison et j'ai perdu mon petit a… J'ai perdu beaucoup. Par

203

sa faute ! dit-il en tapant du poing sur la table, renversant le petit pot de lait à côté de lui et éclaboussant la manche de son magnifique costume.

Snow recula précipitamment et frotta la tache avec sa serviette en papier.

— Calme-toi, mon garçon, et ne frotte pas comme ça, tu ne fais qu'aggraver les choses. Donne-moi ta veste.

Snow retira sa veste et la lui tendit. Au moins, sa chemise était intacte.

— Roméo, tu veux bien apporter sa veste au service de pressing de l'hôtel, s'il te plaît ? Et passe en chercher une autre dans la suite. Je te fais confiance pour le choix, mais je pense que la veste bleu canard lui irait à merveille.

— Je suis désolé, s'excusa Snow en secouant la tête. Je n'aurais pas dû m'emporter.

— Tu es physicien, tu sais que tout arrive pour une raison.

— Oui, mais je sais aussi que personne n'est en mesure de percevoir les interactions cosmiques qui permettraient de déterminer ces raisons.

— À ton avis, quelle pourrait être la raison, dans ce cas précis ?

— M'apprendre une bonne leçon ?

— Tu penses que le destin en a personnellement après toi ?

Mon Dieu, était-ce l'impression qu'il donnait ? Sans doute que oui, il ne faisait que se lamenter ces derniers temps.

— Bien sûr que non, ce serait ridicule.

— Bonne réponse. Alors ?

— J'ai quand même des choses à apprendre.

— Je ne dis pas le contraire. Quelles sont-elles, selon toi ?

— Je ne sais pas encore.

— Pourquoi ?

— Parce que je n'ai pas encore toutes les informations nécessaires.

— Tu vois, lui dit Mister P. en tapotant la nappe pleine de thé du bout du doigt, il ne faut pas accuser la réalité quantique de t'en vouloir personnellement alors que tu n'as pas toutes les données pour la déterminer.

Snow laissa échapper un reniflement amusé.

— Les interprétations probables de la mécanique quantique remises en question par une interprétation plus déterministe, entraînée par la théorie de l'onde pilote.

— L'onde pilote, répéta Mister P. Pourquoi pas ? Mais tu dois admettre qu'il est impossible de connaître la réalité complète de cette situation tant qu'elle n'est pas arrivée à sa fin. Tant que tu n'auras pas tous les éléments pour l'étudier.

Snow hocha la tête.

— Bien. Maintenant, finis ton petit déjeuner. Ça va bientôt être à nous de créer des ondes pilotes, ajouta malicieusement Mister P.

Snow prit une cuillerée d'œufs brouillés, termina son thé et aperçut Roméo, une veste de sport en satin bleu canard à la main.

ANITRA SE tenait debout dans le couloir, à l'extérieur de la salle dans laquelle ils allaient disputer leur dernier match. Le moment de vérité était arrivé ; Snow et elle étaient les deux derniers finalistes. Si cet imbécile de Hunter avait correctement fait son travail, elle aurait sans doute affronté un adversaire bien moins redoutable.

Elle devait à présent faire face à une décision importante. Mais était-il encore vraiment question de décider quoi que ce soit ? Non. Elle savait déjà ce qu'elle avait à faire. C'était un plan risqué, elle en était consciente, mais s'il fonctionnait, toute vie s'en trouverait changée.

Madame Turks, l'une des organisatrices du tournoi, une femme à l'air sévère et aux cheveux très courts, s'approcha d'elle.

— Je vais vous demander votre téléphone portable, madame Kingsley, s'il vous plaît. Nous ne voudrions pas d'une malencontreuse disqualification.

— Bien sûr, répondit-elle en lui tendant son téléphone, qui était sur silencieux.

À quelques pas de là, quelqu'un demanda la même chose à Snow. Il tapota les poches de sa veste, puis releva la tête vers l'organisateur.

— J'ai changé de veste ce matin, il a dû rester dans l'autre.

L'homme hocha la tête et Snow s'éloigna en prenant bien soin de ne jamais regarder Anitra, comme si elle n'existait pas. *Sale petite vermine.* Certes, elle voulait l'argent et la gloire, mais rien ne lui ferait plus plaisir que d'écrabouiller ce misérable petit insecte du bout de sa chaussure.

— Vous trouverez de quoi boire et de quoi manger sur la table que nous venons d'installer. Profitez-en, vous risquez de ne plus pouvoir manger pendant un long moment une fois le match lancé, leur annonça madame Turks.

Parfait, songea Anitra. Elle s'avança jusqu'à la table et tourna la tête pour regarder où était Snow. Il était plongé dans une intense discussion avec deux autres organisateurs. Anitra examina les plats sur la table : des légumes frais, des sauces, du fromage et quelques desserts. Elle se servit une poignée de bâtonnets de carottes et un peu de houmous sur une assiette en carton, et prit une part de brownie.

Elle s'éloigna de la table en grignotant ses carottes. Le brownie avait tout juste la consistance idéale. Elle se mit de profil et mordit dans le gâteau avec une gestuelle et des bruits exagérés.

— Mon Dieu, je m'en suis mis partout, dit-elle en riant.

Elle reposa le brownie sur son assiette et jeta le tout à la poubelle. Elle se lécha les doigts en se donnant en spectacle, puis attrapa un mouchoir dans sa poche. Elle s'essuya l'autre main, rangea le mouchoir et farfouilla brièvement dans sa poche.

Snow s'était rapproché de la table à son tour et il mangeait un morceau de fromage. Anitra sourit cruellement. Qu'il savoure son dernier repas.

SNOW TERMINA son assiette, mais son esprit était ailleurs. Il pensait à tout ce qui s'était passé ces derniers jours. Pas de lumière sans obscurité. Pas de réalité sans mesure. L'amour. L'amour était une réalité. La plus grande des réalités. Son amour pour le professeur Kingsley. Son amour grandissant pour Mister P. Son amour pour… Riley.

Comment peux-tu encore l'aimer alors qu'il t'a abandonné à la première difficulté ?

Ce n'est pas aussi simple.

Il a préféré croire toutes ces rumeurs plutôt que de te faire confiance.

Les preuves ne jouaient pas en ma faveur. Et on ne se connaît pas depuis très longtemps.

Ce n'est pas une excuse.

Il m'a appris à aimer. Et j'ai découvert que lorsqu'on aime quelqu'un, il n'est pas nécessaire d'être aimé en retour.

Non, mais ce serait un bonus sympa.

Snow soupira.

C'est vrai. Mais il faut que j'arrête de rêver.

— Mesdames et messieurs, votre attention s'il vous plaît. Le match va commencer. Souhaitons bonne chance à nos deux finalistes, annonça Eleanor Turks en ouvrant les portes de la grande salle.

Il y avait beaucoup de journalistes et d'équipes de télévision locales. C'était assez rare dans le monde des échecs, mais le tournoi Anderson attirait chaque année l'attention.

Madame Turks monta sur l'estrade pour s'adresser à l'assemblée.

— Je vais demander à ces messieurs-dames de la presse de respecter la concentration de nos champions. Vous pouvez filmer le tournoi, mais les flashs d'appareils photo sont bien évidemment interdits. Aucun commentaire, aucun bruit ne sera toléré non plus. Toute personne contrevenant à ces simples consignes se verra escortée à l'extérieur de la salle.

Aussitôt, tout le monde se tut.

L'arbitre tendit ses deux poings fermés à Anitra. Elle tapota l'un d'entre eux au hasard avec sa main gauche, l'autre toujours enfoncée dans sa poche. Pion blanc. C'était elle qui commençait. Certains experts soutenaient que ce pouvait être un avantage.

Elle sortit sa main droite de sa poche et la tendit à Snow. S'il refusait de la serrer, ce serait considéré comme un affront. Il la serra donc. Elle avait la peau glaciale, et étrangement granuleuse. Il évita délibérément son regard.

Ils prirent place sur leur siège, de part et d'autre de la table. *Concentre-toi sur l'échiquier ou sur le public. Ne la regarde pas.* Snow s'appuya contre le dossier de sa chaise et se tourna vers la foule. Il repéra aussitôt Mister P. et les garçons de Iota Pi au fond de la salle, et leur sourit. Une jolie jeune fille joua des coudes pour se faire une place devant, et lorsque son regard croisa celui de Snow, elle porta une main à sa bouche. *Un minimum d'arrogance*, résonna la voix de Mister P. dans la tête de Snow. Il offrit à la jeune fille un immense sourire, balança ses longs cheveux soyeux par-dessus son épaule, et elle poussa un petit cri excité. Pas très fort, mais assez pour faire rire le public autour d'elle. Snow chercha Mister P. du regard et lui fit un clin d'œil. Madame Turks lança un regard mauvais à la jeune fille et le silence retomba dans la salle.

L'arbitre se racla la gorge et leur demanda :

— Est-ce que vous êtes prêts ?

Snow hocha la tête et cligna des yeux. Il avait l'impression désagréable d'avoir comme du sable coincé sous la paupière. Anitra pencha légèrement la tête, comme une reine qui salue son peuple.

L'arbitre lança le chronomètre, et avec un geste théâtral du poignet, Anitra avança son cavalier en f3. Snow riposta en bougeant le sien en f6.

Ses cheveux glissèrent devant son visage et il les repoussa en passant une main dedans.

Elle bougea ensuite un pion en c4 et lui en g6. Snow toussota.

Cavalier en c3, fou en g7.

Snow passa une main fébrile sur son front. Sa peau était froide, mais il avait l'impression de mourir de chaud.

Anitra fit glisser un pion en d4 et Snow riposta avec un roque. Elle eut une petite inspiration de surprise et il leva les yeux vers elle. Elle plissa les siens et un mystérieux rictus se dessina sur son visage. Snow essuya la sueur au-dessus de sa lèvre supérieure.

Elle poussa son fou en f4 et Snow bougea un pion en d5, la main tremblante.

Je ne me sens pas bien, qu'est-ce que... Oh, non. Il reconnut immédiatement les symptômes et sa respiration devint laborieuse.

Il tira sur sa cravate, paniqué. *De l'air, il me faut de l'air. Mon Dieu, c'est pire que la noyade.*

Il se leva brusquement, tituba vers l'arrière, renversant sa chaise au passage, et quelqu'un cria son nom.

— Snow !

— Monsieur Reynaldi, que se passe-t-il ?

Au-dessus du brouhaha, il perçut la voix d'Anitra qui criait :

— Que signifie cette mascarade ? Une diversion pour ne pas avoir à avouer qu'il n'a pas les capacités de me battre ? J'exige qu'il déclare officiellement forfait !

Snow leva une main à son visage pour la renifler et reconnut l'odeur caractéristique des cacahuètes. Puis, il s'effondra sur le sol.

— Appelez un docteur !

— Est-ce qu'il y a un docteur dans la salle ?

— Que quelqu'un appelle les secours !

— Il doit déclarer forfait !

Snow serra sa poche vide avec une expression terrifiée et Mister P. apparut à ses côtés. Il s'agenouilla tout près de lui.

— Que doit-on faire, Snow ?

— Dis-nous comment t'aider, joli cœur, le supplia Roméo en attrapant son autre main dans la sienne.

— Allerg... All...

Il lui fallait son Epipen, et vite. Il parvint enfin à insérer sa main dans sa poche. Mon Dieu, non. J'ai laissé l'auto-injecteur d'adrénaline dans l'autre veste.

Une simple poignée de cacahuètes allait avoir raison de lui, là où la rivière avait échoué. Snow sentit ses voies respiratoires se resserrer jusqu'à ce que l'air ne puisse plus passer. Il ferma les yeux.

— Mon Dieu, qu'il est beau, murmura une jeune femme bouleversée.

— J'exige qu'il déclare forfait, hurla Anitra.

— POUSSEZ-VOUS ! Poussez-vous tous ! cria Riley en traversant la foule au pas de course.

Il se jeta à genoux auprès du docteur qui était déjà en train de pratiquer un massage cardiaque.

— C'est son allergie ! Il est allergique.

Le docteur leva le visage vers lui, puis se tourna vers les organisateurs.

— Où en est l'ambulance ? Appelez-les tout de suite et assurez-vous qu'ils ont de l'épinéphrine.

Riley plongea une main dans son imperméable, en sortit l'auto injecteur qu'il était allé cherché pour Snow à la pharmacie du campus, et le tendit au docteur.

— J'ai ceci, il l'avait oublié avant de partir.

Le docteur lui indiqua de l'injecter dans la cuisse de Snow et reprit son massage cardiaque.

— Ne meurs pas Snow, je t'en supplie, souffla Riley.

Il planta la seringue à travers la jambe de pantalon du superbe costume gris et appuya sur l'extrémité de l'injecteur. Une fois tout le produit injecté, Riley se pencha au-dessus du jeune homme inconscient.

— Réveille-toi, s'il te plaît. Je suis désolé d'avoir douté de toi. J'ai été tellement stupide, je ne te mérite pas, mais pitié, ne me laisse pas, dit-il en pressant son front contre la gorge de Snow, en priant pour sentir battre son pouls.

— Je t'aime.

Un battement de cœur.

— Je t'aime tellement.

Un autre battement de cœur.

— Snow, tu m'entends ? Je t'aime.

Snow émit un faible gémissement et Riley se redressa aussitôt.

— Il respire !

— Je… Ri…

Riley pressa un baiser contre les lèvres du jeune homme qui se réchauffaient lentement.

— Tu y es mon amour, respire.

Snow prit de courtes inspirations et poussa un soupir tremblant.

— C'est le plus beau son que j'ai entendu de toute ma vie.

Peu à peu, sa respiration se régula. Riley laissa échapper un petit rire nerveux, puis redressa la tête, et se retrouva épinglé par le regard d'un type séduisant de la fraternité des Iota Pi, qui avait pris soin de Snow après sa chute dans la rivière. Il était agenouillé de l'autre côté du corps de Snow et leva un sourcil interrogateur en direction de Riley.

Enfin, les ambulanciers arrivèrent et leur demandèrent aussitôt de s'écarter pour installer Snow sur une civière.

Un étrange petit homme, vêtu d'un costume à carreaux colorés, s'agenouilla à côté de Riley.

— Tout va bien, mon garçon ?

Snow parvint à hocher faiblement la tête.

— Tout cela est très touchant, intervint une voix de femme, mais il n'ira nulle part tant qu'il n'aura pas déclaré forfait.

Des gens dans le public la huèrent et Riley tourna la tête pour regarder derrière lui.

— Agents.

Le lieutenant Rex Cocher surgit de la foule et Riley désigna Anitra du menton. Rex se posta à côté d'elle. Elle écarquilla les yeux.

— Anitra Kingsley, vous êtes en état d'arrestation pour tentatives de meurtre.

— De meurtre ? Enfin, c'est ridicule ! dit-elle en reculant, mais deux membres des Iota Pi apparurent derrière elle et l'attrapèrent par les bras.

Riley scruta son splendide visage de manipulatrice.

— J'ai trouvé l'aconit avec lequel vous avez empoisonné le professeur Kingsley.

— C'est de la folie ! Vous n'avez aucune preuve.

Snow leva une main tremblante en direction de Riley.

— Snow ? Qu'y a-t-il ?

Il poussa sa main contre le visage du jeune homme et Riley détecta très vite l'odeur de cacahuète.

— Qu'est-ce que… De la cacahuète ? s'écria-t-il en levant un regard courroucé sur Anitra. Fouillez ses poches.

Avant même que la police ait le temps de donner son accord, Bash plongea l'une de ses énormes mains dans la poche de la veste d'Anitra et la retira en fronçant les sourcils.

— Des éclats de cacahuètes, dit-il en ouvrant sa paume pour leur montrer.

— Ce n'est pas un crime d'avoir des cacahuètes dans sa poche, remarqua-t-elle avec un reniflement dédaigneux.

— Ça l'est si vous savez que la personne en face de vous peut entrer en choc anaphylactique à leur contact, répondit Riley en se rapprochant de Snow.

— Comment diable aurais-je pu savoir ?

— Je suis certain que le professeur sera ravi de confirmer qu'il vous avait expressément mis en garde contre les allergies de son protégé, dit Riley en souriant.

— Le… Le professeur ? répéta Snow d'une voix rauque.

— Oui, répondit Riley en lui caressant tendrement les cheveux. J'ai tout de suite apporté l'aconit aux médecins et ils lui ont aussitôt administré le traitement approprié. Il est très faible, mais il est éveillé et il se rétablit à une vitesse fulgurante.

Snow enfouit sa joue contre la paume de Riley.

— Je suis désolé, monsieur, les interrompit un jeune ambulancier, mais il va vraiment falloir qu'on l'emmène à l'hôpital. Il lui faut d'autres médicaments et il va devoir rester en observation après un choc de cette violence.

— Est-ce que je peux venir avec lui ?

— Est-ce que quelqu'un ici est de sa famille ? demanda l'ambulancier en regardant autour de lui.

Riley, six jeunes hommes, un potentiel amant éploré et l'étrange petit elfe au costume extravagant levèrent la main.

XXII

— Tu sais que je peux me nourrir tout seul ? demanda Snow à Roméo en essayant de ne pas éclater de rire.

— Le médecin a dit pas d'effort inutile, répondit le jeune homme en lui tendant une autre cuillerée de soupe.

— Et si je te promets de mettre moins de soupe dans la cuiller pour qu'elle soit moins lourde, tu veux bien me laisser essayer ? demanda malicieusement Snow.

BB borda la couverture autour de ses jambes. Trois autres des gars étaient assis autour de lui avec leurs ordinateurs pour pouvoir le surveiller. Ils semblaient s'être passé le mot pour rester avec lui chaque fois qu'ils n'avaient pas cours. Snow n'aurait pas su dire s'il était enchanté ou bien très gêné par la situation. Il avait tellement l'habitude d'être seul que vivre avec les Iota Pis, et plus particulièrement d'être devenu le centre de leur attention, était à la fois troublant et merveilleux.

Snow ouvrit la bouche pour accepter une nouvelle cuillerée de soupe.

— Bonjour, il y a quelqu'un ? demanda une voix hésitante.

Snow redressa la tête en sursautant, manquant de renverser le bol de soupe sur la serviette que Roméo avait nouée autour de son cou. Dans l'embrasure de la double porte du salon se tenait Riley Prince, les yeux rivés sur ses chaussures.

— Je suis désolé de vous déranger. La porte était ouverte. J'ai amené quelqu'un avec moi qui voulait voir Snow.

— Madame Wishus !

Il arracha sa serviette et s'apprêta à se lever, mais Roméo l'arrêta.

— Tu es censé te reposer.

Snow repoussa son bras.

— Roméo, je vais bien, je te jure.

— Il a raison, mon garçon, restez où vous êtes, c'est moi qui vais venir à vous, dit madame Wishus en levant une main pour le stopper.

Tous les Iota Pi la regardèrent faire en souriant. Snow ne pouvait pas les blâmer. Madame Wishus illuminait la pièce dans sa grande robe à fleurs et avec ses cheveux en bataille teints en bleu. BB lui apporta une chaise à côté du canapé. Elle le remercia, s'installa et prit la main de Snow dans la sienne.

— Bonjour, mon chou.

— Bonjour, madame Wishus.

— J'ai entendu dire qu'on avait essayé de vous tuer. Encore une fois.

— On dirait bien, répondit Snow en haussant les épaules.

— Et qu'avez-vous appris de cette terrible expérience, mon chou ?

— Eudora, est-ce que tu tourmentes mon protégé avec des questions philosophiques, vile enchanteresse ?

Elle inspira brusquement, bondit sur ses pieds en ouvrant grand les bras et courut en direction de Mister P., comme si elle avait seize ans et non soixante-dix.

— Carstairs ! Quelle merveilleuse surprise ! s'écria-t-elle en l'engouffrant dans une étreinte qui le souleva presque du sol.

Elle mesurait au moins une vingtaine de centimètres de plus que lui. Elle lui fit signe de tourner sur lui-même en remuant son index dans les airs.

— Montre-moi un peu à quoi tu ressembles.

Il tourna sans complexe en écartant les bras.

— Un véritable maître de l'habillement, comme d'habitude.

Il fallait dire que Mister P. avait frappé fort ce jour-là : il portait une chemise rayée rouge et blanche qui lui donnait l'air d'un sucre d'orge, un pantalon de costume jaune, et une veste en tartan. Malgré tout, il avait l'air classe et distingué. Il pointa du doigt la chevelure de madame Wishus.

— Nouvelle coiffure ?

— Oui, dit-elle posant une main contre ses cheveux bleus ondulés. Toutes les jeunes filles d'aujourd'hui font ça, je ne voudrais pas être passée de mode.

— Je crois que j'ai interrompu un moment crucial. Snow s'apprêtait à nous révéler ce que cette terrible épreuve lui avait appris.

Mister P. raccompagna madame Wishus jusqu'à sa chaise et se tourna vers la porte du salon.

— Riley, mon, garçon, pour l'amour du ciel, ne reste pas planté là. Entre et assieds-toi. Ça te concerne également.

Riley déglutit péniblement et s'avança timidement jusqu'à une chaise que Doc venait de tirer pour lui du bout du pied. Il jeta un regard à Snow, puis à Roméo, et regarda par terre.

— Eudora, ma chère, tu disais ? l'encouragea Mister P. en s'asseyant à côté d'elle.

Elle fit un large geste de la main, comme pour désigner tous les gens présents dans la pièce. À ce stade, tout le monde était rentré de cours, sauf Bash.

— Lorsque quelqu'un frôle la mort, commença-t-elle, il en tire toujours un apprentissage. Qu'avez-vous appris, Snowden ? demanda-t-elle en se penchant vers lui, attentive, le menton dans les mains, comme s'il allait lui raconter une histoire.

— Que la physique quantique n'en a pas personnellement après moi, répondit Snow en glissant un sourire à Mister P.

— C'est une très bonne chose, mon garçon, dit Mister P. avec enthousiasme en se frappant la cuisse.

— J'ai appris que tout ce qui nous arrive n'est qu'un élément d'un tout beaucoup plus grand, et que ces éléments ne sont ni bons ni mauvais, ils ne sont que des étapes pour avancer. Ce qui nous semble horrible sur l'instant peut nous mener à de grandes et belles choses. Et vice versa, jusqu'à ce que l'horrible et le beau s'équilibrent dans un grand tout quantique.

Madame Wishus remua la main avec impatience.

— Certes, certes, mon chou, c'est bien beau tout ça, mais il n'y a pas que la physique dans la vie. Qu'avez-vous appris avec votre cœur ?

Snow baissa les yeux vers ses mains.

— J'ai appris que je n'étais pas seul.

Riley inspira et Mister P. sourit. Snow releva les yeux et fixa un point, quelque part au-dessus de la tête de Riley.

— Je suis désolé si ce n'est pas très clair, mais j'ai appris que je n'étais pas seul parce que je m'appartiens.

Il se tourna vers Roméo et lui sourit.

— Grâce à Roméo.

Riley se laissa lourdement tomber contre le dossier de sa chaise, comme s'il venait de recevoir un coup, et redressa la tête.

— Et vous, Riley ? demanda Mister P., qu'avez-vous appris après avoir effectué tant de changements majeurs dans votre vie ?

Riley se tourna vers lui, l'air surpris que ce petit homme qu'il ne connaissait pas semble en savoir autant sur lui.

— Ne cherche pas à comprendre, le rassura Snow en haussant les épaules. Mister P. sait toujours tout.

Les autres membres de Iota Pi hochèrent la tête avec vigueur.

Tout le monde se tourna vers Riley et l'espace d'une seconde, il crut qu'il allait paniquer. Puis son visage se radoucit et il sentit une immense tristesse l'envahir.

— J'ai appris que j'étais trop bête pour mériter l'homme que j'aime.

Snow ouvrit la bouche pour parler, mais Mister P. l'interrompit pour permettre à Riley de continuer.

— C'est essentiel de savoir reconnaître ses lacunes, mon garçon. Mais pourquoi croyez-vous que vous ne le méritez pas ?

— Parce qu'il m'a donné l'opportunité de lui faire confiance, d'être à ses côtés pour le soutenir lorsqu'il traversait de terribles épreuves, et je lui ai fait défaut. Et quelqu'un d'autre a su être digne de lui, termina-t-il en se tournant vers Roméo. Tout ce que je peux faire à présent, c'est espérer qu'il le restera.

— Riley, appela Snow en se penchant vers lui, où étais-tu pendant que j'étais à Las Vegas ?

— Avec la police.

— La police locale et la police de Las Vegas, pas vrai ?

Riley hocha la tête.

— Parce que tu as trouvé des preuves qui permettaient de prouver la culpabilité d'Anitra et de Hunter.

— Une fois en garde à vue, Hunter a eu peur et il a tout avoué, acquiesça Riley.

— Moi, j'ai l'impression que tu es le héros de cette histoire. Tu m'as sauvé la vie, Riley.

— Je n'aurais jamais trouvé l'aconit si tu ne m'avais pas dit où chercher.

— D'accord, alors disons que nous faisons une très bonne équipe, concéda Snow en lui souriant.

Le visage de Riley s'illumina, mais tout aussi vite, le masque de tristesse retomba sur ses traits.

— Mais j'ai tout gâché. On n'a jamais vu un héros qui n'est même pas capable de faire confiance à son amour.

— On ne nait pas héros, on le devient, dit madame Wishus en souriant.

— Mais Snow vient de dire qu'il n'avait besoin de personne, soupira Riley.

— Ce n'est pas ce que j'ai entendu, protesta madame Wishus en posant un doigt sur son menton.

— J'ai dit que je n'appartenais qu'à moi-même, le corrigea gentiment Snow. C'est la première fois de ma vie que je comprends ça, Riley. J'ai vécu seul pendant si longtemps que j'étais obsédé par l'idée d'appartenir. Appartenir à une famille, à un groupe d'amis, à un couple. J'ai oublié le plus important, on n'appartient pas aux gens, on construit quelque chose avec eux. Et je veux me construire une famille, un groupe d'amis… Même un couple.

Riley plongea ses yeux dorés dans ceux de Snow.

— Et Roméo, alors ?

— Roméo, est-ce que tu veux bien dire à Riley que nous n'avons pas couché ensemble ? demanda Snow en penchant la tête sur le côté.

— Je n'ai pas besoin de le savoir, répondit Riley en levant une main. Ce que je veux savoir, c'est si tu es amoureux de lui.

Roméo se mit à rire et Riley fronça les sourcils.

— J'aimerais bien, mais Snow m'a très vite fait comprendre que, malgré mon charme irrésistible, il était amoureux de quelqu'un d'autre.

Snow acquiesça.

— J'aime beaucoup Roméo, tout comme tous les autres membres de Iota Pi, mais c'est de toi que je suis amoureux.

— De moi ? répéta Riley en ouvrant grand les yeux.

Roméo s'autorisa un reniflement amusé.

— Oui, de toi, même si je lui ai dit que tu n'étais qu'un crétin qui ne méritait pas son amour. Il n'a pas voulu m'écouter, allez savoir pourquoi.

Roméo se leva de sa chaise pour étirer son grand corps élégant, puis fixa Riley du regard.

— Rappelle-toi seulement que si tu lui brises le cœur, je serai là pour recoller les morceaux.

Il quitta le salon de sa démarche sensuelle en s'assurant d'attirer le regard de tout le monde sur son derrière parfait, mais Snow n'avait d'yeux que pour Riley.

Le jeune athlète s'agenouilla près du canapé, à la hauteur de Snow.

— Alors, c'est vrai ? Mais comment peux-tu encore être amoureux de moi après ce que j'ai fait ?

— J'ai appris une autre leçon importante dernièrement : l'amour que l'on porte à quelqu'un ne dépend pas de celui qu'il nous porte en retour. Même si c'est mieux lorsqu'on s'aime autant, ajouta-t-il en souriant.

— Hé, les gars, regardez ! s'écria Bash en entrant dans le salon et en brandissant un journal dont il pointait la première page. Deux tentatives de meurtre n'ont pas su stopper le grand Snowden Reynaldi qui remporte le tournoi Anderson, lut-il en riant. Et écoutez un peu la suite : « Malgré les deux tentatives de meurtre d'Anitra Popescu, mieux connue par les services de police sous le nom de Monica McGillicutty, le grand maître Snowden Reynaldi remporte le trophée et les cent mille dollars du tournoi international Anderson ».

— Jamais je n'aurais cru qu'ils me déclareraient vainqueur, murmura Snow en secouant la tête. Note pour plus tard : la prostitution n'est pas disqualificative, mais le meurtre, oui, dit-il en riant.

Bash secoua le journal pour attirer leur attention.

— Et attendez, ce n'est pas fini : « Grâce à l'aide de notre héros local, Riley Prince, la police a réuni suffisamment de preuves pour condamner McGillicutty et son complice Hunter Borders pour tentatives de meurtre sur les personnes de Snowden Reynaldi et de son mentor, le professeur Harold Kingsley. Kingsley, qui a été plongé dans le coma pendant plus de deux semaines, se remet progressivement de son empoisonnement, révélé au grand jour grâce au travail de détective du jeune Riley Prince ». Est-ce que vous ne trouvez pas ça génial ? demanda-t-il excité.

— Hé, Snow ! cria Gourmet depuis l'autre bout de la pièce. Tu vas demander un transfert à l'université de Grimm ?

— C'est très tentant, mais il ne me reste qu'un semestre avant d'obtenir mon diplôme. Le doyen m'a appelé ce matin, il s'est excusé et m'a annoncé que je n'étais plus renvoyé.

— Et pour l'argent de ton héritage ? Où en es-tu avec ton avocat débile ? demanda Hacker.

— Malheureusement, je n'ai pas réussi à le joindre. Mais j'ai bon espoir que, là aussi, tout s'arrange. De toute façon, je vais avoir vingt et un ans dans quelques mois et je serai seul gestionnaire de tout cet argent. Crois-moi, j'ai bien l'intention de virer ce type.

— Qu'est-ce que tu en as à faire de toute façon ? demanda Bash en riant. Tu viens de gagner cent mille dollars !

— Et si tout se passe comme je le prévois, interrompit Mister P. en tapant dans ses mains, cette somme te paraîtra dérisoire lorsque tous les sponsors du monde des échecs se disputeront pour travailler avec toi et bénéficier de ton talent et de ta beauté.

— Même si tu restes à NorCal, tu peux venir habiter ici, tu sais, insista Gourmet.

217

— Certainement pas, intervint madame Wishus en secouant les bras. Il rentre avec nous et il va s'installer à l'étage, au-dessus de chez moi.

— Vraiment ? demanda Snow en se tournant vers Riley. Tu es d'accord ?

— Je me suis dit que… que ce serait bien si… tu vivais avec quelqu'un qui pourrait… veiller sur toi.

— Tu ne t'y prends pas très bien, mon canard, lui dit madame Wishus en posant une main sur son avant-bras musclé. Dis ce que tu ressens à Snow.

— Il sait très bien que je l'aime, dit-il à voix basse. Je le lui ai répété au moins une dizaine de fois lorsqu'il s'est effondré.

— Riley, voyons ! Il était inconscient.

— Non, je ne l'étais pas, rétorqua Snow avec un petit sourire. J'ai entendu chacun de tes mots, dit-il en plongeant son regard dans celui de Riley. Et chaque fois que tu m'as dit « je t'aime », je me sentais plus fort et plus confiant. Je n'aurais presque pas eu besoin de l'épinéphrine.

Le visage de Riley s'illumina comme un lever de soleil en été.

— Tu veux bien alors ? Venir vivre avec moi ? Et madame Wishus, bien sûr.

— Ce sera un peu comme avoir une maman, répondit Snow en la regardant et en battant des paupières pour retenir ses larmes.

— Ce sera exactement comme avoir une maman, corrigea madame Wishus. Je vous ferai manger des légumes, je m'assurerai que vous dormiez suffisamment et que vous faites ce qui vous rend heureux.

— Être avec Riley me rend heureux, dit Snow en essuyant une larme qui avait coulé sur sa joue.

— Alors, allons-y, dit-elle en se levant. Riley, il est temps de ramener ton petit ami à la maison, tu dois te préparer pour ton match.

— Oh, mon Dieu ! s'exclama Snow en claquant une main contre sa bouche. J'avais complètement oublié le match.

— Ce n'est pas important, répondit Riley en haussant les épaules. Soit on gagne, soit on ne gagne pas, c'est aussi simple que ça.

— Voilà qui est très quantique de votre part, mon garçon, remarqua Mister P. en riant.

— Tu es sûr que tu es prêt ?

Riley leva les yeux vers Snow qui était penché au-dessus de lui, nu, aussi pâle et aussi beau que la neige qui lui avait valu son prénom.

— Certain. Et toi ? Tu es sûr que tu ne préfères pas qu'on échange ?

Riley secoua la tête et prit la main de Snow pour la poser contre son érection.

— J'ai envie de te sentir en moi. J'en ai *très* envie. Ça m'a manqué.

— Très bien, mais avant tout, je veux te montrer ce que j'ai appris.

— Oh ?

Snow sourit mystérieusement et attrapa la bouteille de lubrifiant. Il en fit couler une large dose entre ses mains et saisit le sexe de Riley avec assurance. Il entreprit alors d'appliquer ce qu'il avait appris : une main à la base, on remonte, l'autre main à la base, et on tourne le poignet en couvrant et en serrant le gland.

— Oh, mon Dieu ! Qu'est-ce que c'est que ça ? C'est incroyable. Il va falloir se calmer, parce qu'à ce rythme, je risque de jouir en deux secondes.

— Tu es jeune, il n'y a pas de loi qui interdise de jouir plus d'une fois, répondit Snow en riant.

Le simple son de son rire alla droit au bas ventre de Riley, qui ferma les yeux et cambra le dos.

Snow posa ensuite ses deux mains de chaque côté du sexe de Riley.

— Qu'est-ce que tu manigances, cette fois ? demanda Riley, haletant.

— Tu vas voir, répondit Snow en commençant un mouvement de friction avec ses deux mains, comme s'il faisait du feu.

— Oh, mon Dieu ! répéta Riley plus fort.

Une décharge de plaisir remonta le long de son sexe, dans ses testicules et le long de sa colonne vertébrale, pour se terminer en une explosion d'extase dans sa tête.

Snow sourit avec satisfaction. On pouvait dire qu'il avait réussi à allumer le feu.

Les hanches de Riley se soulevaient de manière incontrôlée. Puis, soudain, il se figea, cambré à l'extrême, couvert de sueur, et se mit à trembler en jouissant avec une puissance presque douloureuse.

Lorsqu'enfin il cessa de trembler, il rouvrit difficilement les yeux et trouva le regard de Snow, qui l'observait avec un petit sourire en coin, son sexe dressé entre ses jambes. Riley essaya de sourire, mais il ne lui restait plus assez de force.

— Waouh ! Mais où as-tu appris ça ?

— Avec Roméo.

Riley n'était pas fier de l'admettre, mais tous ses muscles se tendirent aussitôt sous le coup de la jalousie. *Détends-toi, crétin, toi aussi tu as un passé et tu as connu d'autres amants avant lui.*

— J'en déduis qu'on ne lui a pas donné ce surnom par accident, dit-il en optant pour un ton léger.

— C'est le moins qu'on puisse dire. Il m'a appris ça avec un vibromasseur rose de la taille d'un bras, répondit Snow en souriant, le regard brillant.

— Un vibromasseur ? Rose ?

— Oui. Je sais que tu as dit que tu ne voulais pas savoir, mais je n'ai pas couché avec Roméo. Il m'a appris les arts de l'amour de la même manière que Bash m'a enseigné la self-défense.

— J'ai entendu dire que tu as collé la raclée du siècle à Hunter, comme un lion avec une gazelle.

— Je préfère dire comme une gazelle qui donné une leçon au lion.

— Je n'ai aucune raison de détester Roméo, alors ?

Snow le repoussa contre matelas et remonta le long de son corps, cette fois comme un véritable prédateur.

— Tu devrais peut-être même lui envoyer une carte de remerciements, mon amour, parce que je m'apprête à te montrer ce que j'ai appris à faire avec ma bouche.

RILEY ENTRA dans les vestiaires d'un pas décidé, déjà vêtu de sa tenue. La plupart des gars étaient déjà habillés eux aussi, et ils discutaient en riant nerveusement, prêts à disputer le match le plus important de l'année, face à leurs adversaires les plus redoutables. Riley se posta au milieu de la pièce et cria :

— Par ici tout le monde !

Les membres de son équipe se tournèrent tous vers lui, en affichant des expressions aussi diverses que variées. De l'admiration, de la peur, de la haine, de l'amusement, tout le spectre des émotions humaines.

— Rassemblez-vous, je veux vous parler.

— Tu veux nous prêcher la bonne parole, Prince ? demanda Oesterman, l'un des défenseurs.

— Tu ferais mieux de prier pour que je ne te botte pas le cul. Allez, ramène-toi.

Le jeune homme fronça les sourcils, mais lorsqu'il vit que Riley lui souriait, il éclata de rire.

— Tu vas voir un peu qui va botter les fesses de qui, marmonna-t-il joyeusement en s'approchant avec les autres.

— Avant tout, je tiens à m'excuser d'avoir manqué le dernier entraînement. J'ai dû me rendre à Las Vegas pour... régler quelque chose.

— Pour démanteler un cartel d'assassins, d'après ce que j'ai lu dans la presse. Beau travail, mon pote ! s'écria Fred Furness. L'asso des anciens étudiants va tellement halluciner.

Riley devait admettre qu'il ne s'était pas attendu à ça. Il le remercia en baissant les yeux, puis se ressaisit.

— Écoutez, soyons clairs tout de suite. Je me fiche de ce que vous pensez de moi. Je suis gay. Je ne vous l'ai pas avoué tout de suite et je le regrette, mais je ne m'excuserai pas d'être qui je suis. Je suis gay et j'en suis fier. Et pour ceux qui croient toujours que je ne suis qu'un pauvre petit hétéro qui a été écarté du droit chemin par un méchant homosexuel, je vous arrête. Je suis amoureux d'un autre homme, point final. Et si ça ne vous plait pas, c'est la même chose. Mais réfléchissez-y. Peu importe ce que vous pensez de moi, ce match est cent fois plus important que vos petites sensibilités délicates. Pour beaucoup d'entre vous, il pourrait marquer un tournant dans votre avenir. Comme toi, Rog. Je n'ai pas le niveau pour la ligue professionnelle, mais toi, si. Et si la haine que je t'inspire est plus importante que ça pour toi, alors tu as un sérieux problème. C'est pareil pour toi, LeRoy. Pareil pour tous ceux d'entre vous qui veulent faire carrière dans le football. Je ne peux pas bien jouer à votre place, c'est à vous-mêmes de vous rendre ce service aujourd'hui.

— Hé, Riley, appela Danny, nonchalamment appuyé contre un casier. Et toi ? Qu'est-ce que tu veux faire après tes études ?

— J'espère devenir entraîneur de football dans une université, répondit-il en souriant. Pendant longtemps, j'ai cru que j'étais trop bête pour ça, mais quelqu'un a réussi à me faire changer d'avis.

— J'espère que j'ai participé à ce changement d'avis, intervint le coach McMaster en entrant dans les vestiaires. Tu sais que tu as tout mon soutien, Riley. Cette équipe n'a jamais connu de meilleur capitaine que toi.

Il regarda un à un tous les membres de l'équipe.

— J'espère que vous avez tous bien écouté ce que Riley vient de vous dire. Vous avez le choix. On a toujours le choix. Quand vous quitterez cette université, vous serez amenés à rencontrer des tas de gens différents. À travailler avec eux. À cohabiter avec eux. Si lorsque vous regardez Roget, vous pensez noir, et lorsque vous regardez Riley, vous pensez gay, alors vous risquez d'avoir du mal à être heureux dans votre vie. Ce match est une chance parmi tant d'autres de montrer au reste du monde quel genre de personne vous êtes. Saisissez-la.

Il tendit son bras au milieu de leur petit groupe et tous les joueurs, sans exception, posèrent leur main dessus, avant de lever le bras en l'air.

— En avant, NorCal !

DEBOUT À la sortie des vestiaires, juste au bord du terrain, Snow attendait impatiemment la mi-temps. Il était tellement excité qu'il avait peur d'en vomir. Il se pencha pour parler à l'oreille de cet homme chéri.

— Vous êtes certain que vous avez assez chaud, professeur ?

Le professeur Kingsley se laissa aller contre le dossier de son fauteuil roulant.

— Snowden, je suis enroulé dans tellement de couvertures que j'ai peur de ne pas réussir à retrouver mes propres testicules.

— Je vois qu'avoir frôlé la mort vous a donné le sens de l'humour, remarqua Snow en éclatant de rire.

— Et toi, je vois que ça t'a donné confiance en toi, rétorqua le professeur en posant sa main sur celle de Snow qui serrait son épaule. Je suis désolé d'avoir agi comme un vieil imbécile et de t'avoir mis en danger, entre les griffes de cette femme diabolique.

— Je crois que nous avons tous retenu la leçon, monsieur.

Des cris de joie retentirent dans le public.

— J'ai l'impression que NorCal est en train de gagner.

Snow hocha la tête en souriant à s'en décrocher la mâchoire. Il entendait la foule scander le nom de Riley dans tout le stade. Il rapprocha le fauteuil du professeur de la rambarde pour qu'ils puissent mieux voir.

Un joueur lança le ballon à Riley qui l'attrapa, recula de trois pas, puis fit une passe. Le ballon fendit les airs comme un aigle, parcourut presque l'intégralité du terrain et, comme par magie, retomba pile entre les mains de Roget. Roget cala le ballon sous son bras, courut à toute vitesse en évitant les joueurs de l'équipe adverse, et plongea au sol derrière la ligne blanche. Le public explosa de joie dans un vacarme incroyable.

Le professeur se leva de sa chaise en criant :

— Touchdown !

La fanfare du campus se mit à jouer et les pom-pom girls entrèrent sur le terrain. Un homme s'approcha de Snow et du professeur.

— Plus que quelques minutes. Le doyen appellera vos noms, d'accord ?

Snow hocha la tête en souriant. Riley avait remporté la victoire et quoi qu'il arrive, tout le monde avait été témoin de sa bravoure et de son talent sur le terrain.

Les gens commençaient à quitter leurs sièges et à s'affairer autour du terrain pour acheter à manger ou bien aller aux toilettes. Tandis que les acclamations et les cris de victoire se calmaient enfin, le doyen monta sur la petite scène qui avait été installée au milieu du terrain. Snow serra brièvement le professeur dans ses bras.

— Mesdames et messieurs, aujourd'hui est un jour de multiples célébrations pour NorCal. La plus grande d'entre toutes, la présence de deux hommes, deux héros, qui ont bravé l'adversité. Certains d'entre vous savent déjà que ces deux personnes ont traversé un véritable enfer ces dernières semaines. Et je veux dédier la victoire d'aujourd'hui à ces deux sources d'inspiration : le professeur Harold Kingsley, directeur du département des sciences physiques et président du club d'échecs de NorCal, et le grand maître d'échecs Snowden Reynaldi, qui a littéralement battu la reine maléfique.

Snow poussa le fauteuil du professeur jusqu'au milieu du terrain et la foule repartit de plus belle. Les gens riaient, pleuraient. Riley la parcourut du regard et sentit son cœur battre plus fort en apercevant tous les membres de Iota Pi, monsieur Pennymaker et madame Wishus. La vision de Bash en train de pleurer était presque terrifiante.

Snow et le professeur montèrent sur l'estrade et le doyen reprit :

— Et afin de leur remettre cette preuve de notre dévouement, il me semble normal de faire appel au prince de NorCal, notre merveilleux quarterback, j'ai nommé Riley Prince.

Riley surgit du tunnel des vestiaires en trottinant. Il portait une plaque entre ses mains. Lorsqu'il arriva sur l'estrade, le doyen lui tendit le micro.

— Merci. C'est pour moi un grand honneur de dédier cette victoire de l'équipe de football au professeur Harold Kingsley et à Snowden Reynaldi, deux personnes qui m'ont appris et apporté plus que je ne pourrais jamais l'exprimer.

Il offrit la plaque au professeur et lui tendit le micro. Le professeur s'essuya le coin des yeux et porta le micro à sa bouche.

— Tout ce que je peux dire, c'est que je suis très heureux de pouvoir être là avec vous tous aujourd'hui. J'ai bien failli ne pas pouvoir, mais si je suis encore parmi vous, c'est grâce à ces deux héros, dit-il en désignant Snow et Riley. Ils m'ont sauvé la vie et je suis incroyablement fier de tout ce qu'ils ont accompli.

Il rendit le micro à Riley en s'essuyant les joues. Riley regarda la foule. Pendant un long moment, un silence irréel s'empara du terrain. Puis, il leva le micro.

— Je vais vous demander de m'excuser de profiter de cette occasion pour une raison personnelle. Mais je crois que vous savez déjà tous plus ou moins ce qui est arrivé dans nos vies dernièrement. Le bon comme le mauvais. Alors je crois que vous devriez être là pour ça aussi.

Snow pencha la tête sur le côté, l'air interrogateur.

Riley mit un genou à terre et Snow sentit tout l'air quitter ses poumons.

— Je sais que nous devons d'abord obtenir notre diplôme, mais je sais aussi que je veux passer le reste de ma vie avec toi. Et puisque tu as déjà frôlé la mort à deux reprises ce mois-ci, je crois que je ferais mieux de ne pas perdre de temps. Snowden Reynaldi, avec toi je me sens intelligent, aimé et invincible. Est-ce que tu veux m'épouser ? demanda-t-il en ouvrant une petite boîte de velours noir, à l'intérieur de laquelle brillait un simple et magnifique anneau en or.

Snow plaqua une main contre sa bouche et ses yeux s'embuèrent de larmes. Le stade tout entier retenait son souffle. Puis, au beau milieu du silence, la petite voix de madame Wishus retentit :

— Dis oui, mon chou.

Snow se mit à rire.

— Riley, tu as fait de ma vie un véritable conte de fées. On oublie trop souvent que les contes de fées rétablissent la balance entre le bien et le mal, c'est pour ça qu'ils sont aussi importants. Alors oui, oui, je veux t'épouser.

Snow enroula ses bras autour du cou de Riley et ils s'enlacèrent étroitement. Un stade rempli de supporters de football n'était sans doute pas encore prêt pour un baiser. Snow recula légèrement la tête et murmura :

— Maintenant, je sais que je ne serai plus jamais seul.

DANS LES gradins, Hacker regardait le terrain, l'air songeur.

— Ils sont très jeunes, il peut encore se passer beaucoup de choses avant la fin de leurs études. Vous croyez vraiment qu'ils auront droit à un « Ils vécurent heureux jusqu'à la fin des temps » ?

Madame Wishus se pencha sur le côté pour donner un petit coup d'épaule à Mister P.

— Il n'y a que leurs marraines les fées qui connaissent la réponse, mon chou.

les braises
sous la cendre

TARA LAIN

Les contes de Pennymaker, numéro hors série

Mark Sintorella (surnommé Cendres) travaille sans relâche en tant que valet dans un hôtel de luxe le jour, et dessine des vêtements la nuit, dans l'espoir secret de réussir un jour à entrer en école de mode. Mais tous ses plans tombent à l'eau le jour où il rencontre Ashton Armitage, fils de la cinquième plus grosse fortune des États-Unis. Le Prince Ashton est sans conteste le jeune homme le plus séduisant que Mark ait jamais vu de sa vie.

Le testament du grand-père d'Ashton le contraint à se marier s'il veut toucher l'héritage familial, aussi décide-t-il d'épouser Kiki Fanderel. Ce que personne ne sait, c'est qu'en réalité, Ash est gay, et c'est le garçon qui nettoie les cheminées qui fait battre son cœur.

Pour compliquer encore la situation, l'étrange Carstairs Pennymaker, petit homme espiègle et facétieux, découvre que Mark est styliste et décide de lui faire porter ses créations en le faisant passer pour une femme, espérant ainsi impressionner les gourous de la mode qui séjournent à l'hôtel. Et lorsque sonnent les douze coups de minuit, le prince se retrouve confronté non pas à une, mais deux princesses. Seulement l'une d'entre elles n'est pas ce qu'elle semble être. À qui la chaussure ira-t-elle ? Seul le mystérieux Monsieur Pennymaker le sait…

www.dreamspinner-fr.com

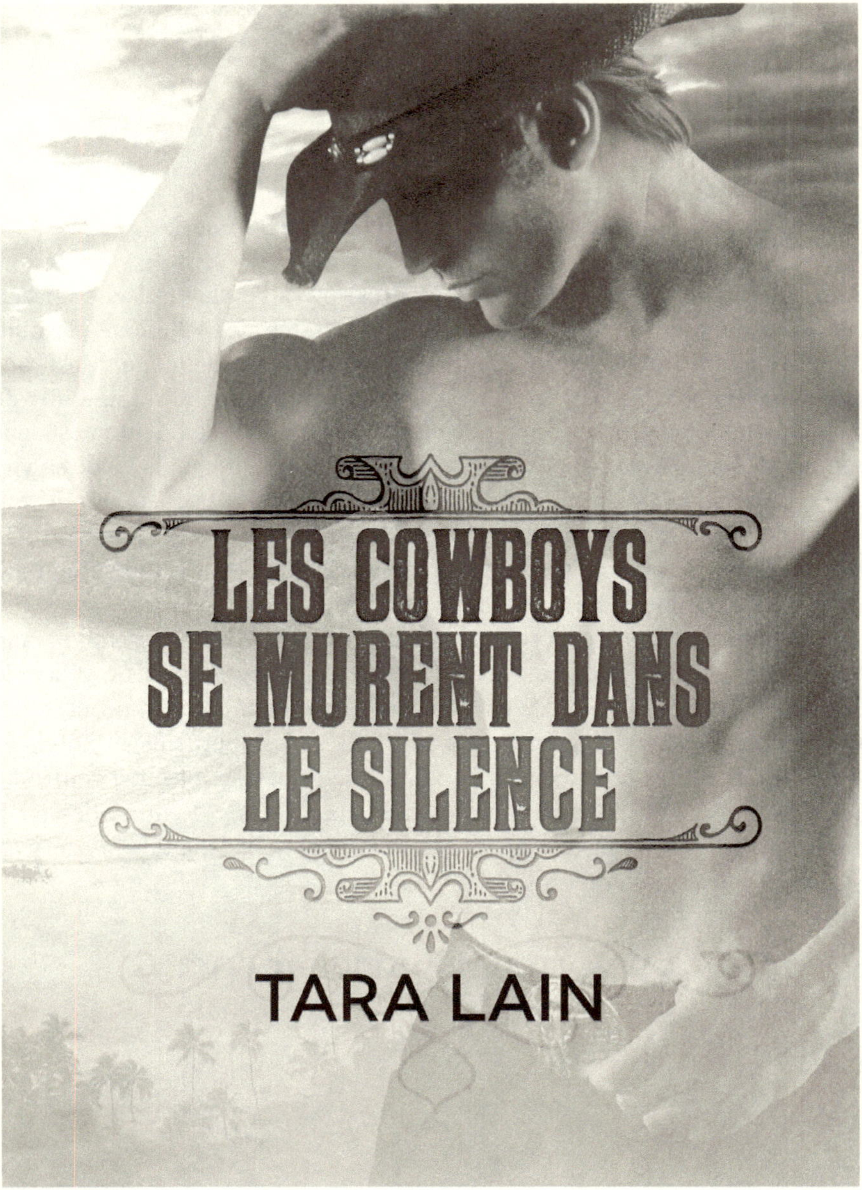
LES COWBOYS
SE MURENT DANS
LE SILENCE
TARA LAIN

Ce que font les cowboys, numéro hors série

Rand McIntyre se contente d'une vie satisfaisante. Il aime son petit ranch en Californie, élever des chevaux et apprendre à monter aux enfants – mais pour avoir ses propres enfants et une personne à aimer, il serait obligé de révéler son homosexualité et cela mettrait en péril tout ce qu'il a construit. Un jour, malgré sa phobie de prendre l'avion, il part en vacances à Hana, Hawaii, avec ses parents et rencontre le ténébreux et mystérieux Kai Kealoha, un vrai cowboy hawaiien. Rand se prend d'affection pour le petit frère et la petite sœur de Kai autant qu'il s'éprend du jeune homme, mais Kai est plus piquant qu'un lézard à cornes et plus mystérieux que le territoire exotique dont il est originaire.

Kai tient à son intimité et vit pour protéger ses «enfants». Pour le bien de tout le monde, il vaut mieux qu'il garde ses distances avec le beau et grand cowboy – mais comme cet homme n'est qu'un haole venu prendre de courtes vacances, peut-il vraiment causer des dommages? Quand les plus grandes peurs de Kai et les cauchemars les plus atroces de Rand deviennent réalité, il y a peu d'espoir pour une relation entre deux cowboys qui ne peuvent pas – ou ne veulent pas – se révéler au grand jour.

www.dreamspinner-fr.com

DREAMSPUN DESIRES

UNE MARIÉE SUR MESURE
Tara Lain

Il épousera la femme de chambre pour hériter de 50 millions de dollars, mais un secret pourrait faire capoter l'affaire.

Il épousera la femme de chambre pour hériter de 50 millions de dollars, mais un secret pourrait faire capoter l'affaire.

Taylor Fitzgerald a besoin d'une mariée de dernière minute.

À la veille de son vingt-cinquième anniversaire, le fils du milliardaire découvre, bien qu'il soit gay, qu'il doit épouser une femme avant minuit ou perdre un héritage de cinquante millions de dollars. Il file donc à Las Vegas… où il rencontre la belle femme de chambre Ally May.

Il y a juste un problème de taille : Ally est en fait Alessandro Macias, fils d'un imposant magnat de l'hôtellerie brésilien. Mais si Ally continue à prétendre être une fille un peu plus longtemps, y a-t-il une chance qu'ils puissent découvrir que ce mariage est fait pour eux ?

www.dreamspinner-fr.com

Le chevalier
de l'avenue
de l'Océan
TARA LAIN

Un amour à Laguna, numéro hors série

Comment à vingt-cinq ans peut-on ignorer qu'on est gay ? C'est une question que Billy Ballew évite de se poser. Après l'échec de sa scolarité, il apprend à lire par sa propre volonté. Sa vie est conditionnée par son besoin d'aider ses parents en travaillant comme ouvrier du bâtiment, d'envoyer ses sœurs à l'université, d'entraîner son équipe junior de baseball et de ne surtout pas penser à ses trois échecs amoureux. Sa phobie des examens l'empêche de passer des validations pour devenir Entrepreneur en bâtiment comme il le souhaiterait, et la crainte du jugement de sa mère l'empêche de voir ce qui pourrait le rendre réellement heureux.

Puis, aux préparatifs du grand mariage de sa sœur, Billy rencontre Shaz Chase Phillips – une étoile montante du stylisme qui est tout ce qu'il y a de plus gay. Pour Shaz, Billy incarne ce qu'il a toujours recherché : fidèle, honnête, courageux. Mais même si Billy se révèle être gay, sera-t-il capable de sortir avec quelqu'un comme Shaz ? Comment deux hommes que tout sépare réussiront-ils à être ensemble ? Est-ce que le Styliste de l'année et le chevalier de l'avenue de l'Océan peuvent s'aimer ?

www.dreamspinner-fr.com

Le valet des cœurs brisés

des cœurs brisés

TARA LAIN

Un amour à Laguna, numéro hors série

Jim Carney a un travail à temps plein : se fuir lui-même. Depuis qu'il a quitté sa riche famille à seize ans, après avoir détruit la vie de son meilleur ami à cause de quelques mangas yaoi, Jim mène une existence d'ouvrier du bâtiment macho, avec un goût prononcé pour l'alcool et un rejet des responsabilités. C'est alors que Billy Ballew, l'homme qu'il admire le plus, lui donne l'occasion de prouver sa valeur en le nommant chef de chantier. Pour la première fois, Jim est déterminé à rendre quelqu'un fier.

Mais, alors qu'il s'apprête à passer un examen médical pour son nouveau travail, Jim voit son fantasme yaoi prendre vie en la personne du cardiologue Ken Tanaka. Il se découvre ainsi deux problèmes de cœur : une valve mitrale défectueuse et une attirance irrésistible pour son médecin. Néanmoins, Ken est un vrai tombeur et Jim craint de n'être qu'une encoche de plus à son stéthoscope. Quant à Ken, Jim lui paraît inoubliable, mais il incarne le pire cauchemar de sa famille à cheval sur les traditions.

Pourquoi faut-il qu'au moment où il décide de se montrer responsable, Jim se retrouve à s'occuper de son petit frère, à recevoir une proposition de la part d'une femme aisée, signant ainsi un pacte avec le diable, et à finir à l'hôpital, quand il ne désire qu'une chose : son valet des cœurs brisés ?

www.dreamspinner-fr.com

TARA LAIN écrit les aventures de ceux qu'elle appelle ses Beaux Garçons Romantiques, des personnages aussi charismatiques qu'inoubliables. Ses romans les mieux vendus lui ont valu de nombreux prix, tels que celui de la Meilleure série, Meilleure romance contemporaine, Meilleure romance érotique, Meilleur couple, Meilleure romance LGBT et Meilleur personnage gay. Quant à Tara elle-même, elle a été élue Auteure de l'année aux LRC Awards. Ses lecteurs qualifient souvent ses livres de « tendres », même si les scènes d'amour peuvent être torrides à souhait, parce que dans le fond, Tara est une romantique invétérée qui croit dur comme fer aux fins heureuses. Dans la vie de tous les jours, Tara est également à la tête d'un cabinet de communication et de relations publiques. Son amour pour les titres de roman percutants lui provient sans doute des années qu'elle a passées à devoir trouver des phrases d'accroche pour des instruments d'analyse et des semi-conducteurs. Elle organise des ateliers sur la promotion des auteurs, ainsi que des ateliers d'écriture. Elle vit avec ses deux âmes sœurs, son mari et son chien (qui est toujours un peu jaloux de toutes les photos de chats qu'elle poste sur Facebook), à Laguna Niguel, en Californie, tout près du bord de mer qui sert si souvent de toile de fond à ses romans. Fervente défenseuse de la diversité, de la justice et des nouvelles expériences, Tara aime dire que sur sa pierre tombale, on écrira simplement « Oui ! »

E-mail : tara@taralain.com
Site Web : www.taralain.com
Blog : www.taralain.com/blog
Goodreads : www.goodreads.com/author/show/4541791.Tara_Lain
Pinterest : pinterest.com/taralain
Twitter : @taralain
Facebook : www.facebook.com/taralain
Barnes&Noble : www.barnesandnoble.com/s/
TaraLain?keyword=Tara+Lain&store=book

Par TARA LAIN

Les cowboys se murent dans le silence
Une mariée sur mesure

UN AMOUR À LAGUNA
Le chevalier de l'avenue de l'Océan
Le valet des cœurs brisés

LES CONTES DE PENNYMAKER
Les braises sous la cendre
Blanc comme neige

Publié par DREAMSPINNER PRESS
www.dreampinner-fr.com

www.ingramcontent.com/pod-product-compliance
Lightning Source LLC
Chambersburg PA
CBHW022110240626
47153CB00007B/2308